LE BRASIER DANS TES YEUX

LALIE SCILIEN

LE BRASIER DANS TES YEUX

Le plus grand échec est de ne pas avoir le courage d'oser.

-L'abbé Pierre

Chapitre 1

-Tu comptes rester geler dans cette voiture encore longtemps ? me demande mon ami avec son amabilité habituelle.

Je secoue négativement la tête et m'extirpe du véhicule. Je claque la portière un peu trop fort à son goût puisqu'il sursaute devant moi, avant de se retourner pour me fixer d'un air réprobateur. J'anticipe ses paroles que j'ai déjà entendues un bon milliard de fois je pense, et le devance :

- Oui, je sais, ce n'est pas un char ! Défronce les sourcils, ton beau visage va rider...

-Bien... Alors maintenant que tu as la théorie, mets-la en application !

Je lève les yeux à sa remarque et je sais qu'il déteste ça, c'est d'ailleurs précisément ce pourquoi je le fais.

Il finit par abandonner son air faussement fâché et me sourit, amusé. J'observe le visage de mon meilleur ami, dont le froid à fait rougir le bout du nez ainsi que les joues. De minuscules flocons viennent achever avec légèreté leur descente dans ses cheveux, formant ainsi une fine couche brillante sur le haut de son crâne.

-Il commence à neiger. Allons vite nous réchauffer à l'intérieur, je meurs d'envie d'un bagel !

Charlie me prend la main, m'attirant vers la bâtisse que nous connaissons à présent si bien. Lorsque nous franchissons le seuil du troquet, comme nous le faisons chaque semaine, une bouffée de chaleur nous accueille, accompagnée de ses effluves de brioche et de chocolat chaud. En cette heure, cet endroit n'est généralement pas très plein, et c'est pour cela que nous choisissons toujours de venir en milieu d'après-midi. Comme à notre habitude, nous nous installons à notre table. Je dis "notre" puisque tout le monde dans cette petite ville, y compris les serveurs, savent que cette place nous est réservée, à cette heure précise, et ça depuis précisément neuf ans aujourd'hui. Neuf ans que cet endroit a été rénové et que nous y occupons chaque vendredi, les mêmes banquettes de la même table : la numéro 5. Mais surtout, ça signifie qu'il y a un peu plus de neuf ans que cet étrange énergumène qui me sert de meilleur ami a emménagé en face de chez moi et qu'il partage ma vie. Je n'étais encore qu'une petite fille à couettes, qui avait pour seules préoccupations ses poupées et ses dessins. De nature plutôt solitaire, à cause de ma grande maturité du haut de mes sept ans seulement, j'avais du mal à me mélanger aux autres. Je me souviens très bien de cet après-midi qui a marqué mon enfance, et par la même occasion, un tournant dans ma vie…

Je venais d'enfourner une série de cookies à la cannelle lorsque mon père et moi avons aperçu le camion de déménagement. Nous avions de nouveaux voisins. Ces derniers ont frappé quelques heures plus tard, afin de nous demander de l'aide. Mon père, de nature très généreuse, les a rejoints pour les aider. Il savait pertinemment que je n'étais à l'aise avec aucun enfant de mon âge, ni même avec les adultes. Mais je ne sais pour quelle raison il a proposé à l'enfant qui accompagnait le couple de me tenir compagnie le temps qu'il s'absentait. Mon premier réflexe a été de me cacher sous la table de la salle à manger. Le petit garçon ne s'est pas moqué de moi comme le faisaient les autres enfants à l'école. Au contraire, il est venu s'asseoir à côté de moi, en silence. Mon père nous a souri et nous a laissé seuls, ce petit garçon en doudoune jaune et moi.

-Ça sent bon Noël.

Ce sont les premiers mots qu'il ait prononcés.

-C'est des biscuits à la cannelle. C'est moi qui les ai faits, j'ai répondu timidement.

-Tu sais faire des gâteaux ?

-Je viens de te le dire, réfléchis !

Contre toute attente, il ne s'est pas vexé, mais au contraire, il s'est mis à rire.

-T'es rigolote comme fille. Je t'aime bien.

Il était différent des autres enfants. Plus compréhensif. Plus tolérant. Ne sachant quoi répondre, je me suis mise à rire avec lui. Et sans que nous n'ayons eu le temps de comprendre comment, une nouvelle amitié était née. Nous sommes devenus deux inséparables gamins qui passaient leurs après-midis à manger des gâteaux à la cannelle en se racontant des tas d'histoires plus inventives et originales les unes que les autres. Mais notre passe-temps favori, faire des films. Nous y passions des semaines et étions vraiment impliqués dans ce qui n'étaient finalement que de courtes vidéos horriblement mal cadrées. Au fil des années, nous nous sommes découvert une passion commune pour la photographie et grâce à cela, nous avons atterri dans la même université. Partout où il y avait Charlie, il y avait Maya, et inversement.

Ce fait est toujours d'actualité. Il est mon confident de toujours, l'ami que j'ai cherché si longtemps. Il m'a accompagnée dans les meilleurs moments comme dans les pires, lors du départ de ma mère par exemple. Animée d'une passion frénétique pour les voyages, elle a pris la décision de nous abandonner mon père et moi, il y a maintenant dix longues années, afin de parcourir le monde et d'assouvir sa passion aux bras de sa meilleure amie. Son départ m'a énormément affecté, c'est vrai. Mais toute la rancœur accumulée au fil des années m'aide à présent à combler le manque.

Charlie claque des doigts devant mon nez, me sortant de ma torpeur.

-Allô Maya, ici la Terre, vous me recevez ?

J'écarte sa main en râlant et l'arrivée de Grettha, la propriétaire, m'empêche de lui lancer la pique que je lui réservais.

-Ah, mes enfants ! Je me demande toujours comment vous pouvez être si bons amis si vous ne cessez de vous chamailler ainsi ! s'amuse-t-elle. Vous avez l'air gelés tous les deux ! Je vais vite vous apporter ce qu'il faut ! La commande habituelle je présume ?

-Presque... je réponds à la place de mon ami. Pourrais-tu remplacer le pain perdu par un bagel s'il te plaît ? *Monsieur* ne pense qu'à ça depuis ce matin.

De petits gargouillis provenant du ventre de l'intéressé viennent confirmer mes dires.

-Bien-sûr !

Elle nous adresse un clin d'œil et un sourire chaleureux avant de disparaître derrière son comptoir. Cette femme est restée la même, bien que son visage ébène si lisse et parfait autrefois soit à présent marqué par les années passées. De plus, je ne connais pas une seule femme au monde possédant un fond aussi bon que celui de notre Grettha. Charlie et moi la considérons un peu comme notre grand-mère, et elle, comme les petits-enfants qu'elle n'a jamais reçu, à cause d'une maladie génétique dont souffre sa fille. Le lien qui nous unit à elle est très fort, et je ne crois pas me tromper en disant que l'on se complète un peu les uns les autres.

-Je reviens, m'informe Charlie qui se dirige à présent vers les sanitaires.

J'observe silencieusement le paysage au dehors à travers la vitre. Comme prévu, la neige se fait plus épaisse et commence à accrocher le sol. C'est fréquent ici, au Canada, et encore plus au mois de novembre où les températures avoisinent les -15 degrés Celsius !

Mon regard s'attarde sur mon reflet dans la vitre. Sur mes longs cheveux que j'ai réunis en un chignon flou. Sur mon visage au teint halé, parsemé de taches de rousseur. Puis sur mes yeux noirs, dont je trouve la couleur si peu originale, sur mon trop petit nez, lequel est légèrement recourbé *-je le déteste.*

Mon attention est détournée par l'entrée bruyante d'une famille, puis par les grésillements du petit téléviseur accroché dans l'angle du plafond. La chaîne vient d'être changée, laissant place aux prévisions météorologiques de ce soir :

« *...Cette soudaine chute de neige pourrait vite se transformer en tempête, restez prudents et informés...* ».

Une tempête. Comme dans les films catastrophes... *Et puis quoi encore ?*

-Si on devait y laisser notre peau, j'aurai préféré ne pas passer mes derniers instants avec la version améliorée de Chucky !

s'esclaffe Charlie qui réapparaît dans mon dos sans que je ne m'y attende.

-Chucky ? Je t'ai connu plus original…

-Rassure-toi, je ne voudrais passer mes derniers instants nulle-part ailleurs May'.

J'affiche un air satisfait sur mon visage et c'est à ce moment que Grettha réapparaît, deux gobelets fumants en mains.

-Deux lattés vanille avec suppléments guimauves et chantilly ! Je vais chercher le reste.

-Tu es toute seule ce soir ? Où sont Dann et Emmy ? je demande, m'apercevant seulement de l'absence de ses deux fidèles serveurs.

-Oui, j'assure le service toute seule ce soir ! Dann est tombé malade et Emmy ne s'en sort pas avec ses études, elle est surpassée. Je lui ai accordé quelques jours de repos.

Qu'est-ce que je disais ? Grettha a le cœur sur la main.

-Je reviens les enfants.

Et elle réapparaît quelques instants plus tard, un bagel et une tranche de pain perdu à la cannelle accompagné d'une boule de glace à la vanille sur son plateau.

Mon goinfre de meilleur ami n'attend pas une seconde de plus pour se jeter sur sa nourriture.

-Merchi Grettha ! Ch'est délichieux ! clame Charlie la bouche pleine.

-Contente que ça te plaise mon garçon !

Sur ce, elle nous laisse déguster les plats qu'elle a l'art de reproduire parfaitement à chaque fois.

-Le ciel s'est assombrit… fait remarquer mon ami qui a pratiquement déjà terminé son bagel.

En effet, d'épais nuages sombres couvrent à présent le ciel habituellement si clair. Quelque chose se prépare, et j'ai un étrange pressentiment…

Chapitre 2

Notre endroit favori qui s'est peu à peu rempli est à présent bondé, et la pauvre Grettha paraît débordée. Elle court dans tous les sens, plateaux en mains, slalomant entre les tables. Le restaurant est animé par les rires des familles et le tintement des couverts. Charlie et moi sommes assis, à papoter ici depuis bientôt deux heures. Le temps passe toujours à une vitesse folle lorsque nous sommes ensembles ! Il fait nuit maintenant, et la neige n'a pas cessé de tomber.

-C'est dingue comme il suffit d'un rien pour que les gens se plaignent ! Fait remarquer mon ami irrité.

L'homme assis sur la banquette voisine vient de passer les dix dernières minutes à grommeler parce qu'il juge le service *trop lent*, et je suis forcée d'avouer qu'il commence réellement à m'agacer moi aussi.

-Tu penses qu'on devrait proposer notre aide à Grettha ?

-Je ne suis pas sûr qu'on ait le droit de faire ça...

-Et qui nous le reprochera ? Et puis ce n'est que pour un soir...

-Ça m'embête de l'admettre mais tu as raison, avoue-t-il.

Les plafonniers se mettent à clignoter un court instant avant de rééclairer normalement la pièce. À son tour, le petit téléviseur se met à grésiller et les images se brouillent. Charlie et moi échangeons un regard interrogateur. Cela doit être à cause du vent dehors, il souffle si fort que l'on l'entend s'écraser contre les murs de la bâtisse.

Nous nous levons et interceptons Grettha dans son service.

-Tu veux bien nous laisser t'aider ? demande Charlie. Histoire que tu puisses souffler un peu ?

Si elle ne semble pas tout à fait convaincue sur le moment, un rapide coup d'œil autour d'elle la fait vite changer d'avis, si bien que cinq minutes plus tard, nous avons enfilé nos tabliers.

Au bout d'une heure à peine, mes jambes commencent déjà à me tirer à force d'effectuer des allers-retours en cuisine, et je sens la fatigue me gagner. Je n'imaginais pas que le travail de serveuse pouvait être aussi exténuant !

Alors que j'amène des milkshakes à une des tables du fond, un garçon qui ne me voit pas recule et manque de les renverser ! Les boissons tremblent sur mon plateau et l'espace d'une seconde, je m'imagine devoir tout nettoyer. Mais heureusement, ils se stabilisent et je lève les yeux vers la personne qui m'est rentée dedans. J'ai à peine le temps d'ouvrir la bouche qu'elle se met à râler :

-Tu ne pouvais pas faire attention ?! J'aurai eu l'air malin, moi, avec une tâche sur mon manteau !

Non mais je rêve ! C'est lui qui n'a pas regardé autour de lui avant de se lever ! Je m'apprête à lui dire ce que je pense de son comportement mais je croise le regard encourageant de mon ami qui a assisté à la scène depuis une autre table, et je reprends vite contenance, m'excusant avant de m'éclipser au plus vite.

Une bourrasque ouvre brusquement les portes du restaurant dans un bruit sourd et s'engouffre à l'intérieur, provoquant les cris des clients au passage. Charlie s'empresse d'aller les refermer, puis prend un air confiant :

-Pas de panique ! Il n'y a aucune raison de s'inquiéter, ce n'est qu'un petit peu de vent, après tout.

Les plafonniers au-dessus de sa tête s'éteignent, plongeant alors le bâtiment dans la pénombre totale, comme pour le narguer. Grettha décide alors de prendre les choses en main :

-Je vais aller chercher des bougies dans la réserve, je n'en aurai pas pour longtemps. Que tout le monde reste calme, le courant ne devrait pas tarder à revenir.

-Je t'accompagne ! je lance.

-Dans ce cas, c'est toi qui te charges des bougies, moi, je vais jeter un coup d'œil au disjoncteur.

Je m'exécute tandis que Charlie rassure quelques clients et tente au mieux de les mettre à l'aise.

Je m'empare du marchepied afin d'atteindre les cartons rangés sur la dernière étagère, comme me l'a indiqué Grettha. N'étant malgré tout pas assez grande, je me dresse sur la pointe des pieds.

-Je peux me rendre utile ?

Mon cœur rate un battement et je suis déséquilibrée, si bien que je manque de tomber. Je me rattrape de justesse à quelque chose, qui se trouve être le garçon mal aimable de tout à l'heure.

-Pardon ! Je ne voulais pas t'effrayer, s'empresse-t-il d'ajouter avant que je ne m'énerve.

Je mets quelques instants à me remettre de mes émotions avant de répondre professionnellement :

-Vous n'avez rien à faire ici.

-Je voulais juste aider…

S'il semble vexé, il ne bouge pourtant pas d'un poil. Je l'observe un instant et je songe à la façon dont je lui ai répondu. J'ai peut-être été un peu dure. *En même temps…*

-Je n'ai pas aimé la façon dont vous m'avez parlé tout à l'heure. Et ce n'était en aucun cas ma faute, vous auriez dû être plus attentif à ce que vous faisiez !

Il m'observe, l'air détaché. La pièce est trop sombre pour que je ne distingue la couleur de ses yeux qui me fixent.

-C'est vrai. J'aurai dû faire attention, et être plus poli. Je m'excuse. En revanche, je préfèrerai que tu me tutoyes…, finit-il par avouer.

Je reste silencieuse un instant, considérant ses excuses, puis je finis par me décider.

-Bien…Alors descends-moi ce carton s'il te plaît…euh ?

-Liam, complète-il. Je m'appelle Liam.

Il tend les bras, attrape la petite boîte sans difficulté grâce à sa grande taille et m'aide à descendre de mon escabeau. Il me suit jusque dans la cuisine.

-Si tu veux tu peux m'aider à les allumer, je lui propose en sortant les bougies de leur boîte.

Je lui tends un briquet qu'il hésite un instant à saisir. Il me regarde comme si je brandissait une arme contre lui.

-Un problème ? Tu fais une drôle de tête.

-Oui…Enfin non, je vais bien, se ressaisit-il.

Il l'attrape et l'active. Ses mains tremblent lorsque jaillit la flamme. Je me demande bien ce qui peut provoquer un tel manque d'assurance chez lui.

-Il faudra les emmener en salle quand tu les auras allumées. Tu t'en occupes ? je lui demande.

Il semble d'un coup perdre toute contenance.

-Je préfèrerais m'occuper de ranger tout ça si ça ne te dérange pas…

Devant son air paniqué je n'insiste pas et je le laisse remballer les bougies restantes.

Je ne sais pas si c'est une sage décision de le laisser seul avec le matériel. *Non, de toute évidence, ça ne l'est pas.* Après tout, c'est un inconnu, et il est clair que quelque chose ne tourne pas rond chez ce garçon.

Chapitre 3

-Si j'avais su, j'aurais pris mon téléphone avec moi ! râle Charlie qui ne tient plus en place.

Nous sommes enfermés dans ce café depuis bientôt quatre heures. La lumière n'est toujours pas revenue et les lignes téléphoniques ont été coupées. Et évidement, le réseau de mon portable ne capte aucun signal. La tempête est très violente au dehors et les autorités ont déconseillé toute sortie à la population afin d'éviter d'éventuels blessés.

Ne supportant plus d'entendre les plaintes de Charlie, je me lève et m'approche des vitres pour mieux observer le blizzard au dehors. Les flocons de neige virevoltent et tourbillonnent, comme embarqués dans une valse avec le vent.

-C'est déprimant…soupire Liam que je n'ai pas entendu me rejoindre.

-Moi je trouve cela fascinant, je réponds.

-Et cette lumière qui ne revient pas…se plaint-il.

-Moi j'aime bien. On se croirait dans un film de science-fiction. Une sorte d'apocalypse.

Il m'observe un instant, comme s'il essayait de trouver la réponse à une énigme.

-Dans ce film en question tu serais cette fille têtue qui quitte son groupe parce qu'elle pense pouvoir sauver le monde. Dommage, c'est souvent ce personnage qui meurt en premier...

-Qu'est-ce qui te fais dire ça ? je me vexe.

-Parce que j'ai l'impression que tu n'aimes pas faire comme tout le monde, observe-t-il.

-C'est vrai, je n'aime pas suivre le mouvement. Et, dans ce cas, je serais l'exception qui survit et qui sauve le monde.

Il pouffe à mes paroles, secoue la tête, puis me questionne :

-Tu bosses ici depuis longtemps ? C'est la première fois que je te vois.

-Je ne suis pas employée. Je donne simplement un coup de main à Grettha.

Il hausse un sourcil, m'incitant à poursuivre.

-Je suis inscrite à la fac, dans un autre état. Ma rentrée a été repoussée, je complète. C'est pour ça que je ne suis pas encore partie. Blue Rivers University, tu connais ?

Il grimace à l'entente de ce nom mais n'ajoute rien.

-Un problème ?

-Aucun, se contente-t-il de répondre. Tu es sur le campus, donc ?

-C'est ce qui est prévu, oui. Ma chambre n'était pas prête à temps à cause des travaux de cet été, mais je devrais l'intégrer la semaine prochaine si tout se passe bien.

Là encore, son expression est étrange. *Décidemment...*

Il ajoute, comme pour changer de sujet :

-Je ne sais toujours pas comment tu t'appelles...

-C'est parce que je ne te l'ai pas dit.

Je m'attends à ce qu'il évite le malaise en détournant de nouveau la conversation mais son silence persistant m'indique qu'il est toujours dans l'attente d'une réponse. Alors évidemment, il insiste :

-Pourquoi te méfies-tu autant de moi ? Je sais que nous ne sommes pas partis sur de bonnes bases mais aux dernières nouvelles, je ne suis pas un tueur en série et je peux t'assurer que je n'ai aucune arme sur moi ! Alors je...

-Maya. Je finis par répondre, le coupant dans son élan.

Si l'on doit rester ici encore un moment, il serait préférable d'éviter les tensions.

-Quoi ?

-Maya. C'est mon prénom.

Ses pupilles que je distingue à présent me dévisagent et, alors que j'ai l'impression que son regard s'adoucit il crache :

-Ça ne te va pas.

Je reste interdite. *Quel culot !* Je n'ai jamais croisé quelqu'un d'aussi grossier que lui ! Je sens la colère me monter aux joues et si je reste ici, je risque d'avoir une réaction inappropriée, et me donner en spectacle est bien la dernière chose que je souhaite ! Vexée, je m'en vais, le plantant là, lui et son air satisfait.

Charlie qui a dû s'apercevoir que ça n'allait pas me rejoint et me prend dans ses bras.

-Détends-toi. C'est un idiot. La tempête s'est calmée, on va pouvoir rentrer. Je te promets de te préparer un bon thé à la cannelle une fois qu'on sera chez toi. Tu n'auras qu'à choisir un film. Partante ?

-Mmm... Seulement s'il y aura aussi nos biscuits !

-La question ne se pose même pas !

Nous rions et je remercie le hasard d'avoir mis cet ange sur mon chemin.

Nous aidons Grettha à tout remettre en ordre et nous rentrons. Quand enfin nous atteignons la maison, c'est un réel soulagement. Les routes étaient glissantes et la tempête a déposé tout plein d'obstacles sur les routes qui n'ont fait qu'ajouter à mon anxiété. Je n'attends pas une seconde de plus pour enfiler mon pyjama et me glisser sous un plaid du canapé.

-*Maman j'ai raté l'avion* ça te va ? je crie pour que Charlie m'entende depuis la cuisine.

-Tout ce que tu veux du moment qu'on ne regarde pas *Le dernier jour de ma vie* encore une fois !

-Ah oui ! Je n'y avais pas pensé ! Bonne idée.

Je me réjouis d'avance d'entendre mon ami se plaindre. J'ai beau avoir vu ce film des centaines de fois, je crois que jamais je ne m'en lasserai.

-Oh non, pitié Maya, pas encore ! se lamente Charlie qui me tend ma tasse fumante.

-C'est moi qui choisis le film, c'est toi qui me l'as proposé, je te signale ! Et moi, je choisis celui-ci.

-Très bien, je me rends, soupire-t-il.

Il attrape un biscuit et l'agite sous mon nez.

-Tu l'auras voulu !

Je me jette dessus et n'en fais qu'une bouchée sous le regard ahuri de mon ami. Mais je finis par m'étouffer à cause d'une miette, lui donnant l'occasion parfaite de se moquer de moi.

Lorsqu'enfin je retrouve ma respiration il me prend les mains.

-Ne change jamais, Maya Robbins.

Il lève son petit doigt à la hauteur de mon visage, en signe de promesse. Ce simple geste me ramène des années en arrière. J'enroule mon doigt autour du sien.

-Promis.

Je me love contre lui tandis qu'il me masse la tête, et je ne tarde pas à tomber dans les bras de Morphée.

Chapitre 4

C'est aujourd'hui. Dans une vingtaine de minutes je franchirai enfin les portes de l'université. Je suis si proche du but et j'ai attendu pendant si longtemps que je ne cesse de m'agiter sur mon siège, ce qui a le don d'énerver Charlie à côté de moi. Ses parents qui sont très occupés ces derniers temps, n'ont pas pu être du voyage, mais ils ont promis de nous rendre visite pendant les vacances de Noël.

-Sérieusement Aron, je ne sais pas comment tu fais pour la gérer à temps plein, elle est insupportable ! se plaint-il à mon père.

Ce dernier quitte la route des yeux pour poser son regard sur nous à travers le rétroviseur et se met à rire.

-Justement, ce n'est pas le cas !

J'assène un coup de coude dans les côtes de Charlie qui rit de plus belle, entraînant mon père avec lui.

-Je te préviens que si tu continues de te moquer, tu vas finir le reste du chemin à pied ! Et arrêtez de vous liguer contre moi, tous les deux ! Je n'approuve pas cette alliance !

De nouveaux rires éclatent dans l'habitacle.

-Tu as pensé à toutes tes affaires ? me demande Charlie qui reprend son sérieux.

-Je suppose que oui...

-Tu *supposes* ? C'est pas vrai, tu es une vraie tête en l'air Maya ! me gronde-t-il. Je parie qu'à la seconde où tu te seras installée tu vas débarquer dans ma chambre parce qu'il te manquera quelque chose.

-C'est totalement faux !

-C'est ce qu'on verra, je ne te donne pas plus d'une semaine.

Je me contente de lever les yeux au ciel face à sa raillerie et j'observe le paysage que la voiture dépasse à grande allure. Je me sens nerveuse. Plus le véhicule avance, plus je sens cette boule grossir dans mon ventre. Je triture mes cheveux, chose que j'ai l'habitude de faire quand je suis anxieuse. Charlie qui le remarque me prend les mains.

-Eh... Ne t'en fais pas. On sera bien là-haut. C'est juste que cette nuit, tu ne dormiras pas dans ton lit de princesse.

Il accompagne sa phrase d'un clin d'œil. Ses bêtises ont le don de m'apaiser et je lui tire la langue en guise de réponse. Je lui en suis reconnaissante d'avoir reporté son premier semestre pour faire sa rentrée en même temps que moi. Autrement, je ne sais pas si j'aurais réussi à m'intégrer toute seule.

Nous arrivons sur le parking des étudiants, plutôt vide en cette fin d'après-midi. Nous avons roulé toute la journée et j'ai hâte de retrouver la sensation de mes jambes. Mon père se gare et nous aide à décharger nos valises. Lorsqu'enfin le véhicule est vide, il ne peut s'empêcher de me serrer dans ses bras.

-Je suis fier de toi ma fille. Tu n'imagines pas à quel point tu vas me manquer.

-N'exagères pas, Yellowknife n'est pas si loin de Nelson. Et puis, je ne t'abandonne pas pour autant tu sais…

Nos regards se croisent, et je sais que nous pensons à la même chose : *Maman*. Je me sens légèrement coupable de le laisser seul à la maison.

-Bon allez, file avant que je ne décide de te ligoter et de te ramener de force à la maison !

Je l'embrasse une dernière fois avant de rassembler mes affaires et de me diriger vers le bureau des admissions, Charlie à mon côté.

Nous empruntons le chemin de dalles qui mène aux résidences et nous dépassons une grande fontaine dont jaillit de l'eau claire. Le site de l'école ne présente pas cette partie du domaine, mais une chose est sûre, c'est qu'elle est très bien entretenue. La pelouse est demeurée verte malgré les intempéries de ce week-end et ce temps hivernal. Charlie récupère ses clefs tandis qu'on me dirige vers un autre bâtiment administratif afin de régler les derniers détails de cette fâcheuse histoire de chambre.

-Je suis désolé mais je crois que c'est ici que je t'abandonne, déclare-t-il justement.

-Je t'envoie un texto dès que j'ai fini de m'installer, je soupire, peu rassurée à l'idée de me séparer de lui.

Charlie dépose un baiser sur ma tempe et s'en va. Mais je ne reste pas seule longtemps car déjà, quelqu'un m'interpelle.

-Excuse-moi, tu sais où se trouve le bureau des admissions ? Je suis un peu perdue, admet l'inconnue gênée.

C'est une jeune fille, comme moi. Elle parait essoufflée et ne cesse de remettre en place les mèches blondes qui tombent sur le devant de son visage.

-C'est juste-là, il suffit de passer ces portes, je lui indique en pointant l'entrée de mon doigt. Je vais par-là moi aussi.

-Merci beaucoup ! Je suis Hannah, je m'installe seulement à cause de…

-Des travaux ? je la coupe. Je m'appelle Maya, je suis dans le même cas que toi.

Nous discutons encore quelques minutes durant lesquelles j'apprends qu'elle aussi est inscrite dans l'équipe de volleyball pour le second semestre et qu'elle partage sa chambre avec une amie à elle. Nous décidons finalement d'entrer dans le bâtiment.

L'intérieur est sobre et très spacieux. Le hall est étonnamment vide et seul le personnel est présent. Hormis le clapotage singulier du tampon et le froissement de feuilles que l'on manipule, il n'y a aucun bruit. Autour de nous sont disposés quatre bureaux d'accueil. Deux d'entre eux semblent inoccupés. Hannah se dirige vers celui de gauche tandis que moi, vers celui d'en face. C'est une jeune femme, -la vingtaine sûrement- qui se tient derrière.

-Bon…Bonjour, je bafouille, mal assurée.

Je l'interrompt, et cela l'agace, son faux sourire plaqué sur le visage ne trompe personne. Elle me fixe avant de soupirer, ce qui ne fait qu'accroître mon stress déjà bien entamé.

-C'est pourquoi ? finit-elle par demander.

-Je...J'aurais besoin de la clef pour...

-C'est bon, n'en dis pas plus !

Le ton qu'elle emploie me déplaît, et il a même pour effet de m'énerver.

-Prénom ?

-Maya Robbins, je réponds avec un regain d'assurance.

Elle se baisse et se met à farfouiller dans un de ses tiroirs. Elle en ressort une pochette rouge vermillon, contenant je suppose, des informations me concernant. Elle l'ouvre devant moi, confirmant mon hypothèse, pose son doigt sur l'une des fiches, la première, descend progressivement et s'arrête à mi-feuille. Elle se lève de son siège et me fait signe de patienter avant de disparaître derrière une porte interdisant l'accès aux étudiants. J'en profite pour jeter un coup d'œil en direction de ma nouvelle amie qui me remarque et m'adresse un signe discret. Elle est désormais accompagnée. Je détourne la tête quand la porte face à moi s'ouvre et que la femme réapparaît, objets en mains.

-Tiens, voici les clefs de ta chambre. Numéro 306... Et voilà une carte pour le self. La signature a déjà été effectuée, tout est en ordre et ma collègue vient de me confirmer que la chambre est terminée et désormais la vôtre.

-Merci beaucoup ! je la remercie avec vivacité.

Mais elle ne fait déjà plus attention à moi et retourne à ses occupations. Je m'écarte et constate que les filles sont toujours en pleine conversation. Je soupire. Je suis épuisée et je n'ai qu'une hâte, poser mes bagages pour de bon.

Quand enfin Hannah et son amie en ont terminé avec les modalités d'inscription, et après quelques brèves présentations, nous rejoignons l'espace réservé aux logements étudiants.

À notre entrée, c'est avec frustration que nous découvrons que l'ascenseur est momentanément condamné. Une seule solution s'offre à nous : les escaliers. Aucune de nous ne semble enchantée par cette alternative mais nous n'avons pas d'autre choix.

Nous tirons nos valises avec difficulté quand Hannah s'arrête, son attention portée sur autre chose.

Je me retourne et j'aperçois un garçon qui approche dans notre direction. Lorsqu'il nous remarque à son tour, il presse le pas et atteint rapidement notre hauteur.

-On dirait qu'on a besoin d'aide par ici !

-J'avoue que deux bras de plus ne seraient pas de refus. j'admets soulagée.

-Si vous pouvez patienter quelques minutes vous en aurez même quatre ! Liam ne devrait pas tarder.

Liam ? Se pourrait-il que...Non, impossible, ça doit être une simple coïncidence...

Les filles et moi échangeons des regards entendus. De toute façon, nous n'y serions jamais arrivées seules.

-Je m'appelle Sasha. Se présente la colocataire d'Hannah que la présence du beau blond ne semble pas laisser indifférente.

-Moi c'est Hayden. J'aime beaucoup ton prénom.

Il lui tend la main qu'elle saisit aussitôt. Une chose est sûre, c'est qu'elle lui a tapé dans l'œil. La façon dont il la regarde en dit long sur ses premières impressions, et je ne suis pas la seule à l'avoir remarquée si j'en crois le regard complice que me lance Hannah.

-Ah le voilà ! s'exclame Hayden en désignant son ami qui s'approche.

Ce dernier ne nous voit pas encore, son téléphone semblant solliciter toute son attention. *Sa démarche me dit vaguement quelque chose...*

Et soudain, je le reconnais. C'est bien le garçon de la dernière fois. Je comprends maintenant, pourquoi il a semblé gêné à l'évocation de mon école... Je ne pensais pas le revoir de sitôt, et l'idée me convenait d'ailleurs. Il s'est montré si grossier la dernière fois...

Le concerné relève la tête et manque de faire tomber son portable. *Il m'a reconnue.*

-Vous vous connaissez ? demande Hayden en haussant les sourcils.

Je ne sais pas quoi répondre et heureusement, c'est Liam qui s'en charge. *Ou presque.*

-Non, je l'ai prise pour quelqu'un d'autre...répond-il vaguement.

Je ne l'ai pas vu venir, celle-là ! Je me demandais ce qu'il allait répondre mais je m'attendais à tout sauf à ça. Cela dit, je ne suis pas étonnée de voir que son comportement n'a pas changé.

-Je me charge des présentations ? demande Hayden à l'adresse du groupe.

-C'est vraiment utile ? se plaint Liam.

Décidément, il ne ressemble en rien à son ami, d'ailleurs, je me demande comment ils font pour ne serait-ce que se supporter. Leur caractère semblent radicalement opposés !

Hayden qui semble vouloir éviter qu'un malaise s'installe ignore sa réponse et commence à présenter les filles à son ami.

-Liam, tu peux m'aider à monter leurs affaires ?

S'il ne semble pas convaincu, un simple regard vers son fidèle ami lui suffit pour accepter. Malgré ce que les apparences démontrent, il semble tout de même y avoir une vraie complicité entre ces deux-là.

Les garçons s'emparent de nos sacs et de nos valises et les portent jusqu'en haut de l'escalier avec une facilité étonnante. Liam qui s'est occupé des miennes, me demande où il doit les amener et je lui indique le numéro de ma chambre. Je me laisse guider tandis que les filles suivent Hayden dans le sens opposé. Nous traversons un long couloir puis Liam bifurque à droite et j'ai du mal à le suivre, si bien que je suis obligée de presser le pas. Je l'observe, légèrement en retrait. Ses muscles sont bien dessinés. J'examine les veines saillantes de sa main qui tire ma valise et mes yeux remontent jusqu'à son biceps. Un tatouage dépasse légèrement de sa manche et je crois deviner un prénom. Lorsque je me rends compte que je l'observe depuis bien trop longtemps, je détourne le regard et heureusement, il ne semble n'avoir rien remarqué. Enfin il s'arrête devant une porte, décorée du nombre « 306 » en plaques dorées. Il y a des ardoises à côté des portes afin que nous écrivions ce que nous voulons. Je trouve l'idée originale, il va falloir que je réfléchisse à ce que je peux bien y écrire…

-C'est ici. Tu as la clef ?

J'acquiesce et enfonce l'objet métallique dans la serrure. La porte s'ouvre à la suite d'un cliquetis, nous laissant découvrir une pièce vide, à la réserve d'un lit, d'une commode et d'un bureau. Nous entrons et mon regard est attiré par la vue depuis la fenêtre. D'ici, on peut voir quelques étudiants sur des bancs le long de la pelouse parfaitement entretenue, livre à la main ou casque sur les oreilles. Certains jouent au ballon et d'autres lèvent la tête pour observer le coucher de soleil au-dessus de leur tête. Le ciel se dégrade du bleu à l'orange, en passant par des traînées de nuages violets. Cette atmosphère m'apaise. Ce brasier à demi éteint me fascine. Puis la voix basse de Liam, presque imperceptible vient briser ce silence :

-C'est beau n'est-ce pas ?

Je me retourne et approuve d'un signe de tête ne sachant quoi répondre de peur de me prendre une réponse désagréable dans la figure, une fois de plus. Il est adossé au mur d'en face, près de la porte, les bras croisés sur son torse. Nous nous fixons longuement et un silence désagréable s'installe alors dans la pièce.

-Merci pour les valises, je tente.

Il se contente de hocher la tête et disparaît dans le couloir, me lâchant un simple « *ouai, salut* ». Je hausse les épaules et entame mon installation. *Une chose est sûre, c'est que je ne compte pas laisser ses sautes d'humeur empiéter sur mon optimisme.*

Chapitre 5

Lorsqu'enfin le professeur nous libère, je me dépêche de rassembler mes affaires que je fourre dans mon sac, et je rejoins la sortie. Finir à 13 heures lorsque l'on a un appétit comme le mien est un enfer, et mon ventre n'a pas manqué de me le rappeler durant toute l'heure !

Hannah et Sasha m'attendent déjà au self mais je dois d'abord faire un crochet par le gymnase pour retrouver Charlie.

Ne voulant pas rester top longtemps dans le froid, je décide de l'attendre dans le hall. Je suis en train d'envoyer un message à mon père pour lui donner des nouvelles de ma semaine lorsque la venue de quelqu'un attire mon attention. Mais à peine ai-je relevé la tête qu'on me percute, et mon téléphone me glisse des mains.

-Je...Maya ?!

Ce n'est autre que Liam qui vient de me rentrer dedans. *Encore une fois.*

-C'est une habitude chez toi de bousculer les gens ? Parce que tu sais, il y a plus simple pour saluer les gens.

J'attends la réplique poignante à laquelle il m'a habituée mais rien ne vient. Il n'a pas l'air d'être dans son état normal et semble préoccupé par quelque chose. Il est livide, et il ne cesse de regarder autour de lui, comme s'il s'attendait à voir quelqu'un surgir.

-Liam, tout va bien ? je m'enquiers.

-Oui, oui… répond-il sans grande conviction. Je suis désolé, je t'ai fait mal ? Et ton téléphone ? Il se baisse pour ramasser l'objet et l'examine avant de me le rendre.

Le temps d'un instant je me demande si je n'ai pas imaginé ses excuses. Il faut dire que c'est si rare qu'il se montre poli… Décidément, il y a vraiment quelque chose qui ne tourne pas rond.

-C'est bon, ça va. Mais si tu continues, je vais devoir investir dans des airbags !

Il rit et semble se décontracter légèrement.

- Oh mais tu as déjà tout ce qu'il faut, crois-moi…assure-t-il d'un ton amusé.

Je me renfrogne aussitôt et regrette déjà de m'être montrée gentille avec lui.

-Je dois y aller. À plus, *Maya-l'abeille* !

Sur ce, il s'en va, un rictus moqueur plaqué sur son visage. *Il est fier de lui cet idiot* !

Ce garçon a vraiment le don de me mettre en colère et je meurs d'envie de le remettre à sa place une bonne fois pour toute ! Mais la main qui s'enroule autour de mon poignet m'en empêche.

-On dirait que quelqu'un vient de trouver son costume pour halloween !

J'adresse une bourrade à Charlie en guise de réponse.

-Ne t'y mets pas non plus !

Sur le chemin de la cantine, Charlie me raconte à quel point il a trouvé ses cours intéressants et nous nous accordons sur le fait que nous avons hâte de participer aux cours d'histoire des arts qui ne commence que la semaine prochaine. Lorsque nous entrons enfin, la cafétéria s'est déjà bien vidée. Les filles nous font signe et c'est avec surprise que nous constatons également la présence d'Hayden.

Plateaux en mains, nous nous installons aux places qu'ils nous ont réservées et je soupire de soulagement à la première bouchée. Nous discutons de tout et de rien, ce qui nous permet de faire un peu plus connaissance les uns avec les autres.

-Ça vous dit qu'on se fasse un truc ce soir ? On est vendredi et je n'ai vraiment pas envie de m'embêter dans ma chambre, propose Charlie à la tablée.

-Moi non plus ! approuve Sasha.

-Ça me va, qu'est-ce que tu proposes ? questionne Hayden.

-Je pensais qu'on pourrait aller voir un film au cinéma.

-C'est une super idée ! s'écrie Hannah.

-J'en parlerai à Liam dans l'après-midi, il nous retrouvera sûrement là-bas.

Je grimace légèrement à cette évocation mais je me reprends rapidement afin de ne pas me montrer désagréable. Heureusement pour moi, seul Charlie à mon côté semble s'en être rendu compte. Après tout, Liam fait également parti du groupe, que je l'apprécie ou non...

-On se rejoint vers quelle heure ?

-Mon entraînement se termine vers dix-huit heures, ça ira pour vous ? demande Sasha.

-Parfait. On passera te prendre, lui assure Hannah.

Sur cet accord, notre petit groupe se sépare, chacun pour rejoindre sa salle respective. Sasha et moi suivons les même cours ce semestre, nous restons donc toutes les deux. Cela fait déjà trois semaines que je suis sur le campus et je commence à m'attacher à mes nouveaux amis. Bien que nous venions tous d'endroits différents, le courant passe vraiment bien entre nous ! Sauf peut-être avec Liam. Je ne comprends toujours pas la raison qui le pousse à se comporter ainsi avec les autres. Ce n'est certainement pas dû à son éducation car il a su se montrer agréable parfois.

Alors que nous sortons d'un cours particulièrement long sur les appareils numériques, je l'aperçois justement. Il nous dépasse, Sasha et moi mais ne s'arrête pas, pas même quand nous l'interpellons. Il paraît aussi tendu qu'il y a quelques heures, si ce n'est plus !

-Tu ne trouves pas ce gars étrange ? me demande Sasha.

-Crois moi, il l'est !

Je lui raconte alors notre rencontre de ce midi, et la répartie dont il a fait preuve l'amuse.

-Si tu veux mon avis, il ne faut pas faire attention, on a tous des périodes moins bonnes que les autres. Il doit seulement être préoccupé par quelque chose.

-Je suppose que tu as raison.

Elle jette un rapide coup d'œil à sa montre :

-Mince, je suis déjà en retard à mon entrainement ! Je dois y aller, à tout à l'heure Maya ! Tu pourras dire à Hannah qu'elle prenne mon gilet avant de partir ? Je l'ai laissé sur mon lit.

-Pas de souci, bon courage ! je lui lance.

Mes cours étant terminés pour cet après-midi, je décide d'aller me promener dans le but de trouver quelque chose à photographier. Notre professeur d'art visuels nous a laissé un mois pour lui remettre la photographie de notre choix. Le cliché qui dégagera le plus d'émotions sera affiché sur la page web de l'école et servira de sujet d'étude pour les prochains cours.

Les rues du centre-ville de Yellowknife sont étonnamment vides pour un vendredi après-midi, ce qui me complique réellement la tâche ! Je comptais sur l'animation de la ville pour rendre ma photo plus vivante. En dépit de cela, je décide d'aller faire un peu de shopping. Renouveler ma garde-robe ne me fera pas de mal ! Qui plus est, je n'aurai pas à faire la queue bien longtemps. Alors que je m'apprête à entrer dans une boutique, je crois reconnaître Liam dans l'angle de la rue. Je décide d'aller le saluer. À mesure que j'avance vers lui, mes doutes se confirment. C'est bien lui. Mais au moment où j'arrive à sa hauteur un cri de stupeur m'échappe.

Dans ce qui finalement se trouve être un cul de sac, une poubelle est en train de brûler, sous ses yeux. Des flemmes jaillissent du conteneur mais Liam, lui, demeure imperturbable. Les yeux dans le vague, il a l'air d'une coquille vide. *Pourquoi ne fait-il rien ?* Je tente de le sortir de sa bulle mais il ne réagit à aucun de mes appels. Il ne semble pas réaliser la gravité de la situation.

-Liam, il ne faut pas rester là, c'est dangereux !

Toujours aucune réponse. Les sirènes des pompiers retentissent tranchant le calme de la ville. Une odeur de bois brulé s'élève dans l'air et quelques passants s'arrêtent pour observer la scène.

Je n'y comprends rien à rien !

-Liam, je t'en prie ! Si on nous voit ici, on pourrait penser que c'est nous qui avons fait ça !

Je tire son blouson et contre toute attente, il se laisse faire sans broncher. Je le traîne jusque dans un des magasins au bout de la rue commerciale et une fois hors de danger, je l'interroge, prenant soin de ne pas le brusquer.

-Liam…Qu'est-ce qu'il s'est passé ?

Il ignore ma question et, alors qu'il semble enfin sortir de son trouble, il me dévisage, l'air songeur, puis reporte son attention sur l'un des portants du magasin. *Il est clair qu'il n'est pas en train de se demander quel crop-top choisir…*

-Tu n'as rien au moins ?

-Non, ça va, répond-il faiblement.

Je soupir de soulagement. *Enfin, il parle.*

Sa voix est grave, triste même. Il semble abattu par ce qu'il vient de se passer.

-Est-ce que… je peux faire quelque chose pour t'aider ?

-Rentrons s'il te plaît.

J'obtempère sans rien ajouter, de peur de ne déclencher la bombe à retardement qu'il incarne.

Pendant tout le long du trajet, je me demande ce qu'il a bien pu arriver à ce garçon qui paraît si torturé de l'intérieur.

Chapitre 6

Dix minutes à présent que je devrais être partie, et j'ai horreur d'être en retard ! Cet étrange incident concernant Liam n'a pas quitté mon esprit de tout l'après-midi, et les mêmes questions sans réponses reviennent sans-cesse. *A-t-il lui-même mis le feu à cette poubelle ? Pourquoi n'a-t-il pas réagi ? Qu'est-ce qui le rend si mal ?*

Je crois savoir qu'il a tout de même accepté de nous accompagner ce soir, et même si l'idée ne m'enchantait pas au départ, je suis à présent soulagée qu'il se joigne à nous.

Je fourre les affaires nécessaires dans mon sac à main et j'envoie un rapide texto à Charlie qui lui m'attend déjà au gymnase où se déroule exceptionnellement l'entraînement de Sasha. Hannah, elle aussi en retard, m'a prévenue qu'elle nous rejoindrait directement là-haut.

Lorsque j'arrive au complexe sportif, mon meilleur ami est assis dans les gradins, un livre à la main. Cependant, il semble bien plus préoccupé par l'une des coureuses que par sa lecture.

Sasha. Il la dévore des yeux.

-Pourquoi tu ne vas pas lui parler ? je le presse.

Il sursaute à mon arrivée, mais ses beaux yeux ne quittent pas la sportive.

-Je ne vois pas du tout de qui tu parles...

-Oh si, tu vois très bien ! Tu détestes l'athlétisme et encore plus de t'asseoir sur ce genre de sièges tout durs.

-Non, je viens pour l'équipe et pour être au calme.

Il agite son livre sous mes yeux pour appuyer ses propos.

-Et sans ce mensonge éhonté, ça donne quoi ?

-Tu ne lâches pas l'affaire, hein !

-Bien, c'est fini pour ce soir, reposez-vous, au lieu d'aller vous souler en boîte ce week-end, vous en avez tous grand besoin ! ordonne l'entraineur à son équipe.

Je reste perplexe face à la dureté avec laquelle il leur parle, mais je suppose que c'est ce à quoi l'on doit s'attendre lorsque on intègre une équipe de haut niveau. Sasha nous fait signe qu'elle n'en aura pas pour longtemps et Charlie et moi nous levons pour rejoindre la sortie.

-Ils passent nous prendre d'ici cinq minutes, j'espère que Sasha sera prête.

-Sasha ? Prête à l'heure ? Tu rigoles j'espère...

Je soupire et finis par me faire à l'idée que nous n'arriverons sûrement pas à l'heure au cinéma.

Dix minutes plus tard, une voiture blanche se gare, fenêtres ouvertes et musique à fond sur le parking du gymnase. *Du moins, elle essaye...* Je reconnais Hayden sur le siège passager, qui s'agite au son de la radio. J'en conclus donc que c'est Hannah qui a pris le volant, ce qui explique la conduite catastrophique de la voiture. Après de multiples essais, elle finit par abandonner et coupe le moteur entre deux places de parking.

-Tu es un danger ambulant, tu le sais ça ? lance Charlie à mes côtés.

-Quoi ? crie-elle par-dessus la musique beaucoup trop forte pour laisser place à une discussion convenable.

-J'ai dit que tu étais une piètre conductrice !

Elle lui répond de son majeur avant de réajuster son bonnet et de déverrouiller les portes arrière du véhicule. Je lui demande de baisser le son en entrant et j'observe sa main tourner le bouton parmi de nombreux autres. Cette voiture possède un tas d'options ! Moi qui n'ai pas encore de voiture, je me sens tâche à côté de tout ça...

-Qu'est-ce qu'elle fabrique Sasha ? râle Hayden.

-Tiens, quand on parle du loup...

Sasha s'avance justement vers nous, les cheveux encore trempés, dégoulinants le long de sa doudoune grise. Ses joues sont légèrement teintées de rose, ce qui contraste avec le blond de ses cheveux et le gris de ses beaux yeux. Cette fille est magnifique en toute circonstance, et sans la moindre touche de maquillage. Elle porte la main sur son front pour mieux distinguer le véhicule et écarquille grand les yeux. Elle entre et prend place à l'arrière avec Charlie et moi.

-La vache, elle tue cette voiture ! Tu ne m'avais pas dit que tu en avais une aussi belle !

-C'est parce que je ne l'ai que depuis aujourd'hui. Ma mère a profité d'un rendez-vous en ville pour son boulot et me l'a déposé tout à l'heure.

-En tout cas, ce n'est pas la voiture qui fait le conducteur ! se moque Charlie. La prochaine fois, autant te garer dans le mur.

La remarque fait rire tout le monde, sauf Hannah qui démarre aussi maladroitement qu'elle est arrivée.

-Nan, plus sérieusement, comment tu t'es débrouillée pour avoir ton permis ? continue Hayden.

En guise de réponse, elle monte le volume de la radio, nous arrachant de nouveaux éclats de rire.

Une de nos musiques préférées est en train d'être jouée et Charlie et moi nous mettons à chanter, rapidement rejoints par Hannah.

-*Lady, running down to the riptide...*

-*Taken away to the dark side...*

-Vous devriez sérieusement faire carrière dans la chanson ! se moque Hayden.

Lorsque Hannah trouve une place, elle manœuvre à grands coups de volant et Sasha s'agrippe à moi tandis que je tente de m'accrocher à ce que je trouve.

-Faites-moi penser à ne plus jamais monter dans une voiture avec Han' au volant ! s'écrie Hayden.

Quand nous rejoignons la salle, Liam est déjà là et nous attend, sachets de pop-corn en mains.

-C'est pas trop tôt ! Comment vous vous êtes débrouillés pour arriver aussi en retard ?

Sasha rougit de honte sous nos regards accusateurs et elle est la première à pénétrer dans la salle. Le générique de début a déjà commencé et nous essayons de trouver des places les unes à côtés des autres malgré la faible luminosité. Hayden, Sasha, Hannah et Charlie trouvent des places côtes à côtes. Liam me pointe alors deux sièges libres.

Hors de question que je m'asseye à côté de lui ! Mais je n'ai pas le temps de rétorquer que déjà, il s'installe. Les gens s'impatientent et lui me fait signe de le rejoindre. Je reçois des morceaux de *crackers* dans la figure.

-Bon, tu vas bouger tes fesses de devant l'écran !? braille un type.

C'est donc à contrecœur que je vais m'asseoir à côté de Liam. Au loin, j'aperçois Charlie et Sasha se moquer de moi et je les foudroie du regard. Ils se mettent à dessiner des petits cœurs avec leur mains. *Qu'ils sont idiots...*

Au bout d'une quarantaine de minutes, je ne suis toujours pas parvenue à m'intéresser au film. L'histoire n'es pas assez entraînante à mon goût, et mon voisin doit être du même avis car il se concentre plus sur sa manière de manger ses pop-corn que sur le film.

-Espèce de goinfre ! je chuchote pour le provoquer un peu.

Il me regarde, étonné que je lui adresse la parole après ce qu'il s'est passé un peu plus tôt cet après-midi, puis il finit par me lancer le morceau qu'il avait dans la main. Je plonge ma main dans le pot pour faire de même, et il ouvre grand la bouche, m'en indiquant l'intérieur. Je loupe les trois premiers lancers et le quatrième atterrit tout droit dedans. Nous répétons le même jeu pour moi, mais les siens viennent se coincer dans les cheveux crépus de la dame devant nous. Nous nous retenons de rire mais sommes tout de même très bruyant et plusieurs fois, l'homme assis aux côtés de Liam nous regarde sévèrement.

-Bon, je te propose de corser un peu les choses à présent, chuchote-il d'un air de défi.

-De toute façon je suis la meilleure, même un écureuil jouerait mieux que toi !

Cette réplique me vaut un coup d'épaule et je me surprends à penser que sa présence n'est pas si désagréable, finalement...

-D'accord. Si tu arrives à en mettre trois d'affilée, tu me donneras un gage. En revanche, si tu perds, c'est toi qui m'en devras un.

-Défi accepté. Mais c'est juste pour voir les écureuils se moquer de toi alors !

Bingo ! Le premier atterri tout droit dans sa bouche et le second en fait de même. Liam semble légèrement perdre sa confiance en lui et prend le temps de bien mâcher les morceaux de maïs soufflé. Il reprend avec un sourire plein de malice.

Je me concentre du mieux que je le peux mais lorsque j'envoie ma dernière chance, Liam se décale sur la gauche et le morceau tombe au sol.

-Eh ! C'est de la triche !

-Appelle ça comme tu veux, mais je n'avais pas précisé ce qu'on avait le droit ou non de faire...

-Mais reconnais que ça allait de soi !

-Si tu le dis...

-Mauvais joueur !

-Je te dois un gage !

Je me renfrogne dans mon siège, déçue. Cette fois, j'étais bien décidée à lui clouer le bec à cet idiot !

-Allez Maya, arrête de bouder !

Il ricane devant le regard noir que je lui lance et l'homme d'à côté intervient :

-Chuuuut !

Le reste de la séance se termine comme elle a commencé. Assis l'un à côté de l'autre, muets avec pour seul bruit celui de nos mains qui plongent dans le pot de friandises, et je jurerais que Liam mâche bruyamment pour énerver notre bougon de voisin.

Le film se termine vers 21 heures, et d'un commun accord, nous décidons d'aller nous restaurer chez *Wendy's*, un fast-food du coin qui paraît-il, sert les meilleurs hot-dogs de la ville. Le repas se passe agréablement bien, les garçons discutent des dernières rencontres sportives de leurs équipes favorites tandis que les filles et moi parlons de certaines boutiques du coin. La chaleur qui règne dans ce restaurant devient insoutenable, alors je décide d'aller prendre l'air. Cette journée a été riche en émotions et je suis satisfaite d'avoir réussi à passer un bon moment en présence de Liam. Et moi qui l'imaginais comme un misanthrope... Malgré tout, je ne peux m'empêcher de penser que cette avancée n'est que de passage et que bientôt, les choses se trouveront être bien plus compliquées...

Chapitre 7

La semaine fut interminable et je n'en finis pas de crouler sous la tonne de devoirs à rendre. En plus, je n'ai toujours pas trouvé d'élément intéressant à photographier pour ce fameux projet, alors qu'il me reste moins de deux semaines ! Cependant, Liam s'est révélé être de bien meilleure compagnie ces derniers jours. C'est comme s'il avait oublié tout ce qui s'était passé jusqu'ici et même l'incident de l'autre jour. J'ai voulu en discuter avec lui à plusieurs reprises mais je me suis ravisée à chaque fois. Il faut dire que ce n'est pas le genre de sujet que l'on aborde facilement dans une conversation banale et quelque chose me dit qu'il n'a aucune envie que les autres soient au courant…

Voilà maintenant plus de quatre heures que je travaille et le soleil a commencé sa descente. Je n'avais pas vu le temps passer ! Je décide donc de m'octroyer une petite pause et d'aller me promener dans la ville.

À peine suis-je dehors que le vent glacial me mord la peau. Je marche jusqu'au centre-ville. Les rues sont bondées en ce samedi après-midi et j'ai du mal à me faufiler entre les passants. Mon premier réflexe est de râler puis soudain je réalise : *C'est exactement ce dont j'avais besoin !* Je ne perds pas une seconde de plus et cherche un endroit où grimper afin de me surélever. J'aperçois un petit muret et je m'y précipite. L'angle est parfait ! Je sors mon appareil photo de mon sac et effectue les réglages appropriés pour obtenir la photo parfaite. Le ciel est en déclin et nous dévoile un dégradé de rose et de violet. Les luminaires de la rue ainsi que les phares des voitures dans le fond contrastent avec la masse opaque de la foule mouvante. Je me concentre et plisse le regard devant le viseur. Je prends plusieurs clichés avec des angles et des effets différents pour avoir un maximum de rendus.

Une fois satisfaite, j'estime avoir assez travaillé pour la journée, et je décide de rejoindre mes amies dans leur chambre.

Je m'apprête à gravir les dernières marches lorsque Sasha dévale justement les escaliers.

-Tu vas me le payer, je te préviens ! peste-t-elle.

Le rire d'Hannah résonne depuis le haut des escaliers puis elle surgit à son tour quelques secondes plus tard.

-Je n'ai fait que te donner un petit coup de pouce ! Tu verras, tu me remercieras ! Oh, salut Maya ! On venait justement te chercher.

-On comptait aller manger des sushis ! ajoute vivement Sasha qui en raffole.

-À vrai dire, j'aurais bien aimé rester au calme, avec vous.

-On n'a qu'à commander, propose Hannah.

-Ça me va !

-Je m'en occupe. On prend un assortiment ?

-Évidemment ! répondons-nous simultanément, Sasha et moi.

Nous regagnons donc leur chambre et nous nous installons devant un film tandis qu'Hannah appelle le livreur.

-Au fait, pourquoi vous vous disputiez à l'instant ? je demande, curieuse.

-Hannah a raconté à Charlie que je le trouvais mignon... se lamente Sasha.

-Mais c'est vrai ! Il faudrait être aveugle pour ne pas remarquer que tu en baves pour lui ! intervient Hannah qui revient parmi nous.

Sasha la fusille du regard tandis qu'elle et moi échangeons un regard complice.

-Au fait Maya ! Liam te cherchait tout à l'heure, m'informe Sasha.

-Je peux savoir pourquoi ?

-Aucune idée. On a seulement pensé qu'on devait te mettre rapidement au courant, c'est d'ailleurs pour ça qu'on te cherchait au départ.

-Je passerai le voir demain.

Sur ce, nous discutons encore de longues heures, à propos de la saison prochaine de volley-ball et d'autres sujets concernant les semaines à venir. Cependant, je ne peux m'empêcher de songer à ce que me veut Liam. J'espère seulement que tout se passera bien cette fois…

Chapitre 8

Je suis en train de ranger mes affaires avec ma lenteur habituelle quand une fille de ma classe vient à mon encontre.

-Bonjour Abby.

-Salut ! C'est l'administration qui m'envoie te chercher. Ils veulent te voir immédiatement, c'est très important paraît-il !

Et moi qui me faisait une joie de manger avec mes amis...

-Bon, je vais y aller alors... Merci !

-Je te garde une place ? demande Sacha.

-Oui, merci !

J'arpente les couloirs que je commence à connaître de mieux en mieux, passant par un grand hall, dont le sol est décoré du logo de l'université. Je pénètre dans l'espace administratif et je toque à la porte du bureau avec une pointe d'appréhension.

-Oui, entrez, m'invite Mme Hopkins, la proviseure. Ah, Mlle Robbins ! Nous vous attendions !

Deux adultes, un couple -je le devine à la façon dont ils ont de se coller l'un à l'autre- sont également présents.

-Alors voilà, ce n'est pas évident, et je conçois que ça soit déplacé... mais je tiens vraiment à ce que vous acceptiez cette proposition alors écoutez-moi attentivement. Une nouvelle élève aimerait intégrer notre cursus mais malheureusement, aucune chambre n'est libre. Vous possédez une chambre normalement conçue pour une personne, mais la position de la pièce est idéale afin que des travaux puissent être effectués et ainsi permettre à cette jeune fille de s'installer. S'installer...avec vous.

Encore des travaux ? Ça n'en finira donc jamais ? Et en plus de ça, il n'a jamais été question d'être en collocation.

La femme du couple me regarde avec des yeux implorants et je ne peux décidément pas refuser cette proposition, même si elle ne m'arrange pas vraiment. *Pas du tout en fait.*

-C'est...oui, d'accord, c'est envisageable.

Le couple a l'air fou de joie, et la femme me prend les mains.

-Parfait ! Malheureusement, un autre problème se pose maintenant, reprend la proviseure d'un ton sérieux. Pendant les travaux nécessaires à l'agrandissement de la pièce, il vous faudra tout de même trouver un endroit où vous installer. Ce ne sera que provisoire, bien-sûr, l'histoire d'une semaine, tout au plus. Voyez si l'un de vos amis serait disposé à vous rendre ce service.

-Je leur en parlerai.

-En fait…ajoute-elle d'une voix traduisant sa gêne, il faudrait trouver au plus vite. La nouvelle élève a déjà énormément de retard sur le programme, on ne peut plus attendre…

-Dans ce cas j'y vais, Mme Hopkins.

-Je ne vous retiens plus. Tâchez de me prévenir dès que vous aurez trouvé une solution. Je vous remercie de votre compréhension et de votre générosité !

En sortant du bureau, je passe par mon casier pour récupérer les livres dont j'aurai besoin pour les cours de cet après-midi. Une fois chose faite, je marche, tête baissée afin de mieux réfléchir au problème de Mme Hopkins mais on m'interpelle.

Je me retourne et Liam vient à ma encontre, tout sourire.

-Salut Liam, les filles mon dit que tu me cherchais, il y a deux jours.

-Euh…oui c'est vrai.

Il semble se renfrogner légèrement.

-Je voulais…tu sais, à propos de l'autre soir. J'aimerai éviter que ça se sache, s'il te plaît.

J'avais donc raison de penser qu'il voudrait garder l'incident secret. Cependant, je ne suis pas de son avis.

-Mais on ne peut pas faire comme si de rien était. Je veux dire, tu as mis le feu à une poubelle Liam !

-Ce n'était pas moi ! rétorque-t-il.

La tension monte d'un cran entre nous et pour la énième fois depuis qu'on se connaît, je sens que cette conversation va mal se terminer. Mais ma curiosité me pousse à continuer. *Tant qu'à faire, je peux au moins essayer de récupérer quelques informations.*

-Alors pourquoi tu n'as rien fait pour empêcher la personne qui l'a fait ?

-Parce qu'il n'y avait personne quand je suis arrivé ! Et puis ce n'était pas à moi de le faire !

-Alors pourquoi n'as-tu pas essayé de l'éteindre ?! Ça aurait pu provoquer un grave incendie !

-Je n'ai pas à me justifier Maya ! Tu te prends pour qui au juste ? Ma mère ?!

Il me fusille du regard, les poings serrés. Ses veines ressortent sous sa peau et il me domine de toute sa hauteur. Je suis certaine que s'il le voulait, il pourrait me réduire en miette sans difficulté aucune.

-Dis-moi au moins pourquoi tu te trouvais là !

Il s'apprête à ajouter quelque chose mais se ravise et s'en va, non sans bousculer quelques personnes sur son passage. Au bout du couloir, il assène un violent coup de poing de son casier. Le bruit de métal me fait sursauter. *Je n'aimerais pas être le propriétaire de ce casier !* La porte est enfoncée et je ne suis pas sûre qu'elle puisse fermer à nouveau.

À la fin de mes cours, vers 19 h, je demande à mes amis de me rejoindre chez *Wendy's*, dans le but de leur parler de l'accord passé avec la proviseure. Sasha et moi, pour une fois, sommes les premières. Nous commandons pour les autres et c'est justement à ce moment-là qu'ils arrivent. Tous les membres du groupe sont présents et seul Liam manque à l'appel, ce qui me fait légèrement culpabiliser. *C'est forcément à cause de notre dispute...*

-Bon, pourquoi tu nous as fait venir ? s'impatiente Hannah.

Je leur explique alors mon problème, craignant légèrement leur réaction.

-Ça va être compliqué...dit Hayden considérant ses options. Tu sais avec qui j'habite, et je doute qu'il te laisse t'installer dans notre appart. Vous ne survivriez pas deux secondes dans la même pièce tous les deux. En plus il avait l'air à cran tout à l'heure quand je l'ai croisé, je me demande bien dans quel pétrin il s'est encore fourré...

Si tu savais...

-Nous on est déjà deux ! répondent les filles simultanément.

-Complet, vraiment navré *Chucky*, me répond Charlie qui secoue la tête d'une mine désolée.

-Comment je vais faire ! me lamenté-je la tête entre les mains.

Tous me regardent tristement et mon meilleur ami me caresse la main, quand Hayden annonce, sûr de lui :

-Oh et puis tu sais quoi, tu vas t'installer avec nous ! Liam et son mauvais caractère iront se faire voir ! Et puis, ce n'est l'histoire que d'une semaine ou deux, pas vrai ?

Tous sommes impressionnés par l'audace soudaine dont fait preuve notre ami. Sans plus attendre, je lui saute sur les genoux et le serre dans mes bras.

-Tu es sûr de toi Matthew ? demande Hannah qui ne semble pas aussi convaincue que lui par cette idée. Tu sais comment il peut réagir !

-Je maîtrise la situation, et puis après tout, c'est aussi chez moi ! Il est hors de question que Maya soit à la rue !

-Bon, si tu le dis...

-Vous feriez mieux d'y aller, si tu veux avoir le temps de t'installer sans tomber nez-à-nez avec une boule de nerfs... conseille Charlie.

-Tu as raison.

Hayden et moi nous levons et je laisse l'argent nécessaire à mes amis pour payer les boissons.

-Bonne chance ! nous lance Sasha.

Hannah secoue lentement la tête et soupire :

-C'est du délire.

En quelque sorte, oui, ça l'est. Mais de toute façon, il ne me reste aucun autre choix. Je plante un baiser sur sa joue, embrasse également Charlie et rejoins Hayden qui m'attend à la sortie.

Chapitre 9

Au fur et à mesure que nous remplissons mes valises, je sens la peur me gagner. Que se passera-t-il lorsque Liam me découvrira chez lui ? Il me détestera encore plus qu'il ne le fait déjà -*si c'est réellement possible.* Plus je repense à notre altercation de ce matin et plus je me dis que ma réaction était inappropriée. Je n'aurais certainement pas dû le forcer à se justifier, mais je voulais une explication ! Tout cela est si...insensé.

Comme s'il avait lu le fond de mes pensées, Hayden abandonne ce qu'il fait pour venir se poster devant moi.

-Ne t'en fais pas, il ne t'agressera pas tu sais ? Et puis, on ne risque pas de le croiser avant très tard ce soir, il est au bar avec les mecs de l'équipe. Et quand il est en colère, il a tendance à avoir la main lourde sur la bouteille...

Voilà qui me rassure un peu. Je ne pourrai pas l'éviter indéfiniment, mais le croiser le plus tard possible sera le mieux !

Je finis d'aider Hayden et nous passons remettre la clef de ma chambre à l'administration. Comme prévu, nous sommes seuls à notre arrivée dans l'appartement des garçons. *C'est mieux ainsi.* La pièce principale est très spacieuse, beaucoup plus que je ne me l'étais imaginée. Il est vrai qu'Hayden a déjà évoqué ce petit privilège qu'il a obtenu de sa famille lors d'une de nos conversations, mais je ne pensais pas que c'était à ce point ! Le salon dans lequel nous nous trouvons est bien décoré et possède un grand canapé et même une télé ! La pièce donne sur un long couloir donnant lui-même sur deux chambres et une salle de bain qui leur fait face. Je le suis, tâchant de me familiariser un peu avec ce nouvel environnement.

-Tu peux mettre tes affaires dans ma chambre, tiens, ici.

Il me désigne une commode.

-Je ne me sers que de deux tiroirs, tu peux prendre les autres. Tu as faim ?

-Je suis affamée !

-C'est vrai, j'oubliais ton appétit d'ogre !

-Eh !

Je lui jette un coussin pris sur son lit qu'il évite de justesse en se cachant derrière la porte. Il éclate de rire, et je fais de même.

-Pour la peine, je ne te laisse pas le choix, ça sera traiteur chinois ce soir !

-J'adore ça !

-Parfait, j'appelle le livreur.

J'en profite pour jeter un coup d'œil à mon téléphone. J'ai reçu un message de ma mère. Je l'ouvre nerveusement et en lis le contenu :

De maman : Gros bisous d'Australie !

Je grimace et ouvre la pièce jointe qui va avec, les doigts tremblants. Lorsque je découvre de quoi il s'agit, je reçois comme un coup de poignard dans le ventre. C'est une photo d'elle et de Lexy, sa meilleure amie, habillées de bikinis, lunettes de soleil sur le nez et cocktails en mains. Au deuxième plan, on aperçoit une immense étendue d'eau bleu pastel. *Elles sont à Whitehaven Beach !* Le paysage est époustouflant et je les envie.

Une pointe de déception me traverse. C'est injuste pour mon père et moi qui souffrons chaque jour de son absence. Malgré ce qu'elle tente de nous faire croire, quelque chose me dit qu'elle n'a aucune envie de rentrer à la maison. Cette photo en est la preuve. Enervée, j'éteins mon téléphone et rejoins mon ami dans le salon. Il est au téléphone, mais plus avec le livreur à présent.

-...ne t'inquiètes pas, je te dis que tout va bien. Oui. Non, il n'est pas encore rentré. Ouais, au bar, encore. C'est moi qui vais devoir m'en occuper cette fois aussi...Bon je te laisse, *ciao* !

Il raccroche et lève la tête en m'apercevant.

-C'était Hannah, elle s'inquiète.

-Cette fille est un ange.

Hayden approuve et m'informe que le livreur sera là d'ici une petite heure. En attendant, nous nous installons sur le canapé pour discuter. J'essaye de savoir s'il en sait un peu plus sur la relation de mon meilleur ami avec Sasha car il est clair qu'ils se rapprochent de plus en plus ces deux-là. Mais il reste évasif sur le sujet et je ne préfère pas insister. *Je tirerai les vers du nez à Charlie plus tard.* Puis nous décidons de mettre un film pour passer le reste du temps. Je n'arrive pas à me concentrer réellement sur ce qu'il se passe, tiraillée par la faim tandis qu'Hayden, lui, semble comme absorbé. Nous sommes en train de débattre à propos de la fin de la scène quand trois grands coups en provenance de la porte nous interrompent.

-Je commençais à avoir faim ! s'exclame Hayden.

Je vais ouvrir tandis qu'il va chercher son portefeuille pour payer. Mais quand j'ouvre la porte, ce n'est pas la personne que nous attendions qui se trouve derrière.

-Fausse alerte ! je crie pour qu'il m'entende.

En effet, ce n'est pas le livreur mais Charlie, accompagné des filles.

-Qu'est-ce que vous faîtes là ? leur demande Hayden qui réapparaît.

-On venait vérifier si vous étiez toujours vivants. Mais visiblement tout va bien, donc on va partir !

-Nan, c'est bon, restez. Vous avez mangé ?

-Oui, on a fini par manger chez *Wendy's*. En revanche, si tu as quelque chose à boire…

Je referme la porte derrière eux et Hayden s'occupe d'aller chercher des bières. Cela me touche qu'ils soient venus jusqu'ici par inquiétude. Nos chambres sont situées du côté ouest du campus, tandis que les appartements comme celui-ci sont situés plein est. Ils ont dû faire un sacré détour !

-Tu vas bien ? me demande Charlie en me prenant dans ses bras un peu à l'écart des autres.

-Oui, je suis bien installée et puis j'ai cru comprendre que Liam ne rentrerait pas ce soir, pas avant très tard en tout cas.

Hayden qui réapparaît avec les boissons m'en tend une mais je refuse. Je ne bois jamais en semaine, et encore moins de la bière. Je ne supporte pas son goût trop amer. J'ai pourtant essayé plusieurs fois, mais je n'arrive jamais à boire plus de deux gorgées ! Alors je me contente d'un verre d'eau et Hannah en fait de même. Nous finissons notre film avec les autres jusqu'à l'arrivée de notre repas. Tout en mangeant, nous les regardons s'affronter sur un jeu vidéo et Sasha ne cesse de jurer car Charlie enchaîne les victoires !

Ils restent jusqu'aux alentours de 22 heures puis repartent tranquillement chez eux. Leur présence m'a vraiment fait du bien !

Je finis de débarrasser le salon puis me laisse tomber sur le canapé.

-Tu n'as qu'à prendre mon lit, je dormirai dans le salon, propose gentiment mon ami.

-Ça ne me dérange pas de dormir ici tu sais.

-Enfaite, je ne te laisse pas vraiment le choix. Hors de question que tu dormes sur ce vieux machin ! Et je suppose que tu n'as aucune envie que Liam te tombe dessus milieu de la nuit.

Il a raison pour le coup. Je finis donc par céder et lui souhaite bonne nuit, le remerciant une dernière fois avant de me glisser sous ses draps. Epuisée par les évènements de cette journée, je ne tarde pas à m'endormir.

***

Je me réveille en sursaut. *Est-ce bien un bruit de verre cassé que j'ai entendu ?* J'allume mon téléphone qui affiche 2 heures du matin. Un autre bruit me confirme que je ne rêve pas. J'ai peur, et je perçois des chuchotements depuis le salon.

-Chut ! Doucement ! Attention à la table basse.

-Aïe !

-Je t'avais prévenu !

C'est la voix d'Hayden. *Avec qui parle-t-il à une heure si tardive ?* J'enfile un de mes sweats et décide d'aller voir ce qu'il se passe. Quand j'arrive dans le salon, Hayden est en train de ramasser des bouts de verre et derrière lui, Liam est plié en deux sur le canapé, gémissant de douleur. Il tente maladroitement de se lever mais il n'arrive même pas à faire un pas et s'écroule au sol. Je me précipite vers lui pour l'aider à se relever mais Hayden me fait signe de reculer.

-Attends, je sais comment m'y prendre avec lui quand il est dans cet état. On va le traîner jusque-là salle de bain.

Je l'aide donc à tirer le corps de Liam et nous l'allongeons dans la douche.

-Je vais te laisser avec lui, je n'ai pas envie de le voir…

-Nu ? Pas besoin !

Sans attendre, Hayden allume le jet sur son ami qui se met à râler.

-C'est froid putain !

-Tu devrais retourner te coucher avant qu'il retrouve un peu de lucidité… me conseille Hayden qui ignore les grossièretés de son ami.

-Non je vais t'aider.

Il semble vouloir répliquer mais Liam se met à tousser et le contenu de son estomac se vide à nos pieds.

-Ah non ! Pas encore ! Tu as déjà redécoré ma voiture ! Tu ne vas pas faire pareil avec l'appartement !

Nous rinçons Liam et je me place aux côtés d'Hayden pour l'aider à le soulever jusque dans sa chambre où nous l'installons dans son lit. Il se met à baragouiner et n'arrive plus à parler correctement sous l'effet de l'alcool.

-Il ne se rappelle même plus qui je suis, c'est la première fois qu'il boit autant…

Hayden m'avoue cela avec tant de peine que je me sens mal pour lui.

-Je vais finir de nettoyer le salon, merci de l'avoir aidé. Il ne le mérite pas pourtant…

Je m'assieds sur le bord du matelas et l'observe. *Pourquoi s'est-il mit dans un tel état ?* Il transpire à grosse goutte et je tamponne son front avec un bout de la couette. Il prononce alors des mots inaudibles et je me concentre pour pouvoir mieux les entendre.

-Ness…non… ce n'était pas ma faute…

Je suis troublée. Je ne vois pas de quoi il peut bien parler. Qui est cette *Ness* ? Y a-t-il un rapport avec le tatouage ? Je tente d'y jeter un coup d'œil mais il est allongé sur son côté tatoué. *Mince*. Il s'est endormi et je ne veux pas prendre le risque de le réveiller, alors je retourne au salon à pas de loup, où je trouve Hayden, accroupi et balayette en main.

-Il a cassé un cadre. Je venais de le faire réparer... m'informe-t-il en me désignant le meuble sur lequel l'objet n'est plus.

-On ira en chercher un nouveau si tu veux.

-J'aimais beaucoup celui-là...

-Je vais t'aider. Tu as une autre balayette ?

-Dans la pièce au fond du couloir.

C'est une sorte de cagibi que je n'avais pas remarqué en arrivant, avec un frigo et plusieurs outils ménagers. Il y a également plusieurs cartons empilés. Je ne trouve pas ce que je cherche alors je fouille dans les cartons. Le premier est rempli de revues de baseball et d'encyclopédies sur l'art. J'ouvre le dernier sur lequel est écrit « LIAM » au marqueur noir. Je dois avouer que c'est surtout parce que ma curiosité m'y pousse car je me doute bien que faire le ménage ne fait pas partie des activités de ce garçon, il n'y a qu'à regarder l'état de sa chambre pour le deviner. La première chose que je vois est une pile de carnets. Je les sors pour observer le reste du contenu mais ils m'échappent malencontreusement des mains. Je les ramasse à la hâte et mon regard s'attarde sur l'un d'eux tombé ouvert. Les pages sont décorées de dates et de dessins. Après en avoir feuilleté les cinq premières pages, je sens que la suivante est un peu plus lourde. Effectivement, une photo y est collée. Dessus, trois enfants s'amusent dans le jardin. Je devine le petit garçon aux cheveux ébouriffés comme étant Liam. C'est impressionnant de voir comme il n'a pas beaucoup changé ! Les deux filles à côté de lui ont l'air d'être des jumelles car elles se ressemblent comme deux gouttes d'eaux et portent la même robe bleue à carreaux. Tous les trois ne doivent pas être âgés de plus de six ans.

-Tu trouves ? me crie Hayden du salon.

La balayette ! Je m'empresse de tout remettre en ordre, comme à mon arrivée et la photo tombe à terre. Je la ramasse de justesse avant qu'Hayden n'arrive et je la plaque entre ma main et ma cuisse.

-Je…je ne trouves vraiment pas…

-Et si tu commençais par allumer la lumière ? Tiens, elle est juste là.

Effectivement, la balayette est à sa place, sur l'étagère qu'il me désigne. Je sens le rouge me monter aux joues, honteuse de mentir à mon ami.

-Tu as l'air vraiment fatiguée Maya…Je sais que je me répète mais tu devrais vraiment aller dormir.

J'insiste pour finir de l'aider mais il ne cède pas et je me rends alors dans mon lit pour la seconde fois de la soirée, en prenant bien soin de cacher le cliché entre deux de mes livres. J'irai la remettre à sa place plus tard, à l'abri des regards.

Il est maintenant plus de quatre heures et j'ai beau me retourner dans tous les sens, je n'arrive plus à trouver le sommeil.

Chapitre 10

L'alarme brutale de mon téléphone me tire du sommeil dans lequel je serais bien restée plongée plus longtemps. Je me remue dans tous les sens, me couvre les oreilles et m'enferme dans la couverture mais aucune de ces techniques ne me permet d'ignorer cette sonnerie qui sonne comme une agression à mes oreilles. J'ouvre un œil et sors un bras de dessous les draps pour tenter d'éteindre l'appareil. Je me redresse et utilise l'élastique que je porte autour du poignet pour rassembler mes cheveux en une queue de cheval, laissant quelques mèches brunes sur le devant de mon visage. Je scrute la pièce des yeux à la recherche d'un pull, d'un gilet, n'importe quoi pour de couvrir mes bras nus. Un faible rais de lumière qui traverse la pièce me permet de repérer un sweat noir appartenant à Hayden qui traîne sur le sol. Je m'en empare et l'enfile. Il est largement trop grand pour moi et j'ai l'impression de nager dedans. *Mais il faut avouer qu'il sent incroyablement bon.* J'ouvre les stores et la lumière du jour m'éblouis, si bien que je dois me protéger les yeux. *Quelle heure est-il ?* Il ne fait jamais jour quand je me lève pour aller en cours. Mon téléphone se remet à sonner.

Je le saisis et constate avec surprise que ce n'est pas mon réveil comme je le croyais jusqu'ici mais un appel de Sacha.

-Allô ? je réponds la voix encore endormie.

-Je peux savoir où tu es ? Tout va bien ?

Je suis assaillie de questions et regrette immédiatement d'avoir décroché.

-Je peux savoir pourquoi tu m'appelles aussi tôt ? je râle.

J'entends son rire sarcastique au bout du fil.

-Maya, as-tu une idée de l'heure qu'il est ?

J'écarte l'appareil de ma joue pour regarder l'écran. *9h45*. *Merde*. J'ai loupé les deux premiers cours.

-Maya tu m'inquiètes. Que s'est-il passé hier soir ?

De brefs souvenirs me reviennent en mémoire, Liam, le cadre cassé, la pho… *La photo !* Je dois impérativement la remettre en place !

-Tu pourrais au moins répondre !

-Je vais bien Sasha, je te rejoindrai plus tard, je réponds l'esprit ailleurs.

Elle reste muette un instant puis soupire de résignation même si ma réponse ne semble pas la satisfaire.

-Bon. Mais tu me dois des explications ! Prends soin de toi, à plus!

-Biz.

Je m'empresse de raccrocher. L'occasion qui se présente est parfaite, Hayden-*qui n'a pas loupé son cours lui*- est absent et Liam…et bien, il est évident qu'il n'a pas la capacité de se tenir debout pour le moment. Je m'empare soigneusement du cliché en prenant garde de ne pas y laisser de traces de doigts et grimace lorsque le plancher grince sous mes pas dans le couloir. Je m'immobilise et tends l'oreille pour m'assurer que Liam végète toujours dans la chambre voisine. *Aucun bruit, pas même ses ronflements.* À pas de loup, je rejoins la petite pièce et défais silencieusement la pile de cartons. J'ouvre celui de Liam, saisis le journal et y replace la photographie. Je remets toutes les choses en ordre, comme je les ai trouvées. Enfin je respire.

-La main dans le sac Robbins !

Son souffle chaud dans mon dos me pétrifie, littéralement. Je croise les doigts pour que ça ne soit que mon imagination mais son raclement de gorge vient confirmer sa présence. Je capitule et me retourne, tête baissée, morte de honte.

Liam m'observe, appuyé contre le chambranle de la porte, les bras croisés.

-Je peux savoir ce que tu fiches *chez moi*. Et en plus en…c'est quoi ça, un *pyjama* ?

Il arc un sourcil moqueur et me toise de la tête aux pieds.

-Pourquoi tu fouillais dans mes affaires Maya ?

La colère que cache son calme olympien n'annonce rien de bon. À ce moment précis, j'aimerais être n'importe où ailleurs, m'enfoncer six pieds sous terre plutôt que de me trouver sous les yeux foudroyants de Liam. On dirait que ma curiosité m'a mise dans un sacré pétrin cette fois-ci ! Je sens une nouvelle vague de honte me traverser et mon visage prendre une teinte écarlate. Je triture nerveusement mes doigts et j'ai les jambes qui flageolent. Si je reste une seconde de plus dans cet endroit, je sens que je vais m'évanouir.

-Tiens, on dirait que quelqu'un a perdu sa langue ! dit-il, un rictus mauvais aux lèvres.

Il s'impatiente. Je ne peux rien faire, rien dire...La culpabilité m'assaille. Je dois sortir d'ici.

C'est alors qu'un élan de courage me traverse. Je le bouscule plus facilement que je ne l'aurais cru et me précipite dans la chambre d'Hayden où je m'enferme à double tour. Il crie mon nom et secoue énergiquement la poignée mais je ne cède pas. Je fourre mes affaires dans mon sac et enfile rapidement un jean. Je prends une grande inspiration, déverrouille la porte et me précipite vers la sortie. Liam tente de m'attraper le bras mais je le repousse. Il titube, et je le remercie silencieusement d'avoir bu autant la veille, ce qui l'empêche de me poursuivre ce matin. Une fois que j'estime m'être assez éloignée, je ralentis le pas et décide de prendre mon temps. De toute façon, le troisième cours est déjà bien entamé...

En effet, lorsque j'arrive à la hauteur du bloc central, la sonnerie retentit, annonçant la pause. Je me faufile à travers les étudiants qui déferlent dans les couloirs et tente de repérer des visages familiers.

-Maya !

Je me retourne et Hayden se précipite pour me serrer dans ses bras. Ce geste me surprend légèrement mais me rassure un peu, alors je ne dis rien.

-Je me suis tellement inquiété ! Quand Sasha m'a prévenue je...

Il s'écarte légèrement et me reluque de haut en bas un instant, puis son regard s'adoucit, devenant presque joueur.

-Tu es plutôt mignonne dans ce pull...

Je baisse la tête et me mets à rougir, pour ce qui semble être la centième fois ce matin. Dans la précipitation, j'ai oublié d'enlever son sweat. Je m'apprête à m'excuser mais il me serre à nouveau contre lui pur m'en empêcher. Et pour la première fois aujourd'hui, je m'autorise à ressentir du soulagement.

J'observe l'agitation des couloirs par-dessus son épaule et j'aperçois Sasha, mon meilleur ami à ses côtés. Je me mets à sourire puis remarque que quelque chose cloche dans l'expression de Charlie. Il a l'air triste, peut-être même agacé. Ça ne lui ressemble vraiment pas.

-Est-ce que Liam t'a causé des problèmes ce matin ? demande doucement Hayden à mon côté m'arrachant à mes pensées.

Je n'ose pas répondre, de peur de décevoir mon ami. Je me contente de hausser les épaules mais Hayden devine à ma réaction qu'il s'est passé quelque chose. Il jure discrètement et semble vraiment ennuyé par la situation. Plus qu'il ne le devrait. Je saisis ses bras et le rassure :

-Hayden, tout va bien, je t'assure.

Il semble sceptique mais finit par hocher la tête.

Charlie me fixe au bout du couloir semble hésiter à venir me voir.

Décidemment, il y a quelque chose qui ne tourne pas rond. C'est comme s'il avait peur de moi. Je m'apprête à le rejoindre mais la sonnerie m'en empêche. Je vais devoir attendre la fin des cours pour mener mon enquête.

Chapitre 11

Mon unique classe de la matinée me parait bien longue, beaucoup trop longue. La culpabilité pèse lourdement sur ma conscience et me concentrer demande un effort considérable. En fin de cours, je dépose mon travail à la demande de mon professeur, celui qui concerne ce fameux concours de photographie. Je croise les doigts pour que mon rendu satisfasse ses attentes et j'observe silencieusement ce que les autres ont à proposer. Chacun semble vouloir garder le contenu de son projet secret et j'espère ne pas me ridiculiser en proposant quelque chose de trop simple.

Lorsque je retrouve Hayden et les filles au self, je me sens plus apaisée et j'envisage même de passer une bonne journée. Nous sommes en train de discuter de nos plans pour ce soir et Hayden nous parle vaguement d'un club où il pourrait nous faire entrer facilement. Nous nous réjouissons à cette idée et rions aux éclats lorsqu'il nous raconte certaines de ses aventures là-haut dont l'alcool semble être le thème principal.

-Liam était tellement bourré cette nuit-là qu'il est grimpé sur le bar et s'est mis à rouler des hanches comme une gronzesse ! Il était déchaîné, se remémore-t-il.

Hannah et moi pouffons de rire et Sasha manque de recracher le contenu de son verre.

-Tu oublies de préciser que tu m'y as vite rejoint !

Sa voix m'arrache instantanément à ma bonne humeur et les remords m'écrasent de nouveau. Je me fais instinctivement toute petite, réflexe qui semble se manifester à chaque fois que Liam se trouve à moins de vingt mètres. Je repense à ce matin et j'en ai la nausée. Je me précipite vers les toilettes, Hayden sur mes talons. Je m'appuie sur le lavabo et la porte qui n'a pas eu le temps de se refermer derrière moi lui laisse le temps d'entrer. Il semble hésiter sur la conduite à suivre et opte finalement pour ma main. Il la saisit et la caresse doucement.

-Qu'est-ce qu'il t'a fait Maya, pourquoi tu te mets dans cet état ?

Je ne réponds pas. Je crains qu'il m'en veuille et la honte semble à présent avoir pris la forme d'un tsunami prêt à m'engloutir, en vue de l'ironie de la situation. Je ne veux pas le décevoir. Je m'apprête à céder mais c'est pile le moment que choisit Hannah pour faire irruption. *Ouf !* Sauvée. *Du moins, pour le moment...*

-Heu...je peux te parler Maya ?

Elle jette un rapide coup d'œil à Hayden.

-Seule.

Elle a l'air embarrassée et il est clair qu'elle n'a pas l'air emballée par la discussion qui va suivre. Hayden dépose un baiser sur ma main :

-On se retrouve après.

Je lui suis reconnaissante de cette soudaine affection qu'il me porte et sans laquelle j'aurai déjà craqué. Hannah attend que la porte se referme complètement derrière lui et commence, hésitante :

-Alors...c'est vrai ? C'est vraiment ce qu'il s'est passé ce matin ?

Je manque de m'étrangler. *Liam lui a-t-elle tout raconté ?* J'espère sincèrement que non. Les battements de mon cœur s'accélèrent. *Oh non ! Et si Hayden était au courant lui aussi ?*

-Comment ça ? Qu'est-ce qui est vrai ? Crache le morceau.

-Que tu as...tu sais...embrassé Liam ?

J'écarquille grand les yeux. *Liam ? Mais c'est totalement faux ! Qu'est-ce que c'est que cette histoire ?*

Je bouillonne intérieurement.

-Bon, écoutes, je ne vais pas te juger hein, mais Hayden ne va pas...

Je sens le rouge me monter aux joues, et cette fois pas de honte, mais de colère.

-Stop ! C'est totalement faux !

-Je me disais bien, tu sais bien que j'essaye désespérément d'attirer son attention et...

Mon sang ne fait qu'un tour ! Je sors des WC les poings serrés. Je dois vraiment avoir une mine horrible puisque les gens autour de moi s'écarte. Je fuse vers notre table où notre groupe est maintenant au complet. Sasha me remarque et tapote sur l'épaule de Liam qui est en train de rire avec Hayden.

-Oh, ça sent mauvais pour toi mec ! commente ce dernier.

S'il plaisante avec les autres, il semble fuir mon regard lorsque ses yeux trouvent les miens. *Evidemment...*

-J'en connais un qui va prendre cher, s'amuse Sasha.

Charlie de son côté semble faire la moue, et je comprends maintenant sa réaction quelques heures plus tôt. Il n'a pas apprécié d'avoir été tenu à l'écart de cette histoire. Mon sang ne fait qu'un tour.

-Parker ! Tu m'expliques ? C'est quoi ton problème ?! Qu'est-ce qui te prend de...

Il se lève brusquement et m'agrippe par le bras, me tirant jusqu'au dehors. Hayden se lève pour réagir mais Charlie le retient. *Sage décision.* Tout se passe si vite que je n'ai même pas le temps de protester. Je finis par réagir :

-Non mais tu me lâches oui !

-Quoi ? Tu es contrariée ? Tu aurais préféré que je dise à tout le monde que je t'ai prise à fouiner dans nos affaires peut-être ?

Je ne sais quoi répondre. La réalité fait mal. Très mal. *Surtout quand c'est Liam qui vous la met en pleine face.* Je n'aime pas du tout l'air suffisant qu'il arbore avec fierté, et encore moins qu'il se permette de raconter n'importe quoi sur moi.

-Bien, alors tu as compris le message...cette histoire restera entre toi et moi.

Le soulagement me gagne petit à petit.

-...à une condition. Dis-moi ce que tu cherchais.

Ça aurait été trop simple aussi.

-Mais je ne cherchais rien ! je proteste.

-Bien, dans ce cas tu ne vois pas d'inconvénient à ce que je...

-OK ! C'est bon. Je te raconte...mais seulement si tu m'expliques ce qu'il s'est passé l'autre soir, avec les poubelles.

Il semble déconcerté par ma question et la peur voile son regard l'espace d'un instant. Il reprend contenance et passe nerveusement sa main derrière sa nuque.

-C'est n'importe quoi, je ne vais pas marchander avec toi Maya ! Tu t'expliques, un point c'est tout.

J'affiche un sourire narquois et décide que moi aussi, je vais jouer un peu avec ses nerfs.

- *Bien, dans ce cas tu ne vois pas d'inconvénient à ce que...*

-Et merde ! Il faut vraiment que tu fourres ton nez partout hein !

Il semble hésiter un instant et je lui laisse le temps de s'exprimer.

-Comme je te l'ai dit, ce n'était pas moi. On m'a tendu un piège.

Il regarde partout autour de lui, comme pour vérifier qu'il n'est pas surveillé.

-*Un piège ?!* je m'écris.

-Pas si fort bon sang ! Oui... C'est tout ce que tu as besoin de savoir. À ton tour maintenant. Pourquoi tu étais chez moi, pour commencer ?

Je lui explique brièvement la situation, ainsi que la raison pour laquelle je trifouillais dans ses affaires ce matin et son mécontentement monte d'un cran à mesure que les mots sortent de ma bouche.

-Je ne le dirai qu'une fois Maya. Je ne veux plus te voir toucher à mes affaires ! Et toi et ton joli petit cul avez grand intérêt à déguerpir de mon appart, et fissa !

Le regard qu'il me lance avant de me tourner le dos me fait me sentir minuscule, et déjà j'appréhende sa réaction lorsqu'il verra que ce soir, mes affaires n'auront pas bougé, et moi non plus.

Chapitre 12

-Tu as l'intention de vider toute l'eau chaude ? s'impatiente Sasha. Sérieux, ça va faire plus d'une demi-heure là, Hannah.

-J'ai presque fini !

-Tu avais déjà presque fini il y a dix minutes. Allez, sors de là !

J'écoute leur bonne guerre avec amusement tandis que je boucle mes cheveux. Je suis soulagée que tout soit rentré dans l'ordre après les évènements d'aujourd'hui, et surtout que Charlie ne soit plus fâché contre moi. Je craignais qu'il y ait des tensions entre les filles et moi suite à cela mais apparemment ce n'est pas le cas. Les explications que nous avons eu il y a quelques heures y a beaucoup aidé.

-Pas trop tôt ! Ironise Sasha lorsque Hannah sort enfin de la salle de bain.

Comme toujours, elle est incroyablement sexy. Ses boucles blondes parfaitement dessinées retombent sur ses épaules jusqu'au décolleté plongeant de sa robe. Et elle a beau porter très peu de tissu, son visage d'ange l'amande de toute vulgarité et la rend simplement irrésistible.

Elle octroie un faux sourire à Sacha qui la bouscule et se précipite dans la salle de bain où elle s'enferme.

-Les garçons sont déjà au *dinner* et il demandent ce que vous voulez manger pour passer les commandes, nous informe Hannah après avoir jeté un coup d'œil à son téléphone.

Nous nous mettons d'accord et Hayden toque à la porte pour venir nous chercher. Il s'est proposé d'être notre taxi ce soir et quitte à choisir entre la conduite catastrophique d'Hannah et la prudence d'Hayden, le choix a vite été fait.

-Tu es ravissante, me chuchote-t-il lorsque nous marchons jusqu'au parking.

Les filles qui marchent plus loin devant nous offrent un peu d'intimité, et Hayden en profite pour m'avouer :

-Tu sais May', tu as été très courageuse de tenir tête à Liam. On peut dire que tu as un sacré caractère !

-C'était nécessaire je suppose. Je ne suis pas du genre à me laisser marcher sur les pieds.

-J'ai cru comprendre, plaisante-t-il.

Je lui souris timidement ne sachant quoi dire. Je n'ai jamais vraiment expérimenté de discuter avec un autre garçon que Charlie, parce que je n'ai jamais vraiment donné l'occasion à quelqu'un d'autre de le faire. Mais Hayden est si gentil avec moi que l'idée ne me dérange pas tant que ça.

-C'est ridicule, j'ai l'impression d'être un gamin de treize ans qui a peur d'approcher une fille, finit-il par trancher. La vérité c'est que je t'apprécie Maya. Je veux dire, *vraiment*.

Il ralentit et son regard s'accroche au mien, tentant d'y déceler une réaction. Mais je ne laisse rien transparaître. *Jamais*. Je suis trop douée à ce jeu-là. Pourtant, pour une raison qui m'échappe, j'ai envie de me laisser aller. Son regard est doux. Ce n'est pas de la pitié, ou de la moquerie comme la plupart des yeux qui se sont posés sur moi. Il inspire la confiance et le respect. Et alors peut-être, *peut-être* que je pourrais envisager la possibilité de lui laisser une chance. De le laisser découvrir un peu plus que ce que je m'autorise à laisser transparaître. Alors, pour éviter d'avoir à prendre une décision, je me contente de lui tendre la main, et il semble se satisfaire de ce petit geste puisque il la presse doucement dans la sienne et me sourit avant de se remettre à marcher.

L'ambiance est des plus agréable ce soir au sein de notre groupe. Liam à mon côté, qui s'est légèrement détaché des discussions, tente discrètement de me piquer des frites. Je fais mine de ne rien remarquer. Mais il réitère son opération. Si je le laisse faire, il finira par toutes les manger. Je décide alors de me venger. Je pioche une frite dans mon assiette et la plonge dans son ketchup. Il fixe son plat, étonné, puis son regard remonte jusqu'à moi. Je fais mine de me régaler et il secoue la tête en riant discrètement. Les autres ne font pas attention à nous, plus intéressés par les derniers potins de la sororité. Je reproduis le même geste deux fois, et au bout de la troisième, il pioche une grosse poignée de frites dans mon assiette avant de toutes les enfourner dans sa bouche.

-Tu as osé ! J'espère que tu vas t'étouffer.

Il finit sa bouche et me regarde d'un air amusé.

-Les tiennes avaient l'air meilleur, je voulais juste vérifier.

-Et toutes celles que tu m'avais piquées avant ne suffisaient pas ?

Il se met à sourire franchement, et pour une raison qui m'échappe, cela me rend curieusement heureuse. C'est comme si je découvrais un autre Liam. Un Liam plus optimiste et moins renfermé sur lui-même. Presque normal en fait. *Presque.* C'en est même déconcertant si l'on se rappelle la rage dans laquelle je l'ai mise ce matin. Mais je préfère ne rien relever et profiter de ce rare privilège. C'est beaucoup mieux comme ça, quand on rigole ensemble plutôt que de se faire la guerre.

Charlie, Hayden et Sacha se lèvent pour aller régler la note du repas. C'est à leur tour de payer. Je discute donc avec Liam et Hannah, qui le dévore de yeux. Comment peut-elle apprécier quelqu'un d'aussi arrogant. Soudain, le bruit de vrombissements nous font relever la tête et la voiture d'Hayden défile à toute vitesse à travers la vitre, nos amis à l'intérieur. Ils klaxonnent à la sortie du parking et nous mettons un moment à réaliser ce qu'il vient de se passer.

-C'est moi où il viennent de se tirer avec la voiture ?

Chapitre 13

Liam fait les cent pas sur le parking.

-Je n'arrive pas à le croire ! Nous laisser sans voiture à l'autre bout de la ville.

-Détends-toi, essaye Hannah. On n'a qu'à prendre la tienne ?

-Non, je ne l'ai pas prise, c'est un ami qui nous a déposé tout à l'heure. On était supposés partir tous ensembles !

Il râle et je crains qu'il ne balance son téléphone lorsque sa énième tentative pour joindre Hayden échoue. Sa seule réponse est celle du répondeur. Hannah et moi sommes assises sur le trottoir qui borde le restaurant. Elle se met à glousser lorsqu'elle regarde son téléphone puis me met l'écran sous le nez. C'est une photo de nos amis qui ont l'air de s'éclater dans la voiture. Nous prenons un selfie en grimaçant pour l'envoyer en retour, hilares.

-Je ne vois vraiment pas ce qu'il y a de drôle ! crache Liam

-Et voilà, *Papa ours* est de retour.

Il me lance un regard noir pour ma remarque sarcastique. Heureusement qu'il n'a pas vu le message que l'on vient de recevoir, il aurait probablement piqué une crise.

-Bon, je vois que quelqu'un doit prendre les choses en mains !

Hannah compose un numéro le sourire pétillant, convaincue de nous avoir sortis d'affaire. Mais elle aussi ne semble recevoir comme réponse que la voie métallique de l'appareil. Elle abaisse son bras, dépitée.

-Très convainquant ! ironise Liam.

J'aperçois soudain un taxi et me redresse. Je lève mes deux doigts à la hauteur des yeux de *Monsieur-prétentieux* et me dandine jusqu'au bord de la route tant bien que mal du haut de mes talons. Je secoue mon bras pour attirer l'attention du chauffeur et il s'arrête à ma hauteur. Je regarde mes amis par-dessus mon épaule, fière de moi.

-Et voilà le travail.

Liam semble satisfait et Hannah fait la moue. Nous montons dans le taxi et Liam indique notre direction au chauffeur, un peu trop grossièrement à mon goût. Assise à l'arrière avec Hannah, je lui découvre un air mauvais joueur que je ne lui connaissais pas. Liam qui n'a pas pu se trouver une place à nos côtés, ne cesse de m'observer à travers le rétroviseur. Ses coups d'œil sont si insistant qu'il me mettent presque mal à l'aise. Lorsque mes yeux parviennent finalement à soutenir son regard, il se braque et rompt le contact visuel presque aussitôt.

Le son des basses se fait finalement entendre au loin et l'on commence à percevoir les faisceaux des spots de couleur à quelques rues d'ici. Nous relevons tous la tête, soulagés de pouvoir bientôt quitter l'habitacle où l'atmosphère commençait à devenir pesante. Nous avalons les derniers mètres puis Liam tend des billets au chauffeur qui démarre en trombes et disparaît à l'angle de la rue aussi vite qu'il est apparu. Nous apercevons la voiture d'Hayden, ce qui nous confirme qu'ils sont bien arrivés. Nous le croisons justement près de l'entrée, une bière à la main. Il est en train de rire avec ce que je crois être les membres de son équipe de natation. Liam le rejoint, passe son bras autour de ses épaules et lui prend la bouteille des mains avant de la descendre d'une traite. Il dit quelque chose que je devine être une remarque bien sentie à Hayden pour le coup de la voiture et le groupe éclate de rire. Ce dernier se laisse faire et offre une bourrade à son ami, puis balaye le parking du regard. Il nous remarque Hannah et moi et vient à notre encontre.

-Vous en avez mis du temps !

Il m'offre un clin d'œil et je lui tire la langue. Hannah se contente de lever les yeux au ciel puis déclare qu'elle a besoin de se *rafraîchir*, autrement dit de commencer à boire. Hayden m'amène vers le groupe et me présente brièvement à ses amis puis nous pénétrons tous ensemble dans le bâtiment.

-C'est un immeuble désaffecté, on ne risque pas de se faire prendre ici, explique Kevin, le plus vieux de la bande.

Voyant que je ne suis pas très rassurée d'être ici, Hayden saisit ma main et la caresse de son pouce tandis que nous grimpons les marches pour rejoindre la fête qui se déroule au dernier étage. La musique devient plus forte et le sol vibre sous nos pieds.

-Je sens qu'on va s'éclater, déclare Liam en se frottant les mains. Il s'immisce entre Hayden et moi et passe ses bras autour de nos épaules pour nous entraîner à l'intérieur. Nous rejoignons une table où nous retrouvons le reste de la bande avachis dans des fauteuils, des shots alignés sur la table. Heureuse de revoir Charlie, je me précipite vers lui et il m'attire sur ces genoux. Je fais mine de bouder et feins un regard abattu.

-Tu as osé m'abandonner. Et avec ce crétin de Liam en plus !

-Tu as assez de caractère pour le remettre à sa place, et je suis pratiquement sûr que tu lui as déjà laisser voir un avant-goût de ce qui l'attend si il te cherche des noises. J'ai raison n'est-ce pas ?

Je balaye mes cheveux par-dessus mon épaule de façon prétentieuse et il pouffe de rire parce qu'il sait que je déteste les filles qui font cela. Je crois déceler une pointe de jalousie dans le regard d'Hayden lorsque je détourne le regard, mais si c'est le cas, il n'en montre rien et m'adresse un sourire sincère.

La soirée que j'appréhendais quelque-peu se déroule mieux que ce à quoi je m'attendais, et j'ai même été étonnée de voir mon meilleur ami danser avec les autres. Je suis certaine que Sasha y est pour quelque chose. La seule fois où je l'ai vu accepter de se faire traîner sur un dancefloor…eh bien, c'était avec moi, et parce qu'il avait perdu un pari. Hannah elle, se déhanche contre Liam et semble ne rien voir autour d'elle. Liam lui, une main paresseusement posée sur ses hanches, la regarde à peine. Il sort son téléphone de sa poche et semble inquiet. Il fixe le petit écran dans ses mains bien trop longtemps et semble troublé. Il a dû sentir que je l'observais puisque il lève les yeux vers moi. *Quelque chose ne vas pas. Je le vois.* Il s'écarte brusquement de mon amie et la plante au milieu de la piste. Elle a dû boire un peu trop, puisqu'elle le remarque à peine et ne proteste pas quand un autre homme vient se coller à elle. Tous ces corps collés les uns aux autres me dégoûtent. Je n'ai jamais supporté cette façon bestiale que les gens avait de s'entasser et de se mouvoir les uns contre les autres. Je me concentre de nouveau sur Liam, que je cherche au milieu de la foule. Je me souviens de notre discussion de ce matin. Est-ce que ce message à quelque chose à voir avec ce fameux piège qu'on lui a tendu ? J'ai besoin d'en savoir plus. Je joue des coudes dans la masse pleine de corps à moitié ivres. Il fait trop sombre pour que j'arrive à repérer quoi que ce soit et j'ai vite la sensation d'étouffer, alors je décide de rejoindre la table. Je crie presque victoire quand je découvre que Liam s'y trouve aussi. Il est en retrait et quand il m'aperçoit, se doutant sûrement de mes intentions, se lève brusquement.

-J'ai besoin d'air, je sors fumer, annonce-t-il. Quelqu'un a un briquet ?

Je saisis ma chance.

-Attends, je viens avec toi. Hannah tu peux me prêter ton briquet s'il te plaît ?

-Tu fumes toi maintenant ? me réprimande Charlie.

Bien-sûr que non ! Je me suis toujours interdite de toucher à ces cochonneries.

J'ignore sa question -et son regard par la même occasion- et secoue la main devant mon amie, la suppliant presque de me le donner sans faire d'histoires. Elle finit par me montrer son sac, et je ne me fais pas prier pour récupérer le briquet et m'éclipser. *Juste le temps d'obtenir mes réponses.*

Je retrouve Liam, adossé à un mur, cigarette entre ses doigts.

-Alors comme ça tu fumes ?

Sa question me donne l'impression de monter dans son estime et j'en oublie ma promesse. *Si c'est le prix à payer pour obtenir des réponses...*

-Euh...ouais.

Je me maudis intérieurement quand il me tends la sienne. Je la saisis et porte l'objet mortel à mes lèvres, le regrettant aussitôt. J'ai l'impression qu'on essaye de me faire manger un cendrier. Je toussote et m'étouffe presque, sachant pertinemment que mon manque d'expérience ne lui a pas échappé une seule seconde. Mes yeux pleurent et je peine à retrouver ma respiration.

-Tu n'a jamais fumé hein ? se moque-t-il.

Je le dévisage et finis par admettre mon mensonge.

-Alors pourquoi tu t'es forcée à le faire ?

-Parce que...je traîne ma phrase en longueur en espérant qu'il passe la question.

-Parce que ? m'incite-il à poursuivre.

-Parce que je voulais t'impressionner, je suppose. Mais descends tout de suite de ton piédestal. Ton égo surdimensionné ne m'impressionne pas.

Il se contente d'un sourire fier.

-Tu sais je n'ai pas besoin que tu me complimentes pour me sentir flatté Maya. Le fait que tu passes ton temps à me courir après est déjà bien assez.

-C'est complètement faux !

-Que fais-tu ici alors ?

Sa question me prends de court. *Il est malin.* Je ne trouve rien à répondre et détourne le regard vers le parking pour cacher mon malaise.

-C'est bien ce que je pensais. Alors, dis-moi *Maya-l'abeille*, vas-tu un jour te décider à me dire pourquoi tu me suis partout ?

Je considère un instant mes options. C'est le moment où jamais.

-Je t'ai vu tout à l'heure. Avec ton téléphone. Est-ce que ça a un rapport avec l'autre jour ?

Liam se braque immédiatement et son regard s'assombrit.

-Vous êtes beaucoup trop curieuse Mlle Robins.

-*Vas-tu un jour te débarrasser de cet air suffisant et répondre à mes questions ?* Je veux juste t'aider.

-Je n'ai jamais dit que j'avais besoin d'aide.

Je soupire de frustration. *Ce qu'il peut être borné !*

-C'est juste que...

-Shhh !

-Laisse-moi parl...

Liam plaque sa main sur ma bouche m'empêchant de finir. Il me regarde sévèrement puis tends l'oreille, et je comprends que ce n'est pas le moment de faire des histoires. Il s'écarte du mur et scrute les alentours. J'attends un moment mais rien ne semble être source d'un quelconque danger. Alors je le contourne et vient me planter devant lui. Je m'apprête à reprendre mais soudain, nous sommes éblouis par une lumière jaunâtre. Nous couvrons nos visages et tout s'enchaîne alors très rapidement. Un moteur qui ronronne, le bruit des pneus qui crissent sur le sol, celui de l'accélérateur, puis l'instant d'après, je me retrouve projetée au sol. Quelque chose empêche ma tête de venir rebondir sur le sol et je sens une sensation d'écrasement sur tout mon corps. J'ouvre les yeux et Liam retire sa main de dessous ma tête pour venir encadrer mon visage. Il s'appuie sur ses coudes et son corps qui m'écrasait se soulève pour que je puisse retrouver mon souffle.

-Tu es blessée ?! Je t'ai fait mal ?

Je n'arrive pas à répondre, j'essaye de comprendre ce qu'il vient de se passer, de reprendre ma respiration et de retrouver mon calme.

-Maya, réponds-moi !

Ses yeux examinent mon corps à la façon d'un scanner pour y déceler la moindre égratignure et l'inquiétude que j'y découvre me bouleverse.

-Je vais bien. Je suppose...

Il soupire de soulagement et regarde autour de lui avant de m'aider à me relever.

-C'était quoi ça ? je m'écrie alors mes émotions me rattrapent au galop.

-On a essayé de nous renverser, répond-il, peinant à y croire lui aussi.

Je suis perdue. Je ne comprends rien à la situation. Pourquoi quelqu'un voudrait-il faire ça ?

-Mais pourquoi ?

-Je n'en ai aucune putain d'idée !

La rage a maintenant gagné Liam. Je suis secouée de frissons sans vraiment savoir si c'est la peur qui me traverse ou l'air frais de la nuit. Il le remarque et me conseille de rejoindre les autres. Il me raccompagne, le poids des questions sans réponses pesant sur nos épaules. Son regard inquiet croise le mien lorsqu'il m'ouvre la porte et je comprends qu'il est aussi terrifié que moi. La chaleur étouffante de la salle contraste avec ma peau encore fraîche, si bien que je me mets à frissonner de plus belle. Je suis déboussolée, je ne sais pas où regarder, j'ai l'impression que le danger se cache dans tous les coins, dans chaque ombre qui passe. Je ne remarque même pas quand Hayden vient poser sa main sur mon épaule. Il m'attire vers la table, un peu à l'écart du bruit et de la foule et je me laisse faire.

-Ta peau est gelée May', et tu es toute pâle.

Il prend mes mains et les enferme dans les siennes. Il m'observe avec attention et replace une mèche de cheveux derrière mon oreille.

-Qu'est-ce qu'il se passe dans cette jolie petite tête ? C'est Liam, encore ? Tu veux rentrer ?

Je hoche la tête et je le prends dans mes bras, soulagée par l'idée de quitter cet endroit.

-Je vais prévenir les autres et récupérer nos affaires, Kevin pourra sûrement les ramener.

Il presse ma main avant de la lâcher. J'acquiesce et murmure un "*merci*" bien trop bas pour qu'il ne l'entende puis scrute la salle du regard à la recherche de Liam. Hayden revient et c'est seulement avant de franchir la porte que je l'aperçois, accoudé au comptoir du bar, trois verres vides devant lui.

Je suppose que c'est sa façon à lui d'échapper aux problèmes.

* * *

L'angoisse me quitte à mesure que la main d'Hayden caresse doucement ma joue. Allongée de cette façon contre lui, la tête reposée sur ses genoux, je me sens comme anesthésiée de la peur qui me dévorait quelques heures plus tôt. Le film que nous regardions est terminé et un deuxième est en train de commencer lorsque l'on entend le bruit des clefs dans la serrure. La porte s'ouvre sur Liam qui tangue sur ses pieds. Il s'appuie sur la console de l'entrée et marque un temps de pause puis se redresse. Il fronce les sourcils et son regard passe de son ami à moi. Nous nous levons prudemment du canapé, sachant que tout l'alcool ingurgité ce soir a fait de lui une bombe à retardement. La panique me gagne quand je me rappelle l'autre nuit et je me cache derrière les épaules rassurantes d'Hayden. Sa mâchoire se serre et il s'adresse à lui, comme si je n'étais pas là :

-Qu'est-ce qu'elle fait ici ?

- À ce que je sache, c'est aussi chez moi, *ici*. J'ai le droit d'y amener qui je veux.

-Qui tu veux sauf elle !

-*Elle* ? Respecte-la ! Et puis d'abord, je te signale que je n'ai jamais râlé moi, tous ces matins où j'ai retrouvé des nanas à poil dans le canapé !

La conversation me met vraiment mal à l'aise et m'intimide.

-Ça n'a rien à voir. Je ne veux pas la voir ici, c'est tout !

Liam s'avance vers moi mais Hayden lui fait barrage. Il se penche sur le côté et me lance sur un ton glacial :

-Tu dégages. Maintenant.

Je ne suis clairement pas la bienvenue ici mais je suis incapable de bouger, tétanisée par la violence dont il fait preuve.

-Elle ne bougera pas d'ici et tu vas la laisser tranquille ! me défend Hayden.

Ces mots mettent Liam hors de lui.

-Hors de question ! Vas. Chercher. Ta. Valise !

Je secoue la tête, manquant d'assurance pour formuler mon refus.

-Très bien.

Il fonce dans le couloir, fou de rage. Hayden se retourne et me saisit par les épaules, me rassurant :

-Il ne te fera rien, mais reste à l'écart, on ne sait jamais quand il boit...

Liam réapparaît avec ma valise dans les bras.

-Pose ça tout de suite Liam ! je crie.

Il secoue la tête, et campe sur ses positions.

-Liam ! Pose-là je te dis !

-OK.

Sans hésitation, il ouvre ma valise et la balance à travers la pièce, semant mes vêtements un peu partout dans le salon.

C'en est trop. Je suis tellement en colère que je ne prends pas le temps de réfléchir, j'avance vers lui, déterminée, et ma main vient s'écraser sur sa joue brûlante de rage. Il porte la sienne à l'endroit de l'impact, où la trace de mes doigts commence déjà à se dessiner. Je regrette immédiatement mon geste. Liam m'attrape violemment par les épaules et me jette au sol où ma tête vient heurter le pied de la table basse. Hayden n'hésite pas une seconde et lui décroche son poing dans la figure, le faisant tituber. Il parvient à se rattraper au canapé depuis lequel il nous jette un regard haineux. Comprenant qu'il n'obtiendra pas ce qu'il désire, il se rétracte et se réfugie dans sa chambre, claquant bruyamment la porte derrière lui. Hayden m'aide à me relever et m'emmène à la salle de bain pour me soigner. Quand nous en ressortons, mes affaires sont toujours éparpillées de part et d'autre du salon.

-Tu les ramasseras demain. Allez, viens te coucher.

Je m'allonge dans son lit et il remonte les draps sur moi puis sort une couverture de sa commode pour me couvrir avec.

-Je vais rester avec toi jusqu'à ce que tu t'endormes.

-Merci Hayden. Tu es formidable. Je suis désolée d'être la cause de ce conflit entre vous.

Il m'embrasse sur le front et je ferme les yeux. Lorsque je sens qu'il se retire du matelas, le sentiment d'insécurité me gagne de nouveau et je suis secouée d'une vague d'angoisse. Je me redresse et le supplie, encore une fois :

-Non ! Reste. S'il te plaît.

Il semble lire la détresse dans mon regard puisqu'il soulève les draps et vient se glisser à mes côtés sans poser aucune question. Je ne tarde pas à tomber de sommeil dans ses bras, seul endroit où je semble avoir trouvé ne serait-ce qu'un moment de répit aujourd'hui.

Chapitre 14

Je me réveille et tente de me retourner mais les deux bras musclés qui enferment mon petit corps rendent tout mouvement impossible. J'ouvre doucement les yeux et me retrouve face à un torse, tout aussi bien sculpté. Celui d'un nageur. *Celui d'Hayden. Pourquoi n'est-il pas dans le canapé ?* Je tente de me remémorer la veille et soudain tout me revient. Le restaurant, la soirée, la voiture qui tente de nous écraser, Liam et moi. *Liam...* Je tente une nouvelle fois de me retourner et lorsque mes jambes se frottent l'une contre l'autre, je m'aperçois qu'elles sont nues. L'inquiétude me gagne et je vérifie d'un rapide coup d'œil sous la couette. C'est avec soulagement que je constate que je suis encore en sous-vêtements. Les différentes idées qui me traversent alors l'esprit me font rougir.

-Bonjour toi.

Sa voix est douce à mon oreille. Je lève le regard sur ses yeux toujours clos et un adorable sourire vient creuser ses joues en de petites fossettes qui le rendent craquant.

-Tu te sens mieux ?

-Oui. Merci.

J'aimerais me montrer aussi agréable et attentionnée que lui avec moi, mais les centaines de questions qui tourbillonnent dans ma tête m'en empêchent. De plus, je n'ai jamais laissé personne d'autres que Charlie être aussi proche de moi. Je veux dire... pas de cette façon, pas même une fille. Il ouvre doucement les yeux et sourit de plus belle avant de les refermer. Un silence paisible s'installe entre nous et je décide de soulager ma conscience.

-Hayden ?

-Hmm ?

- À propos d'hier soir...il était tard et on avait un peu bu et je me demandais si... enfin si on avait...

Il me coupe :

-Non. Nous ne l'avons pas fait, je te rassure.

Un poids se retire de ma poitrine, cependant...

-Tu t'es réveillée en pleine nuit car tu avais trop chaud. Alors tu as enlevé tes vêtements, dit-il comme s'il lisait dans mes pensées.

J'ai l'impression qu'il veut ajouter autre chose mais il ne dit rien. Puis il scrute mon visage inquiet une nouvelle fois et se redresse sur le côté.

-Qu'est-ce qu'il y a Maya ? Tu m'inquiètes. J'ai fait quelque chose de mal ?

Comment peut-il s'en vouloir de quoi que ce soit. Ce garçon est vraiment un ange. À ma grande surprise, ma main vient se poser sur sa joue. Il a la peau toute douce et je sens sons sourire s'élargir de plus belle sous mes doigts. Et moi qui pensais qu'il était déjà au maximum ! Je retire ma main en soupirant. Tout ça est si peu habituel pour moi et il pense que c'est sa faute.

-Tu n'as pas la moindre chose à te reprocher. Le truc c'est que je n'ai jamais été douée pour les relations...Je ne suis jamais sortie avec personne et je n'ai jamais fréquenté personne d'autre que Charlie. Je me sens bien avec toi mais j'ai peur de ne pas pouvoir m'engager, de ne pas te donner ce que tu attends de moi. Tu sais une...

-Une *relation* ?

-Oui. Une relation.

Rien que le mot sonne bizarrement dans ma bouche.

-Hé.

Il écarte une mèche de mon visage pour pouvoir me regarder dans les yeux.

-C'est vrai que tu ne m'es pas indifférente, mais je n'ai jamais voulu te mettre une telle pression sur les épaules.

-Ce n'est pas que je ne veux pas mais je...

-On a tout notre temps, me coupe-t-il. Il dépose un chaste baiser sur mes lèvres, les touchant à peine, et se replace sur le dos.

Me voilà complètement soulagée. C'est impressionnant qu'Hayden ait juste à m'observer pour deviner mes craintes ou mes besoins, mes envies. Mais c'est aussi et surtout rassurant. Alors je referme moi aussi les yeux et me colle un peu plus à lui. Notre étreinte dure de longues minutes puis il dépose un baiser sur le haut de mon crâne et m'informe :

-Je vais prendre une douche puis je sors rejoindre Sasha et Charlie au centre commercial. Il se sont inquiétés pour toi hier. Tu veux m'accompagner ?

Je considère un instant mon état et grimace lorsque les courbatures accompagnent mes plus petits mouvements quand je me retourne pour lui répondre.

-Non, je préfère rester ici.

-Comme tu voudras.

Lorsqu'il se décolle de moi, une multitude de frissons s'empare de moi, alors je m'enroule dans les draps et finis par me rendormir.

Lorsque je réouvre les yeux, l'eau de la douche coule toujours. *J'ai pourtant l'impression d'avoir dormi un bon moment...* Je ne savais pas qu'Hayden aimait les longues douches. Cette réflexion me fait sourire. J'aimerais me lever mais je suis pratiquement nue, la robe que je portais hier soir a disparue...et le reste de mes affaires sert de décoration à l'autre bout de l'appartement. Je tente ma chance dans les tiroirs d'Hayden mais il semble qu'il ait emporté avec lui son dernier tee-shirt. *Tant pis, je vais devoir traverser l'appartement comme ça !* Après tout, il va bien falloir que je sorte de cette chambre. Alors je prends mon courage à deux mains et je jette un œil dans le couloir. *La voie est libre.* Je passe devant la chambre de Liam qui est grande ouverte mais aussi, et à mon grand soulagement, vide. Il a dû quitter l'appart' tôt ce matin. Lorsque j'arrive au petit salon, plus rien ne traîne ici et là, et ne se trouve que ma valise dans laquelle ont été soigneusement rangé mes affaires et ma trousse de toilette. Mais rien pour s'habiller. *Où sont mes vêtements ?* Ils ont tous disparu !

Frustrée, je saisis l'un des plaids sur le canapé et décide de retourner dans la chambre en attendant qu'Hayden finisse de se préparer. Je suis en train de me débattre avec la couverture dans le couloir quand la porte de la salle de bain s'ouvre...et que je me retrouve nez-à-nez avec Liam.

Je pousse un cri de surprise et le plaid m'échappe des mains. *J'étais persuadée que c'était Hayden qui se trouvait dans la salle de bain.*

-Mais qu'est-ce que tu fous encore là, toi !

Il reluque mon corps de la tête aux pieds sans la moindre gêne et me rappelle, le ton chargé d'humour noir :

-Et en petite culotte en plus. Vous ne perdez pas de temps à ce que je vois !

-La ferme tu veux ! Je n'ai pas du tout la force pour une de tes crises et puis, ce n'est pas ce que tu cois d'abord !

Son sourcil relevé et son sourire en coin m'indiquent qu'il ne me croit pas.

-J'avais seulement *trop chaud*.

-Tu m'étonnes ! glousse-t-il.

-D'ailleurs, où est Hayden ?

-Il est partit il y a plus d'une heure ma jolie.

Ai-je vraiment dormi si longtemps ? Je suis complètement déboussolée.

Il se délecte de mon air perturbé et s'appuie, bras croisés contre l'embrasure de la porte.

-Tu comptes rester à poil encore longtemps ? Non pas que ça me dérange mais…

Il rit de plus belle et je me mets à rougir. Je me baisse pour ramasser la couverture de velours au sol mais d'un mouvement très rapide, il me devance et la récupère en premier. Je me redresse plus agacée que jamais, mains sur la taille.

-Eh bien ça dépend. Tu comptes arrêter de faire l'enfant et me rendre ce plaid ?!

Ma remarque cinglante me vaut un regard de défi et il balance la couverture à l'autre bout de l'appartement, exactement comme il l'a fait hier avec ma valise.

-C'est très drôle ça Liam ! Hilarant même ! Allez retires-toi du passage que je puisse aller me couvrir.

-Non.

-Arrête de faire l'idiot, je n'ai pas envie de jouer là.

Il pouffe de rire.

-Allez, j'ai froid !

-Tu n'as qu'à mettre un tee-shirt plutôt que de te trimballer en sous-vêtements.

Sa remarque l'amuse mais je perds patience.

-Tu parles des tee-shirts que tu m'as volé ? D'ailleurs, où sont passé mes vêtements ?

Il fait mine de ne rien savoir et joue l'innocent. *Ce qu'il peut être exaspérant !*

-Bien. Je vais aller emprunter des habits à Hayden dans ce cas.

Je me détourne mais Liam m'agrippe le bras et me fait faire volte-face. Toute trace de son air joueur a disparu de son visage pour laisser paraître d'autres émotions. Plus sombres. Plus autoritaires. Il pousse un long soupir qui vient chatouiller ma peau nue par endroits et passe une main au-dessus de sa tête pour ôter son haut blanc et me le lance.

-Tu n'as qu'à prendre celui-là.

Je ne sais pas quoi faire sur le moment. Il faut dire que c'est tellement inattendu…

-Vas-y. Mets-le.

Je m'exécute. Lorsque je l'enfile, il a préservé sa chaleur et son odeur. Son parfum me pique les narines, puis je finis par m'y faire et je ne perçois plus que la douceur du produit. Un mélange d'agrumes et de cannelle qui devient vite addictif.

Le morceau de tissu m'arrive à mi-cuisses. Liam s'écarte un peu et fait des gestes exagérés à la façon d'un professionnel et mime la satisfaction.

-*Dolcissimo*.

Je relève la tête, surprise de l'entendre parler une autre langue. *Il n'est peut-être pas si idiot que je le pensais finalement.*

-Tu vois, ça te va comme un gant.

Je souris timidement devant son compliment.

-Je peux récupérer ma valise *maintenant* ?

En guise de réponse, il s'écarte de mon passage.

-Tu as faim ? demande-t-il en me suivant des yeux.

-Carrément !

-Alors sois prête dans dix minutes. Et je te préviens, je ne t'attendrai pas.

Je récupère rapidement mes affaires de toilette et m'enferme dans la salle de bain. Je repense à cette matinée tout en me savonnant. Je ne sais pas quoi penser du comportement de Liam. Il s'est comporté de façon puérile mais en même temps, il n'a pas l'air de m'en vouloir autant qu'hier soir. *Peut-être vais-je pouvoir le convaincre de me laisser rester.* Je retourne dans le salon, espérant naïvement retrouver mes affaires comme par magie, mais rien. Cette fois-ci ma valise elle-aussi a disparu et seul un de mes jean est replié sur le canapé. Je rentre dedans à contre-cœur et n'ayant d'autre choix, j'enfile de nouveau le tee-shirt de Liam, que je rentre dans mon jean. Le résultat n'est pas si mal, on ne devinerait même pas que ce haut est celui d'un homme. J'attrape mon manteau et rejoins mon *ami* sur le parking de la résidence.

-La ponctualité n'est vraiment pas ton point fort !

-J'ai seulement deux minutes de retard.

-C'est déjà trop.

-Pourquoi tu es encore là alors ?

-Ouais, ben évite de me faire changer d'avis et de t'abandonner sur ce parking.

-On y va ?

J'ouvre la portière de sa voiture et me glisse à l'intérieur avant qu'il n'ait le temps de refuser, et il prend sa place derrière le volant. Sa voiture sent bon et l'intérieur est immaculé, contrairement à ce que j'aurais parié.

-Où est-ce que tu veux aller ?

-Peu importe. Dis, tu ne saurais pas où est cachée ma valise, *par hasard* ? je reviens à la charge.

-Ça se pourrait répond-il avec un sourire en coin.

-Et...

Liam augmente le volume sonore de la radio pour m'empêcher de finir ma phrase. Sachant pertinemment que ça ne sert à rien de riposter, je me contente de lever les yeux au ciel.

Liam gare la voiture quelques minutes plus tard devant un petit café. L'intérieur est assez moderne et très bien éclairé. Il m'indique une table au fond de la pièce, près d'une vitre et un peu à l'écart des autres.

-Qu'est-ce que tu prends ? demande-t-il en sortant son portefeuille.

-Surprends moi !

Il plisse les yeux en souriant et s'en va commander. J'en profite pour jeter un coup d'œil à mon portable. La dernière fois que j'ai pris contact avec ma mère, c'était après son message d'Australie, et j'ai fini par lui dire de m'oublier. Si j'en crois ma boite de messagerie vide, chose qui est très rare, c'est ce qu'elle a fait. Inconsciemment, je crois que ce n'est pas ce que je voulais, je tenais seulement à savoir si elle se préoccupait encore de ce que l'on ressent papa et moi. À l'évidence non, ça fait bien longtemps qu'elle a tiré un trait sur notre famille. Sinon, elle aurait fini par rappeler.

Liam rapporte nos boissons, venant perturber mes tristes pensées.

-Alors, au menu aujourd'hui, deux chocolats viennois. Et avec double dose de chantilly en plus !

-Double dose ? La classe.

-En fait, la double dose n'est que pour moi.

-Tu plaisantes ?

Il secoue la tête et fronce les sourcils, comme si c'était une évidence. Alors je plonge ma cuillère en plein dans la crème fouettée qui recouvre le dessus de son gobelet.

-Ah non, pas cette fois petite gloutonne. Il écarte sa boisson pour la protéger et c'est un miracle qu'elle ne se renverse pas sur lui.

-Tu es un estomac sur pattes, Maya.

Sa remarque me fait éclater de rire et il me répond d'un sourire avant de porter le chocolat fumant à ses lèvres. Il boit très lentement, si lentement qu'on pourrait croire qu'il le fait exprès. Il redresse la tête et je remarque un petit peu de mousse sur le bout de son nez. Je glousse discrètement mais il m'entend.

-Qu'est-ce qui te fait rire comme ça ? Tu ne t'es pas encore remise de ma blague ?

-Tu as du...sur le...

Je n'arrive plus à m'arrêter pour placer les mots les uns derrière les autres.

-Quoi ? Qu'est-ce que j'ai ? s'agace-t-il.

Plutôt que de lui fournir des explications, je dégaine mon portable et le mitraille de photos.

-Qu'est-ce que tu fais ? Pose-ça !

Il tente de me le prendre des mains mais perd rapidement son sérieux et se met à rire avec moi, manquant plus d'une fois de renverser son chocolat par terre.

-Je crois qu'on nous observe, je lui dis tout bas.

Effectivement, la femme derrière le comptoir nous fixe d'un air désapprobateur ce qui ne fait qu'amplifier nos fous rires.

-Elle veut mon autographe à coup sûr, se vente Liam.

-Même pas en rêve Appolon.

Nous plaisantons ainsi pendant près d'une heure et j'en viens même à apprécier sa compagnie. *Mais combien de temps faudra-t-il avant qu'une dispute éclate de nouveau ?*

Chapitre 15

Lorsque nous retrouvons l'appartement, Hayden n'est pas encore rentré. Je me surprends à penser que c'est la première fois que je me retrouve seule aussi longtemps avec son colocataire.

- À quoi rêvasses-tu comme ça ?

Je ne m'étais pas rendue compte qu'il était si proche.

-Je me disais qu'on ne s'était jamais retrouvés seuls aussi longtemps, j'avoue un peu honteusement.

-Où veux-tu en venir ? demande-t-il en plissant les yeux.

-Nulle part en particulier. Mais peut-être qu'on devrait parler d'hier soir.

-Ah non ne recommence pas avec ça !

C'est reparti. Il se renferme de nouveau. *Mais je ne compte pas baisser les bras pour autant !*

-On a failli se faire écraser, qui-plus-est *volontairement* et tu me demandes de faire comme si de rien était !

-Tu vois, tu as déjà compris.

-C'est du délire Liam. Je n'ai jamais demandé à être impliquée dans ton merdier et pourtant je m'y retrouve les pieds en plein dedans ! Pourquoi tu ne me dis pas ce que tu sais ?

Il semble jauger un instant ma demande et hoche très lentement la tête.

-Ce que je sais, hein ?

Je l'encourage à poursuivre et il regarde autour de lui comme pour vérifier qu'on ne nous entend pas puis s'approche, et je fais de même. Je vais enfin découvrir ce qui se passe depuis ce que je suis arrivée ici. J'appréhende ce qui va suivre. Je réalise à peine l'ampleur des évènements. Quelque chose de grave se trame réellement et le danger se cache quelque part, dans un coin d'ombre, il semble prêt à bondir sur Liam. À *nous* bondir dessus. En effet, je suis concernée aussi à présent. La voiture qui nous a foncé délibérément dessus la veille en est la preuve. Le regard sombre et grave de Liam vient ajouter au suspense. Et quand enfin il ouvre la bouche, je suis comme suspendue à ses lèvres.

-Je sais que tu es terriblement sexy dans mon tee-shirt.

Quoi ? Son rire éclate dans l'appartement et je comprends qu'il n'a jamais eu l'intention de me dévoiler quoi que ce soit.

-Crétin.

-Tu aurais dû voir ta tête. *Hilarant !*

-Mais oui, c'est ça, à se rouler par terre, j'ironise. D'ailleurs, tu vas me rendre ma valise Liam.

-Quand je l'aurai décidé, en effet, je te la rendrai.

Ce qu'il peut m'énerver.

-Au moins mes sous-vêtements ?

-On a une machine à laver ici.

-Je croyais que tu ne voulais plus me voir, *ici*.

Touché. Une drôle d'expression passe sur son beau visage qui le fait baisser la tête et serrer la mâchoire. Voulant éviter que l'atmosphère devienne pesante entre nous, je tente :

-Bien, dans ce cas ne te plains pas si tes tee-shirts disparaissent.

Il relève la tête, le regard rempli de sous-entendus.

-Je serai le dernier à m'en plaindre *ma jolie*.

Il tapote le bout de mon nez de son doigt avant de disparaître, non sans me reluquer au passage.

Dégueu. Je décide d'aller me rafraîchir un instant puis je rejoins ma chambre pour souffler. Lorsque je le retrouve dans le petit salon, Liam a le regard perdu au dehors, une bière à la main.

-Hayden sera là dans une vingtaine de minutes, il vient de m'envoyer un message.

Je hoche timidement la tête. La gêne entre nous a refait surface alors que quelques minutes plus tôt nous plaisantions ensembles. Je m'installe dans le canapé et ouvre le classeur que j'ai récupéré dans la chambre pour réviser mon cours oratoire. Un exercice que notre professeur nous a donné pour être plus à l'aise à l'oral, compte-tenu des différentes présentations mensuelles qui s'annoncent. Je ferme les yeux et répète mentalement les phrases que je connais déjà par cœur.

-Qu'est-ce que c'est ? me surprend Liam par-dessus de mon épaule.

Il est si proche que son souffle vient légèrement chatouiller mon oreille et me fait frissonner. Je me raidis. Tous mes sens sont en alerte. Son odeur m'avait déjà marquée hier soir, lorsqu'il s'est retrouvé au-dessus de moi. Puissante et légère à la fois. Enivrante. Grisante. Un nouveau souffle me ramène à la réalité qui semblait s'être figée l'espace d'un instant. *Qu'est-ce qui m'arrive bon sang !*

-Heu...c'est du théâtre.

-Tu fais du théâtre ? Toi ?

-C'est seulement pour un exercice.

-C'est dommage.

-Tu t'intéresses au théâtre ?

-Ça paraît si improbable ?

-Disons seulement que l'étiquette de l'intello plongé dans les bouquins ne te va pas tant que ça.

-Tant mieux puisque ce n'est pas la mienne. Et non, je ne m'y intéresse pas.

-Tu as raison, vraiment pas toi. Fier, égoïste et imbu de sa personne en revanche...

-Fouineuse, entêtée et emmerdeuse !

-Capricieux !

-Boudeuse.

Il me tire la langue et je lui assène un coup de poing dans l'épaule, ce qui ne lui fait ni chaud ni froid. Pas étonnant vu sa carrure d'athlète. Je ne préfère pas imaginer le nombre d'heure et l'énergie qu'il a dû dépenser à la salle de sport pour en arriver à un tel résultat.

-Et mauvaise joueuse en plus !

-Tu as fini, là ? J'aimerais me concentrer.

-Tu veux me réciter ton texte ?

-Pas question.

-Allez, donne-moi ces feuilles, on perd du temps, là.

-*On* ? Je ne t'ai rien demandé, il me semble.

Liam profite de mon inattention pour me prendre le papier des mains.

-Chut. Je t'écoute.

Résignée, j'enlève mes mains des hanches et prends une meilleure posture. Il parcourt rapidement le texte des yeux et grimace.

-Comment tu fais pour apprendre ces machins ? Ce n'est même pas de l'anglais !

-Si ça l'est ! C'est juste plus ancien et plus compliqué. Mais je comprends que ça ne soit pas à ta portée.

Il me tire la langue encore une fois et replonge dans sa lecture puis s'écrie :

-*Roméo et Juliette* en plus !

-Tu vas m'aider oui ou non ?

-Si tu arrêtes de faire ta pédante et que tu te décides enfin à réciter...

Je soupire d'agacement, bien que je dois avouer le trouver assez marrant. Il n'est pas de si mauvaise compagnie quand il veut.

-Bien. Acte un, scène cinq.

Les yeux de Liam quittent la feuille et se concentrent à présent sur moi. Il fixe quelque chose sur mon visage mais je n'arrive pas à déterminer quoi exactement. Je m'agite et bascule sur mes pieds. Son attention me rend nerveuse bien que j'aie toujours été à l'aise devant un public. Je le fixe en retour et son regard se verrouille au mien. *Il fixait mes lèvres.* Je sens mes joues s'empourprer et je commence à perdre ma concentration, je bégaye, je bafouille et j'en oublie les répliques.

-*De peur que...que leur foi se... se change en désespoir.*

Il baisse les yeux sur le texte pour vérifier et j'en profite pour reprendre mes esprits. La suite me revient.

-Oui, c'est ça. Je reprends. *Les saintes restent immobiles tout en exauçant les prières.*

Liam se lève, m'interrompant, et s'approche doucement sans me quitter des yeux. Je connais très bien cette scène. C'est la scène du coup de foudre. Celle où les protagonistes s'embrassent. Et en l'occurrence, il la connaît aussi puisqu'il enchaîne :

-*Restez donc immobile...*

Il est tout près. Si proche que nous respirons le même air. Si proche que saisir ma main et le creux de mon rein ne lui demandent aucun effort. Si proche que je peux m'intéresser à ses yeux pour la première fois. Il sont noirs, tout comme les miens, mais les siens sont beaucoup plus sombres. Je fouille son regard à la recherche des réponses qu'il ne veut pas me donner. Je tente de découvrir qui il est, *réellement*. Pas celui qu'il décide de montrer. Pas cet air arrogant qu'il arbore en permanence. Celui qu'il s'autorise à être en coulisse, quand les rideaux sont fermés.

-*...tandis que je recueillerai l'effet de ma prière.*

Il me colle un peu plus à lui, si bien que je suis obligée de poser les mains sur son torse pour préserver un tantinet d'espace. Son regard est doux, son expression libérée de ces traits sévères qui plissent habituellement son beau visage. Puis le cliquetis des clefs dans la porte interrompt cet instant, et le temps se remet à défiler, les objets autour de nous existent de nouveau et l'air blasé de Liam retrouve sa place sur son visage.

-Tu connais plutôt bien ton texte. Tiens.

Liam me rend mes documents et file s'enfermer dans sa chambre sans que j'aie le temps de le retenir.

-Salut les amis ! On est rentrés, informe Hayden en faisant entrer Charlie et Sasha derrière lui.

Heureuse de voir mon meilleur ami, je cours dans ses bras. Il me rend mon étreinte et ne me laisse pas le temps de parler que déjà il me bombarde :

-Hayden m'a dit que tu allais bien ce matin. Je me suis inquiété, tu es partie bizarrement hier. J'ai vu que tu étais avec Liam en arrivant. Tout vas bien, il ne s'est rien passé ?

Je ne sais pas ce qu'il vient de se passer, mais ce n'était certainement pas rien.

-On se calme. Tout va parfaitement bien et comme tu le vois, je suis en un seul morceau, je le rassure.

-Dis donc, ça ne serait pas le tee-shirt d'un homme que tu portes là ? me demande Charlie les sourcils relevés et un sourire espiègle au bout des lèvres.

Je hausse les épaules en pinçant les lèvres et il me chatouille pour me taquiner.

-Alors comme ça Hayden et toi ça avance ! Petite chipie, tu ne m'as rien dit.

Je me tends légèrement à l'évocation de ce nom. Le fait que je me sois retrouvée si proche avec Liam aujourd'hui me fais me sentir coupable. Il s'est montré si attentionné et patient avec moi depuis le début. Puis la honte. Pas pour ma proximité avec quelqu'un d'autre après que nous ayons partagés le même lit cette nuit. Mais parce que je ne regrette absolument pas les dernières heures aux-côté de son meilleur ami. Et je m'en veux.

Je m'en veux de me sentir comme ça parce que je l'ai laissé s'approcher de trop près. Je m'en veux de ne pas être capable de garder mes barrières en place. Je sais comment ça finit. On me blesse. On me rejette. Et je suis humiliée une fois de plus. Je ne sais pas quoi faire. Je ne sais pas si je dois me laisser aller, croire que les gamins de dix ans à peine finissent par évoluer et par devenir digne de confiance. Charlie sait à quoi je pense. Il n'y a que lui pour me comprendre comme il le fait.

-Maya, arrêtes de te poser des questions. Hayden est quelqu'un de bien. On est des adultes maintenant, les gens évoluent tu sais. Et toi aussi. Donne-lui sa chance.

Les larmes menacent de couler et j'ai la gorge nouée à force de les retenir. Les mots de mon meilleur ami me donnent la confiance dont j'avais besoin pour avancer, pour décider de pardonner, de faire confiance à nouveau. Et je décide qu'Hayden mérite que je m'ouvre à lui et que j'accepte la possibilité qu'il puisse compter pour moi.

J'ai envie de raconter ce qu'il s'est passé hier soir à Charlie, mais je n'y arrive pas. Pour une raison inconnue je n'ai pas envie de lui révéler ce qu'il s'est passé. Probablement parce qu'il me questionnerait et que je n'aurais aucune réponse à lui fournir. Lui cacher la vérité me serre le ventre, mais je pense que c'est mieux ainsi. Sinon, il voudrait à tout prix me protéger. Il m'écarterait de Liam alors qu'il me semble avoir été prêt du but aujourd'hui. D'avoir été à deux doigts d'obtenir des réponses. Je n'ai aucune idée de ce qu'il vient de se passer entre nous. Mais une chose est sure, c'est que le Liam que j'ai cru entrevoir cache bien des choses. Et qu'il le veuille ou non, je suis plus que déterminée à savoir quoi. Il avait peut-être raison finalement. Je suis bien quelqu'un d'entêtée. Et il va assurément en faire les frais.

Chapitre 16

Hayden dépose un rapide baiser sur mes lèvres puis me regarde, son habituel sourire sur le visage.

-On se retrouve toujours à l'appart tout à l'heure ?

-Bien-sûr !

Lui et moi avons prévu de cuisiner ensemble cet après-midi. Charlie qui devait nous rejoindre a fini par changer ses plans, et mon petit doigt me dit que ça a quelque chose à voir avec Sacha. Je souris en pensant à ces deux-là. Je vois bien que Charlie est sincèrement attaché à elle. Je suis excitée à l'idée de partager de nouvelles choses avec Hayden. Jamais je n'aurais imaginé accepter l'idée de m'ouvrir à quelqu'un d'autre que mon meilleur ami. Et pourtant...

-Parfait.

Il dépose un dernier baiser sur ma joue et s'en va rejoindre son équipe de natation. La saison commence bientôt pour eux et les garçons consacrent pratiquement tout leur temps libre à s'entraîner. Raison de plus pour profiter d'un moment privilégié avec lui.

De mon côté je dois me rendre à l'administration où l'on m'a convoqué pour en finir avec cette histoire de chambre. Lorsque j'entre, je constate avec grande déception que la seule personne de l'équipe administrative présente est la blonde de la dernière fois. Je soupire et m'approche à contre cœur. Elle relève la tête de ses dossiers lorsque j'arrive à sa hauteur, affichant toujours cet air supérieur et désagréable bien à elle.

-Bonjour, je viens po...

-Bonjour. C'est pour quoi ? me coupe-elle.

Prends sur toi Maya.

-Oui. On m'a demandé de venir mettre à jour des documents.

-Chambre ?

Ça serait trop demandé de faire des phrases ?

-306.

Elle saisit une pochette qui semble avoir été préparée au préalable et m'indique les différentes lignes à modifier. Je rectifie les informations et nous discutons des différents changements que les travaux d'agrandissement ont apportés à la chambre. Elle me rend ma clef et ajoute :

-Mme Hopkins m'a demandé de vous tenir au courant qu'une visite de contrôle aura lieu avant midi, de sorte qu'il n'y ait aucun souci avant que vous ne réemménagiez, et qu'elle requiert votre présence.

Elle plisse les yeux et fait dérouler l'écran qu'elle a sous les yeux.

-Selon les informations que j'ai là, votre nouvelle colocataire devrait vous y rejoindre d'ici une semaine.

Je la remercie et lui assure que j'ai bien compris ses instructions. J'espère sincèrement en avoir fini avec cette histoire et que je n'aurai pas à remettre les pieds ici de sitôt. Cette bonne femme me tape vraiment sur le système et l'attitude qu'elle arbore la plupart du temps m'agace au plus haut point. Je vérifie l'heure et constate avec joie que j'ai le temps d'aller m'acheter un chocolat chaud avant la visite. Je me sens vraiment dans mon élément ici et j'adore pouvoir être indépendante et gérer mon temps et ce que je fais. Et moi qui pensais ne pas être capable de m'intégrer, me voilà entourée d'amis géniaux, et je crois même être en train de tomber amoureuse de l'un d'entre eux.

J'arrive aux résidences un peu en avance et j'en profite pour donner des nouvelles à mon père. Du bruit un peu plus loin me fait lever la tête et j'aperçois un jeune homme, adossé et pied appuyé contre le mur. La casquette vissée sur sa tête m'empêche de déterminer si oui ou non il s'agit de la personne que j'attends. Absorbé par son iPhone, il ne me remarque pas et je finis par lui demander :

-Excusez-moi ?

Il relève la tête et la surprise seule marque son expression.

-Êtes-vous l'agent qui doit s'occuper du contrôle de la chambre ?

-La chambre ?

-Oui, la numéro 306. Je suis Maya Robbins, c'est la mienne.

Il hoche lentement la tête bien que son attitude le contredise totalement. Je le guide malgré tout vers ma chambre et à mesure que nous traversons les couloirs et gravissons les escaliers, il semble rassembler son professionnalisme. J'ai dû le prendre de court quand je l'ai interrompu à ses conversations téléphoniques.

-C'est ici. Je lui tend la clef et il entre dans ma chambre. Je jette un rapide coup d'œil à l'intérieur et remarque qu'elle a été bien plus agrandie que je ne pensais et qu'un lit et une commode ont été ajoutés. Des effluves de peinture fraîche flottent encore dans l'air. Les murs ont effectivement été repeints et je suis impressionnée du travail de qualité qui a été fourni en si peu de temps.

-Je vais en avoir pour un moment. Il faut que je fasse un compte-rendu complet à mes supérieurs et je dois prendre quelques photos.

-Très bien, je vous attends dans le couloir.

Je me retire pour le laisser exercer son travail et l'observe de l'extérieur. Il est étonnement jeune, je dirais même qu'il pourrait avoir mon âge. Je relie son manque d'assurance au fait qu'il doit être nouveau dans ce qu'il fait. Les premières expériences sont toujours impressionnantes. Il est en train de vérifier la salle de bain et comme je ne peux plus voir ce qu'il fait je décide d'appeler Hannah pour discuter en attendant. Lorsqu'enfin il ressort, il m'explique que tout est en ordre et que je peux de nouveau m'y installer. Je le remercie et il s'apprête à partir.

-Attendez. Vous avez oublié de me rendre ma clef.

Il se stoppe net et met un instant avant de pivoter vers moi.

-En effet ! Quelle tête en l'air. C'est dingue comme je peux être étourdi parfois.

-Aucun problème, j'imagine qu'il nous arrive tous de l'être.

Il étouffe un rire et me dévisage avec une telle insistance que ça me met mal à l'aise.

-Vous êtes ici depuis longtemps ?

Je ne m'attendais pas vraiment à ce qu'il veuille me faire la conversation mais je décide de ne pas me montrer désagréable.

-Il y'a un mois environ. J'ai dû reporter ma rentrée parce que ma chambre n'était pas encore prête.

-Je vois, à peine arrivée on vous en sort. Vous connaissez la fille qui va s'installer avec vous ?

-Pas du tout. Mais j'ai cru comprendre qu'elle venait du même état que moi.

-D'où êtes-vous ?

-Je ne suis pas sûre que ça soit judicieux de donner ce genre d'information à un inconnu, je réponds aussi agréablement que possible.

-Oh je vous en prie, ai-je vraiment l'air de vous vouloir du mal ?

-On n'est jamais trop prudent.

-Les personnes qui ont de mauvaises intentions trouvent toujours le moyen d'obtenir ce qu'elles veulent, vous savez.

La tournure que prend cette conversation ne me dit rien qui vaille et je déteste l'expression que je vois dans son regard. Cet homme me met très mal à l'aise et je n'ai aucune envie de répondre à ça. De plus, il a toujours ma clef dans sa main. Mon téléphone vibre dans ma poche et c'est l'occasion parfaite qui me tends les bras. Je le saisis et fais mine d'être surprise en découvrant mes notifications. *C'est l'heure de sortir mon meilleur jeu d'acteur.*

-Écoutez, ce n'est pas que je ne veux pas discuter avec vous mais mes amis m'attendent, ils vont m'aider à apporter mes affaires alors...

-Bien. À plus tard, Mlle Robbins.

Il insiste sur mon nom et je suis soulagée d'avoir mis un terme à cet échange.

-Monsieur ?

Il se retourne et lève les sourcils en signe d'interrogation.

-Vous oubliez encore ma clef, je lui fait remarquer fermement.

-Zut ! Qu'est-ce que je disais, un vrai professeur tournesol !

Il me tend l'objet métallique, l'air amusé de la situation, et je me demande si je devrais parler de lui à Mme Hopkins.

Je le regarde s'en aller puis envoie un rapide message à Hayden pour le prévenir que je ne vais pas tarder, ce à quoi il répond qu'il aura un peu de retard mais que Liam sera à l'appart pour m'ouvrir. Je ne suis pas trop enjouée à l'idée de me retrouver seule avec lui. Depuis ce moment étrange la dernière fois, il a pris bien soin de m'éviter et lorsque nous n'avions pas d'autre choix que de nous trouver dans la même pièce, il n'a pas prononcé un seul mot, pas même aux autres.

Un homme à la barbe grisonnante passe devant moi en sifflotant et je le salue d'un mouvement de tête avant de reporter mon attention sur mes messages. Mais l'homme, au lieu de poursuivre son chemin, s'arrête devant ma porte et sort un énorme trousseau de sa salopette.

-Que faîte-vous ?

-Seulement mon travail mademoiselle.

-Comment ça ?

-Eh bien, je viens procéder au contrôle de la chambre.

Il me montre le badge qu'il porte autour du cou en guise de preuve. Si cet homme est bien l'agent en charge des vérifications, *qui* était cette personne avec moi ? Et surtout *pourquoi* s'est-il fait passer pour quelqu'un qu'il n'est pas ?

-Je ne comprends pas…quelqu'un est déjà passé pour les mêmes raisons quelques minutes seulement avant vous.

-Que dîtes-vous ?! Il doit y avoir une grossière erreur, j'ai reçu un mail de confirmation ce matin, tenez.

Il me montre effectivement un courriel de validation qui confirme qu'il devait bien se rendre ici pour le contrôle de la chambre n°306. Je serre le porte clef en plastique rouge dans ma main. Il est évident et incontestable à présent que l'homme qui est venu un peu plus tôt n'était qu'un imposteur. J'ai la tête qui tourne et j'ai soudain l'impression d'étouffer dans ce couloir pourtant bien assez large.

-J'en tiendrai compte à mes supérieurs et je toucherai deux mots de cette histoire à la proviseure.

J'acquiesce, incapable de dire quoi que ce soit.

-Ne vous inquiétez pas, cette histoire sera rapidement réglée, et nous allons retrouver qui était derrière tout ça, dit-il pour me rassurer. C'est très grave ce qu'il a fait. Venez avec moi, il ne s'agit que d'une rapide vérification.

Je le suis dans ma chambre, laquelle est à présent chargée d'une drôle d'atmosphère. *Il a même pris des photos...* La bile me monte à la gorge et je me concentre pour calmer les sombres pensées qui assaillent mon pauvre esprit. Il balaye rapidement l'espace des yeux vérifie les jointures ainsi que la bonne ouverture des fenêtres, le bon fonctionnement des arrivées d'eau de la salle de bain et tout un tas d'autres détails techniques. J'ai envie d'en finir avec cette fichue visite et de me tirer au plus vite d'ici.

L'homme me libère finalement quinze-*très*-longues minutes plus tard et me promet de faire tout son possible pour empêcher ce genre de situations de se reproduire.

Sur le chemin entre ma chambre et l'appart' des garçons qui se trouve à l'autre extrémité du campus, j'ai le temps d'analyser la situation plus calmement. Plus j'y pense, plus je me dis que j'aurais dû être plus attentive aux détails et me douter que cet homme était louche. Tout, de son comportement à son apparence montrait qu'il était un imposteur. Son âge relativement jeune, la façon dont il a réagi quand je l'ai abordé. Qu'il ait fallu que je le reprenne à deux fois pour qu'il me rende ma clef. *Quelle idiote !* Je me sens sotte, et je suis en colère pour ma naïveté et mon manque de discernement.

Je toque timidement à la porte des garçons pour prévenir mon arrivée et j'entre. Liam est avachi sur le canapé, les yeux rivés au plafond, un bras derrière sa tête et l'autre reposant sur sa poitrine. Je l'observe, ne sachant pas comment me comporter avec lui.

-Tu veux mon portrait ? crache-t-il avec mépris.

Je soupire et comprends qu'il est inutile de tenter quoi que ce soit pour le moment car il est évident que je n'obtiendrai rien de lui. Je vais donc m'enfermer dans la chambre d'Hayden en attendant qu'il rentre et commence à regrouper mes affaires, sans pouvoir les mettre dans ma valise puisque bien évidemment, Liam la garde toujours bien précieusement quelque part.

* * *

-Il faut mélanger plus vite, sinon la mousse ne montra jamais !

-Sérieux mec, tu vas vraiment te laisser mener le bout du nez par une nana ?

Hayden répond à Liam de son majeur avant de se remettre à la tâche. Nous sommes en train de faire des verrines pour accompagner les wraps que nous avons préparées juste avant. C'est Liam qui a eu cette idée. À ma grande surprise, il a finalement quitté le silence dans lequel il s'était terré, ainsi que son canapé pour s'intéresser à ce que nous faisons. Puis après s'être moqué de nous pendant presque une demi-heure, il a fini par prendre part à ce qu'il appelle notre *atelier-gronzesse*. Avachi sur le dossier de la chaise qu'il a retournée, il nous observe et prend part à la conversation.

-Rends-toi utile au moins. Tiens, il y a les wraps à découper.

-Alors ça, pas question putain ! Je n'ai jamais signé pour faire partie de votre truc.

Hayden et moi échangeons un regard complice, sachant pertinemment qu'il allait réagir de cette façon.

-Comment était ton entraînement ? je lui demande pour reprendre la conversation.

-On a essayé de mettre en place une stratégie basée sur nos chronos et notre ordre de passage, mais on a manqué de temps pour vérifier ce que ça donnait. Mais on a énormément progressé depuis la dernière saison et ça, c'est vraiment un bon point, Kevin a dépassé son temps de presque 4 secondes ! C'est impressionnant, il a dû s'entraîner tout l'été pour en arriver là.

-En effet, c'est un sacré progrès.

-Et toi, ta matinée ? Tu as récupéré ton appart ?

Je ne sais pas si je dois raconter ce qu'il s'est passé aux garçons. L'agent a dit qu'il s'occuperait de régler cette affaire et je ne ferais que les inquiéter pour rien. Je reste donc évasive quant à la situation.

-Un peu compliqué je dois dire, il y a eu quelques problèmes administratifs mais je vais pouvoir me réinstaller dans ma chambre. On m'a remis les clefs.

- À la bonne heure ! s'écrie Liam en levant les bras au ciel.

-Pas si vite ! Je dois récupérer mes affaires avant de partir. *Toutes* mes affaires, je précise en fixant Liam.

Il sait très bien à quoi je fais allusion.

-On dirait bien qu'on va devoir te supporter encore un bon moment alors, soupire-t-il feignant l'impuissance.

-Je sais que ton truc ce sont les petites fleurs, je le taquine en faisant référence au motif de ma valise, mais qu'est-ce que tu vas en faire, hein ? Et puis, je doute fort que tu puisses enfiler mes petites culottes en dentelle.

Hayden se marre et Liam secoue la tête avant de reprendre soudain son sérieux.

-Comment ça *compliqué* ?

-Qu'est-ce que tu veux dire ?

-Tu as dit que ça avait été *compliqué* ce matin, à l'administration.

Les frissons me gagnent et je peine à feindre l'indifférence, prise de court.

-Oh je...rien de bien grave.

Le ton de ma voix se fait bien plus alarmant que je ne le voulais et aussitôt Hayden a lâché le saladier et le fouet qu'il avait dans les mains pour venir à mes côtés.

-Explique-nous, m'incite-il doucement lorsqu'il sent la panique me gagner.

Je ne vais pas avoir le choix, et lorsque je croise le regard tendu de Liam, je me demande s'il ne n'est pas au courant de quelque chose. Je leur explique donc en détail la curieuse aventure qui m'est arrivée ce matin. À mesure que je raconte, je sens Liam s'agiter de plus en plus à mon côté mais il n'ajoute rien et semble s'être une fois de plus réfugié dans son mutisme. Hayden de son côté tente de me rassurer mais j'arrive à peine à me concentrer sur ce qu'il dit à cause de ce que je lis dans les yeux de son ami. Je sais qu'il pense à la même chose que moi. Mais je vois aussi qu'il n'a pas plus d'explications que moi, et ça, ça me terrifie.

Chapitre 17

Liam

J'étouffe. J'ai beau essayer, essayer de respirer, l'air ne rentre pas. Ma poitrine se soulève mais je ne respire plus. Les murs tournent autour de moi, anéantissant jusqu'au dernier effort de mon esprit pour la visualiser. *J'ai besoin de la voir. J'ai besoin d'un instant. Rien qu'un instant. J'ai besoin de la toucher. De la sentir. De lui dire à quel point je suis désolé. De lui dire que j'échangerais volontiers ma place avec la sienne plutôt que de vivre avec ça.* Je respire enfin. Et finalement, j'aurais préféré m'étouffer. Mes poumons me brûlent, ma gorge est en feu. J'ai trop chaud, bien trop chaud. Je me lève mais le sol tangue sous mes pieds et je me retrouve à terre dans la seconde, à ramper pathétiquement. Impuissant. Coupable.

La fraîcheur du sol est un tel contraste avec l'incandescence de ma peau que ça me paralyse un instant. Tout est calme autour de moi et pourtant je suis assourdi par tout ce vacarme dans ma tête. Les hurlements. Les pleurs. Les sirènes. *Je n'en peux plus. J'ai besoin que ça s'arrête.*

L'écran de mon portable s'allume dans l'obscurité de ma chambre, exorcisant chacun des démons de mon esprit pour y laisser s'installer quelque chose de bien plus terrifiant. Je me redresse à grande peine sur mes genoux et tends le bras pour atteindre mon téléphone un peu plus loin sur le sol. Je n'avais même pas remarqué que je l'avais fait tomber. L'écran s'éteint lorsque je prends l'appareil dans mes mains, laissant place à un suspens horripilant. Je tremble tellement que je manque de le faire tomber à plusieurs reprises. *Reprends-toi Parker !*

Je presse fermement le bouton sur le coté de mon portable et retiens ma respiration. L'écran s'allume de nouveau mais je ne saurais dire qui de la lumière ou de ce que je vois me brûle le plus les yeux. C'est toujours ce même numéro. Ce foutu numéro qui ne s'arrête plus. Je reste là, à fixer le petit écran d'interminables minutes, comme s'il allait finir par s'effacer, par disparaître, et la promesse du danger avec lui. Il s'éteint, je le rallume. Puis les minutes se transforment en heures. Le soleil diffuse à présent pleinement sa clarté au dehors, beignant mon visage d'une lumière chaude et rassurante. Le jour s'est levé, chassant les démons de la nuit. Le jour c'est levé et pourtant, le message est toujours là. *Elle*, n'est toujours pas revenue. Et c'est toujours à cause de moi.

Chapitre 18

-On se réveille, petite marmotte.

Le souffle léger d'Hayden contre ma joue me chatouille, me sortant doucement du sommeil.

-Je suis allé nous chercher des cafés en revenant de la piscine. Ils sont sur la table du salon.

Je l'embrasse sur la joue et reste quelques instants dans ses bras. Il sent le chlore et le savon, et ses cheveux dégoulinent encore le long de sa nuque. Il s'entraînait déjà intensivement jusqu'à présent mais il a décidé de passer à deux entraînements par jour. Je n'approuve pas forcément, mais je sais aussi que ces championnats lui tiennent à cœur, alors je fais seulement en sorte qu'il reste en bonne forme et lui apporte le soutien dont il a besoin.

-Je dois passer récupérer des documents avant que les cours ne commencent, on se retrouve plus tard.

Il m'embrasse et je le suis jusqu'à la porte d'entrée pour la refermer derrière lui. L'appartement est étrangement calme ce matin, si bien que je ne sais pas si je suis seule ou bien si

Liam est là lui aussi. À en juger par les deux gobelets qui attendent sur la table basse, je dirais qu'il n'est pas encore parti. Je m'avance vers sa chambre et toque timidement à sa porte.

-Liam ? Tu es là ?

Aucune réponse.

Je frappe une nouvelle fois avec plus de conviction et la porte s'entrouvre légèrement. J'hésite un instant sur le seuil puis finit par pousser un peu plus sur l'ouvrant. La vue qui s'offre à moi soulève mon inquiétude. Ses oreillers de même que sa couette sont éparpillés sur le sol. Son téléphone est à mes pieds et l'écran est fendu au niveau de l'un des coins. Liam est recroquevillé sur lui-même dans son lit. Il a l'air calme, pourtant sa cage thoracique se soulève et s'écrase à un rythme anormal.

-Tout va bien ? je risque.

Il s'immobilise au son de ma voix. Je ne sais ni quoi faire, ni quoi dire. Je ne veux surtout pas qu'il se mette en colère alors je me retire au plus vite.

-Hayden t'as rapporté du café. Il est dans le salon. Tu vas louper les cours si tu ne te dépêches pas.

Je disparais aussi vite que possible dans la salle de bain avant que la tempête Liam ne s'abatte sur moi, et n'en ressors que lorsque il est l'heure de partir. Nous nous croisons dans le petit salon et son corps porte les vestiges d'un sommeil agitée. Il a l'air épuisé.

-Nuit compliquée ?

-On peut dire ça, ouais.

Je suis surprise qu'il me réponde, et surtout que ça ne soit pas pour m'incendier ou se défouler comme il en a l'habitude.

-Je suis là si tu as besoin d...

-C'est bon. Merci.

Sa réponse directe m'indique qu'il faut que j'arrête d'insister et je n'oublie pas de noter qu'il m'a au moins remercié. *On progresse...*

-Maya ! m'appelle-il avant que je ne passe le seuil de la porte. Sois prudente aujourd'hui.

Un peu perplexe, j'acquiesce avant de sortir pour de bon, cherchant de quoi peut-il bien me mettre en garde.

J'atteins ma salle de classe juste à temps avant que le professeur ne ferme la porte. Aujourd'hui, il va nous annoncer qui a réussi ou non à satisfaire ses attentes avec le cliché que nous avons choisi de lui remettre. La tension est palpable dans la salle, à chacun sa petite manie. La fille à côté de moi ne cesse de faire tourner son stylo entre ses doigts et le garçon devant moi remue sa jambe tellement vite qu'il pourrait générer assez d'électricité pour tout un quartier.

-Bien, je suppose que le suspens a duré assez longtemps pour vous, je propose donc qu'on passe aux résultats sans plus tarder.

Un soupir de soulagement anime la salle pour laisser de nouveau place au trac. J'écoute la liste de noms défiler, perdant un peu plus espoir à chaque fois que ses yeux descendent d'un cran sur sa feuille.

-...Et pour finir, Maya Robbins.

Je ne pourrais décrire le soulagement immense qui s'empare de moi à cet instant. Sasha qui elle aussi fait partie de la liste lève les pouces vers moi et je mime la victoire depuis ma chaise. J'ai hâte de partager la nouvelle avec le reste du groupe.

-J'ai néanmoins pris la peine d'accrocher toutes vos productions au tableau, vous pourrez donc les observer à votre guise en sortant.

Je suis le reste du cours avec beaucoup plus d'attention que d'habitude, fière d'avoir réussi à faire bonne impression. C'est du sérieux maintenant.

Curieuse de savoir ce que les autres ont présenté, je salue Sasha à la fin du cours, lui indique de ne pas m'attendre, puis prends le temps d'observer les travaux des autres élèves. Un phare par ici, une voiture dans la nuit par-là, une cabane délabrée au cœur de la forêt. Tous sont impressionnants et Mr Thomas a probablement eu un mal fou à tous nous départager. Mon regard se promène entre les différentes photos parmi laquelle je retrouve la mienne. Puis l'une d'elle attire mon attention. Je m'approche et ce que je découvre me coupe le souffle. La ressemblance me frappe avec tant de force que je ne suis pas sûre de ce que j'ai sous les yeux. Des murs délabrés qui l'entoure à la doudoune noire qu'il portait ce jour-là. L'odeur me revient elle aussi. *Celle du feu.* Sur la photo, Liam tourne le dos à l'objectif, mais je me rappelle son expression. De son indifférence plus que perturbante face au flammes gourmandes se nourrissant de tout sur leur passage. *Mais que fait-elle ici ? Qui a pris cette photo ? Ça veut dire que quelqu'un d'autre est au courant, et ça, ça craint.*

Je m'empresse de la décrocher, la fourre dans mon sac en prenant soin de ne pas être vue et me précipite hors de la classe. Il va falloir que j'en parle à Liam, et le plus rapidement possible. Je ne peux plus croire à de simples coïncidences à présent. D'abord ça, puis la voiture, le type se faisant passer pour un agent de contrôle. Je suis convaincue que tout est lié d'une manière ou d'une autre. Ça ne peut pas attendre, je dois avoir une conversation sérieuse avec lui, et tout de suite ! Je prie silencieusement pour le croiser dans la foule. C'est la pause et la plupart des étudiants sont à leur casier ou sur le chemin de leur prochaine salle, ce qui maximise mes chances de lui tomber dessus. C'est pile le moment que choisit Hayden pour m'interpeler. *Pas maintenant, je t'en prie !*

-Comment va la plus belle ? demande-t-il en déposant un baiser sur ma joue.

Voyant que j'ai l'esprit ailleurs, il s'enquiert :

-Tout va bien ?

-Oui, oui ! je m'empresse de répondre en regardant par-dessus ses larges épaules.

Ce n'est vraiment pas le moment.

-Tu as une seconde ? J'aimerais passer un peu de temps avec toi.

Je fouille une dernière fois les couloirs du regard, sans résultat. Résignée, je décide d'abandonner l'idée d'une conversation avec Liam avant le prochain cours. Hayden et moi discutons jusqu'à mon casier, et il appuie son épaule contre le casier voisin du mien pour me faire face.

-Attends, je te le tiens, propose-t-il en me voyant me débattre avec mon sac.

Je récupère mon appareil photo et quelques affaires.

-Tu pourrais me passer mes cahiers s'il te plaît ? Ceux avec les anneaux.

Il farfouille dans le bazar de mon sac puis soudain, il s'interrompt. Il arbore une mine déçue. À moins que ça ne soit de la colère. Je n'arrive pas à identifier de quoi il s'agit. Je fronce les sourcils. Pourquoi ce changement d'attitude si soudain ? J'obtiens la réponse lorsqu'il déplie un morceau de tissu clair entre nous. C'est un tee-shirt. *Celui de Liam en l'occurrence. Mais qu'est-ce qu'il fait ici ?* Je ne l'ai jamais mis mais je me rappelle l'avoir vu le porter lorsque nous sommes allés au cinéma. Je le sais parce qu'il y avait un petit trou dans le coin en bas à gauche et je m'étais moquée de lui en disant que les écureuils étaient déjà passés lui mettre sa raclée.

-Je suppose qu'il n'est pas là par hasard. À qui est-il Maya ? Il te l'a donné ? Je veux dire celui qui, de toute évidence, n'est pas moi !

Je n'avais jamais vu ni même entendu Hayden se mettre en colère. Lui qui est si tranquille d'habitude...

- À qui appartient-il ? dit-il plus calmement mais pas moins froidement.

-Répond ! Je t'ai demandé à qui il était ! s'impatiente-il. Laisse-moi deviner...Charlie ?

-Charlie ?

-Oui ! Vous êtes tellement proches tous les deux ! Qu'est-ce qui me dit que vous ne nous avez pas menti ?

-Arrête ! Tu dis n'importe quoi ! Charlie est mon meilleur ami, rien de plus.

- Je t'ai fait confiance Maya. Je pensais que... Et toi tu n'arrives même pas à me dire à qui est ce haut. Alors ? C'est à lui ?

-Non, réponds-je tête baissée.

-Alors à qui est-il bon sang ?

Je relève prudemment la tête pour affronter son regard. Liam et Hannah passent justement près de nous, si près que je peux reconnaître *son* parfum. Je le suis des yeux et son regard vient s'accrocher au mien. Il secoue presque imperceptiblement la tête comme pour m'empêcher de faire quelque chose. *Ou de dire quelque chose.* Il a l'air d'être au courant de ce qu'il se passe et je comprends qu'il a fait exprès de passer près de nous à ce moment-là. *J'ai besoin de savoir ce qu'il se passe !* Quand mes yeux reviennent à Hayden il hausse lentement les sourcils.

-Je vois…murmure-t-il la mâchoire verrouillée. Ça va, ne te fatigues pas, je crois que j'ai compris. Mon meilleur ami en plus…C'est du beau ! ironise-il. J'espère que ton nouveau *petit ami* te rendra ta valise parce que tu n'es plus la bienvenue chez nous. Tu peux dormir dans le canapé jusqu'à ce week-end si tu veux, mais ensuite, tu t'en vas.

Il jette le tee-shirt blanc au sol et me plante ici. *Quelqu'un pourrait-il m'expliquer tout ce cirque ?*

Chapitre 19

Je saisis le dernier mouchoir de la boîte et mes amis m'applaudissent.

-Nous y voilà ! Le dernier kleenex du paquet. Tu n'as plus le droit de pleurer maintenant !

Charlie et Sasha ont lancé ce jeu débile il y a plus d'une heure, après qu'ils m'aient amenée ici, dans la chambre des filles. Lorsqu'il m'ont trouvée les yeux pleins de larmes sur le chemin de la cafétéria, ils ont tout de suite pris les choses en mains, commandé de la nourriture thaïe et des guimauves pour le dessert. Charlie sait à quel point j'en raffole. Ses douces sucreries ont toujours été notre *"remède anti-chagrin"*. Charlie disait qu'il fallait remplacer les nuages gris par des nuages en guimauve, et j'ai toujours adoré cette expression bien à lui. Hannah était là elle aussi, mais elle est partie un peu plus tôt que prévu rejoindre sa mère, actuellement de passage dans le coin pour des affaires professionnelles. Sasha a alors sorti une boite complète de mouchoirs en papier et a décrété que je ne quitterais pas cette chambre tant que je ne les aurais pas tous utilisé jusqu'au dernier. Nous avons joué à des jeux de société tout l'après-midi et Charlie et Sasha ont redoublé d'ingéniosité pour tenter de me remonter le moral. Charlie doit deviner sans peine à quel point je suis affectée par cette rupture, parce qu'il sait à quel point cela m'a coûté de m'ouvrir à quelqu'un. Et je suis reconnaissante envers Sasha de le laisser me montrer son affection habituelle quand on sait qu'eux deux partage plus qu'une simple amitié.

-On peut te faire confiance, tu ne pleureras plus à présent ? s'assure-elle.

-De toute façon, à ce stade je pense qu'on n'est pas loin de la déshydratation, se moque Charlie.

-Ça va, je ne pleurerai plus les amis, je les rassure. Merci d'avoir été là aujourd'hui.

-C'est normal.

Je leur souris et décide de les taquiner un peu.

-Bien, c'est le moment de laisser les tourtereaux entre eux. Allumez les bougies et sortez les pétales de roses !

Sasha se met à rougir et Charlie me lance un des coussins sur lesquels nous étions assis.

-Au moins elle a retrouvé son humour, constate Sasha.

-*Humour* est un bien grand mot pour parler des blagues de Maya.

Je lui tire la langue et il hausse les épaules.

-Je m'éclipse !

-C'est ça, avant que je ne te le fasse payer Robbins !

Nous discutons finalement encore un instant dans le couloir puis je me retire. Ils ont déjà pris soin de moi toute la journée et je refuse d'être un fardeau pour eux. Je peux me débrouiller comme une grande fille !

Il est aux alentours de dix-neuf heures et pourtant, je n'ai pas envie de rentrer, sachant ce qui m'attend à l'appart. J'erre dans le campus de longues minutes encore à mesure que le soleil décline et que l'horizon ne ressemble plus qu'à une ligne orange. J'aperçois un groupe d'étudiants au loin sur le parking, tous regroupés autour d'un *Range Rover* noir qui semble faire office de bar, secoué par la musique et les rires. À en juger par les tenues des filles, je dirais qu'ils sont sur le point d'aller faire la fête. *Exactement ce dont j'ai besoin !* Je m'approche du groupe et je reconnais Kevin. Je m'apprête à rebrousser chemin mais il m'interpelle avant que j'en aie l'occasion. *Zut.*

Je feins un sourire enjoué afin de cacher mon anxiété. *Et si Hayden leur avait parlé de ce qu'il s'est passé ?* Bien que l'histoire soit un énorme mal entendu, eux n'en savent rien, pas même Hayden lui-même.

-Maya ? Qu'est-ce que tu...tu fais-là, articule-il avec difficulté.

Je peux sentir son haleine chargée d'alcool, ce qui me laisse croire que la soirée a dû commencer il y'a longtemps déjà pour eux.

-Vous sortez on dirait. Où est-ce que vous allez ?

-En boite ! crie l'un des types depuis la voiture.

J'observe les personnes autour de moi, pesant les pours et les contres qu'impliqueraient me joindre à eux. Deux filles en mini jupes, des quartiers de citrons vert dans la main, sont en train de se faire une série de shots de tequila. Une autre est accroché au tee-shirt d'un type et s'y agrippe tellement qu'on dirait qu'il lui sera enlevé d'un moment à l'autre. *Une vraie sangsue !* Lui semble d'ailleurs se soucier plus de la conversation qu'il entretient avec son ami que de la fille pendue à son cou. *Littéralement pour le coup.*

La vue seule de ce groupe me rappelle la raison pour laquelle je suis si peu sociale en temps normal. Mais comme rien ne semble avoir de sens en ce moment, pas même la raison qui m'a poussée à m'avancer vers eux, je suppose que je peux faire exception, pour une fois. *Juste une soirée.* Ça ne coûte rien d'essayer.

-C'est génial. Ça fait longtemps que je ne suis pas allée en boîte…, je tente.

Il me regarde étrangement et je sens tout à coup que ma tentative a échoué lamentablement. Mais il se met à rire et tapote le siège arrière avant d'ajouter :

-Ben t'as qu'à venir avec nous !

Comme sur des roulettes.

-Vraiment ? C'est génial ! Merci de me laisser me joindre à vous.

Je me félicite mentalement car même si ma technique manquait un peu d'originalité, elle a eu l'effet escompté. *Pour quelqu'un qui n'a pas l'habitude de faire dans le social, on peut dire que je m'en sors plutôt bien pour l'instant.* Et puis de toute façon, je ne suis même pas sûre que Kevin se soit rendu compte de ce qu'il a dit.

Le groupe commence à remballer leurs affaires et je constate avec soulagement que celui qui se glisse derrière le volant n'est pas dans le même état semi-comateux que tous les autres. Je m'apprête à monter quand je sens une main s'enrouler fermement autour de mon poignet et me tirer en arrière. Je me retourne pour faire face au visage furax de Liam, ce qui me fait rire sur le moment.

-Mais qu'est-ce que tu fiches ? gronde-il.

-Lâche moi Liam. Et arrête de faire cette tête, tout le temps, c'est d'un ridicule. Tu te prends pour qui ? Un super méchant comme dans les films ?

-Tu as bu ?

-*Nope*. Je n'ai pas besoin d'alcool pour remettre à leur place les arrogants de ton genre.

-Arrête ça. Tu ne montes pas avec eux. Non mais regarde-les, ils sont à moitié morts, on dirait des zombies !

-Et toi tu ressembles à *Lucius Rogue* avec cette tête. À choisir, je prends les zombies.

-C'est dangereux Maya, me réprimande-il avec fermeté.

-Et qu'est-ce que ça peut te faire ? Retourne jouer au grand mystérieux avec les autres si tu veux, mais moi, je n'ai pas de temps à perdre et je veux m'amuser.

Son regard s'assombrit et il s'approche plus près pour me dominer de toute sa hauteur. Il m'intimide comme ça mais je ne compte pas me laisser démonter pour autant. Je tente de m'écarter de lui mais il resserre son emprise, ce qui me rappelle que je ne suis pas plus en sécurité avec lui qu'avec les autres.

-Pourquoi devrais-je te faire confiance alors qu'à chaque fois que tu es dans les parages les ennuis ne sont jamais très loin ?

Il desserre légèrement sa poigne autour de mon poignet, me signalant malgré lui que je viens de toucher un point sensible. *Bingo !*

-Je n'ai pas de raison à te donner, je te demande seulement de ne pas monter avec eux.

-Commence déjà par me lâcher et on verra après.

Le ton que j'utilise est aussi sec et méprisant que celui qu'il a utilisé envers moi au départ.

-Tu viens May' ? m'appelle Kevin depuis la voiture.

-Une seconde ! je réponds. J'arrive.

Le conducteur soupire avant de se renfrogner dans son siège. Ça ne doit pas être toujours marrant d'être la seule personne sobre du groupe.

-Maya ! Je te l'interdis.

-Je ne suis pas sous tes ordres Liam, je rétorque.

Je ne vais pas me laisser faire. *Et j'ai même envie de m'amuser avec lui.*

-Je vais aller à cette soirée. Je vais boire de l'alcool, beaucoup même ! Puis je vais danser comme une folle et tout faire pour oublier ces satanés problèmes qui me suivent à cause de toi. Je sais que c'est ta faute si Hayden croit que je l'ai trompé ! Tu as tout gâché et je te déteste !

Liam me regarde hébété et se rabat dans son silence, encore une fois, confirmant mes doutes. C'est bien lui qui est à l'origine de tout ça. *Qui d'autre aurait pu se retrouver avec son tee-shirt dans les mains de toute façon ?* Tout ceci me rappelle que je n'ai pas eu l'occasion de discuter avec lui, un peu plus tôt dans la journée, à propos de la fameuse photo. Je plonge la main dans mon sac et lui balance le morceau de pellicule au visage.

-*Sois prudente* ? C'est bien ce que tu m'as dit ce matin, non ?

Sur ces mots, je le plante ici, sachant qu'un milliard de questions lui traversent probablement l'esprit, mais je décide de le laisser se débrouiller avec. Je monte dans la voiture et m'entasse avec les autres sur la banquette arrière, ressentant un sentiment étrange qui mêle la peur de l'inconnu et l'excitation à la fois. Toutes mes pensées se bousculent à l'intérieur de mon esprit. *Quel culot !* Il m'ignore pendant des jours entiers, m'embarque dans tous ses problèmes et voilà qu'il essaye de me dicter ma conduite. Et tous ces évènements étranges qui n'en finissent pas de s'accumuler...

-Et bien, rappelle-moi de ne jamais t'avoir à dos, plaisante Kevin depuis le siège passager.

-C'est vrai qu'elle a du répondant la petite, ajoute l'un des types assis sur la banquète avec moi.

Cette réflexion lui vaut un regard assassin de sa petite amie et je me retiens de rire. Je suis prise d'une vague d'assurance en me rendant compte que j'ai réussi, non-seulement à tenir tête à Liam, mais également à m'incruster dans un groupe. *Même si il faut avouer que ce ne sont pas tous des lumières...*

**

Lorsque nous arrivons, la file d'attende semble n'en plus finir. On peut lire très clairement l'ennui et la contrariété des gens qui n'attendent qu'une chose : s'amuser. J'avance vers la fin de la file.

-Qu'est-ce que tu fais ? Nous on entre par ici, me signale Alex, un des gars de la bande.

Il donne un coup de tête en direction de l'autre côté du bâtiment. Je les suis et une fois que nous sommes suffisamment éloignés du vigile qui barre l'entrée de la discothèque, je demande :

-Tu veux dire qu'on va rentrer en douce ?

-Si on veut. On connait un ami qui bosse ici, il va nous faire entrer par la sortie de secours.

-On ne risque rien ?

-Détends-toi ! Je te rappelle que c'est toi qui a tenu à venir.

Là, il marque un point.

Comme prévu, *Scott* d'après ce que j'ai compris, nous ouvre quelques minutes plus tard et se dépêche de nous faire entrer après s'être assuré d'être à l'abri de coups d'œil indiscrets. À l'intérieur, l'air est irrespirable et la musique tellement forte que je suis obligée de m'y reprendre à trois fois pour prévenir Kevin que je vais me servir à boire.

-Qu'est-ce que je lui sers ?

C'est le barman qui me parle, tout en machant un chewing-gum de façon très grossière.

-Une Pina colada.

Je l'observe mélanger les différents liquides sans vraiment savoir ce que je lui ai demandé. J'ai lâché le premier mot de la carte sans réfléchir. Pendant une ou deux minutes je fixe le contenu de mon verre, essayant de décortiquer les dizaines de pensées qui embrument mon esprit et m'empêchent de m'amuser comme je le voudrais ce soir. *Et puis mince, on s'en moque de tout ça.*

Je me décide finalement à prendre une gorgée mais je manque de la recracher dans l'instant. *C'est infect.* J'abandonne mon verre -*quelqu'un le finira bien pour moi*- et me dirige vers les sanitaires. *Je n'aurais pas dû venir ici.* Je ne sais pas ce qui m'a pris. Je n'ai même pas fait un mètre que je l'aperçois qui me fixe au fond de la salle. *Liam. Il a eu le culot de me suivre !* J'opère un demi-tour illico presto et retourne me percher sur l'un des grands tabourets de bar. *Beaucoup trop haut pour moi !*

-Servez-moi tous vos cocktails, je demande pleine d'assurance au barman qui m'a vu revenir.

-Tous ? Vous êtes sûre ? me demande-il incrédule. Je serais vous je...

-Ravie de le savoir, mais ce n'est pas le cas, je siffle en avalant d'une traite ma Pina Colada qui n'a pas eu le temps d'être bue par quelqu'un d'autre.

Liam veut jouer au plus malin. *On va jouer.* Mais selon mes règles.

Le barman étale une rangée de verres devant moi et à peine le premier est-il rempli que je le saisis et en vide le contenu, m'assurant que Liam soit spectateur de ma mise en scène. Le liquide me brûle la gorge mais je n'en ai que faire. Le goût de la victoire prend le dessus sur le reste lorsque je le vois secouer lentement la tête en signe de désapprobation. C'est exactement ce que j'attendais. Je repose bruyamment mon verre sur le rebord du bar et m'empare du second. Je déteste l'alcool, en revanche, j'adore l'expression dont Liam ne se défait plus en me regardant descendre les shots d'alcools les uns après les autres. Etonnement, il ne m'a pas encore rejointe pour me les arracher des mains ou les envoyer valser contre le mur. Il pensait sûrement que j'abandonnerai dès le second verre. Et pourtant, me voilà déjà au cinquième. La frustration se fait de plus en plus évidente dans ses traits tandis que je le défie un peu plus à chaque nouveau verre. Je lève ma boisson dans sa direction et le liquide rouge tangue dans le verre lorsque je fais mine de trinquer avec lui. Une fois de plus je laisse couler le liquide le long de mon œsophage, savourant la sensation d'euphorie grandissante en moi. Je le vois se masser les tempes, signe qu'il est sur le point de craquer. Bien. J'ai obtenu ce que je voulais.

Chapitre 20

Une heure plus tard, je n'ai pas bougé. J'ai fini l'intégralité des verres que m'a servi le barman. Je suis tellement saoule que je suis incapable de compter les godets qui décorent le bar devant moi ou de me rappeler combien j'en ai consommé.

-Ça te plaît d'être bourrée comme ça ? Tu te crois maligne ?

Si je ne suis pas certaine de ce que représente la tâche en mouvement à côté de moi, la voix supérieure et pleine de sarcasme qui me parvient aux oreilles, elle, se rapproche de celle de Liam.

-Je ne suis pas bourrée.

Je suis surprise moi-même de réussir encore à parler. Mais je suis vite rattrapée par la nausée. *Note à moi-même : ouvrir la bouche le moins possible.*

-C'est ton truc de boire quand tu es contrariée ? Parce que si c'est le cas, c'est idiot. Et ça fait de toi une *idiote*.

Je meurs d'envie de lui faire fermer son clapet mais mon état m'en empêche.

-C'est dur de parler dans cet état n'est-ce pas ? Je n'ai rien entendu.

Il met sa main derrière son oreille pour animer ses paroles. Je le fusille du regard.

-*Quoi ?* On ne veut plus jouer maintenant ? Mais si ! Je t'assure que tu loupes le meilleur. Lève-toi.

-Laisse-moi tranquille. Je peux très bien me débrouiller toute seule.

Une nouvelle vague de nausée. Je me maudis intérieurement pour cet écart de conduite qui, je le sens, va me poursuivre pendant au moins les dix prochaines heures.

-Alors ça je demande à voir ! Si tu arrives à marcher jusqu'à l'autre bout du bar, je m'en vais.

Si c'est tout ce qu'il lui faut me laisser en paix...

-Parfait !

Je me redresse pour descendre de mon perchoir et le regrette aussitôt. Les vertiges sont si intenses que ma vue se trouble instantanément et que je ne me sens pas tomber du siège. Les mains de Liam m'attrapent fermement les bras et je me laisse aller contre lui comme un vulgaire pantin, incapable de maitriser le moindre geste.

-Viens par là.

Il me colle un peu plus à lui pour passer mon bras par-dessus son épaule.

-Tu peux marcher ?

Je mets du temps à me stabiliser, chancelant entre le bar et Liam.

-Hé, regarde-moi.

Il prend mon visage d'une main et me force à le regarder.

-Concentre-toi Maya. On va aller te rafraîchir, mais pour ça il faut que tu marches jusqu'aux toilettes. Je vais t'aider.

J'ai honte d'avoir l'air aussi pathétique devant lui. Je n'ai plus du tout envie de m'amuser maintenant. La pression des dernières semaines et celle des dernières heures me retombent dessus et les larmes me montent aux yeux.

-Oh oh, qu'est-ce que je vois là ? Tu ne vas quand même pas pleurer ! Une si belle soirée…

Je rigole d'abord face à l'ironie de sa remarque, puis les vannes s'ouvrent sans que je puisse les retenir et mon rire se transforme rapidement en de bruyants sanglots. Les larmes déferlent sur mes joues et je n'ai aucun doute sur le fait que je dois avoir l'air affreuse comme ça.

-Maya je...je ne voulais pas...

Il cherche ses mots sans y parvenir alors il lève prudemment la main et essuie mes larmes, les unes après les autres. Chacune d'entre elles, jusqu'à ce que mes pleurs se tarissent et que je me sois calmée. Il me berce doucement dans ses bras et je me laisse aller contre lui. La sensation n'est pas désagréable, mais son contact me rappelle celui d'Hayden, pourtant différent de bien des façons.

-Tu te sens mieux maintenant ?

Il me soulève doucement le menton pour que je le regarde et je hausse les épaules pour éviter de répondre par la négative. Il soupire bruyamment et masse ses tempes, comme je l'ai vu faire quelques heures plus tôt.

-Je suis désolée, je parviens à dire. Il faut dire que tu es tellement horrible à regarder que ça m'a irrité les yeux.

Il relève la tête et hausse les sourcils en souriant légèrement.

-Même au bord du coma éthylique tu arrives à être insupportable !

Je suis soulagée de ne pas avoir à me justifier et reconnaissante qu'il ne m'ait pas laissée me débrouiller toute seule malgré la façon dont je l'ai envoyé bouler. Même si j'ai dû y laisser des morceaux de ma dignité.

-Bon, et bien maintenant que tu t'es bien foutue de moi et que tu as eu ton quart d'heure *Drama Queen,* on s'en va. Tu peux marcher ?

J'approuve mais au premier pas que je tente, je rentre malencontreusement dans quelqu'un et le contenu de son verre se retrouve sur mon haut.

Liam rit aux éclats derrière moi et s'excuse pour moi auprès du type que j'ai bousculé.

-La classe Robbins, mais tu sais, *il y a plus simple pour saluer les gens,* se moque-t-il en reprenant mes mots.

-C'est petit, même venant de toi. Et arrête de m'appeler Robbins, *Parker* !

-Comme tu voudras *Maya-l'abeille.*

Il hausse les épaules et je ne manque pas de remarquer ses yeux descendre un peu plus bas sur mon corps. Il est en train de reluquer ma poitrine, et sans la moindre honte. Le liquide commence à rendre mon haut transparent. Je la recouvre aussitôt de mes bras, cet épisode m'étant étrangement familier.

-Regarde ailleurs Liam !

-Impossible, répond-il un sourire béat au bout des lèvres. Je le réprimande du regard et il bascule la tête en arrière pour laisser éclater un rire franc qui me fait sourire malgré moi.

-J'ai besoin d'aller me rafraîchir.

-Si tu veux, mais je t'accompagne.

-Quoi ? Pas question !

-Tu vas réussir à marcher jusqu'aux toilettes *comme une grande* peut-être ?

J'ai beau vouloir me débrouiller toute seule, je dois avouer que j'en serais incapable, car si avoir vidé toutes les larmes de mon corps m'a aidé à y voir un peu plus clair autour de moi, je suis encore bien au-delà de la limite de sobriété et loin d'être pleinement consciente de mes actes. Cette vilaine tâche sur mon chemisier en est une preuve évidente. Je le laisse alors me soutenir jusqu'aux sanitaires et je m'arrête devant la porte.

-Merci Liam. Je suis vraiment désolée pour...tout ça. Je remue le doigt entre nous.

-Regardez-moi ça. Elle sait s'excuser finalement.

Je lève les yeux au ciel et ça le fait rire. Un rire sincère.

-Je t'attends là.

-Je n'en ai pas pour longtemps.

Je pousse la porte et la lumière des sanitaires me brûle les yeux tant elle contraste avec l'obscurité de la salle. J'avance difficilement jusqu'aux lavabos, ouvre l'un des robinets et me penche en avant pour m'hydrater et me passer de l'eau sur le visage. La puanteur que renferme cet endroit me donne de nouveau la nausée et je dois me concentrer pour ne pas vider le contenu de mon estomac sur le sol. Il faut que j'essaye d'arranger un peu mon apparence avant de ressortir. Je me redresse pour faire face au miroir, dans lequel je n'arrive pas à trouver mon reflet. Je ne comprends d'abord pas pourquoi et je crains d'être au bord d'un malaise mais je baisse les yeux et l'image de mes mains m'est renvoyée très nettement. J'agite mes doigts et constate que les images ne sont plus au ralenti comme c'était le cas quelques minutes auparavant. Il fait plus frais ici. Je me recule contre le mur de carrelage derrière moi pour en capter le maximum de fraîcheur. Je ferme les yeux un instant et quand je les réouvre, je ne peux retenir le cri de stupeur qui m'échappe.

-Tout va bien là-dedans ? demande Liam qui martèle la porte de ses poings.

Je porte les mains à ma bouche, effarée par ce que j'ai devant les yeux.

-Maya ? Répond bon sang !

La porte s'ouvre si violemment qu'elle vient s'enfoncer dans le mur dans un bruit sourd.

-Maya pourquoi tu ne réponds pas quand je t'appelle ?

Il vient se poster devant moi et me saisis par les épaules, s'apprêtant à me faire la morale mais il s'interrompt lorsqu'il voit mon visage. Je suis incapable de dire quoi que ce soit. Je parviens seulement à pointer du doigt le miroir derrière lui. Lorsqu'il comprend, il se retourne et je sais que la vue de ce qu'il y a sur la glace le pétrifie tout autant que moi.

Je n'avais pas remarqué le tube de rouge à lèvres abandonné sur le sol quand je suis entrée, ma vision et mon esprit encore sens dessus-dessous à cause de l'alcool que j'ai ingurgité. Liam est livide. Il s'approche précautionneusement du miroir comme si quelque chose allait en jaillir et lui sauter au visage. Il tend la main pour décrocher un polaroid parmi les centaines d'autres accrochés sur le verre. Le morceau de papier vitré lui tombe aussitôt des mains, comme s'il les lui avait brûlées. Puis il détache un second cliché, ce même cliché que l'on retrouve partout sur ce miroir. *Le même que celui que je lui ai jeté à la figure plus tôt dans la soirée.* La colère l'embrase, il est fou de rage. Fou d'angoisse. D'incompréhension.

-Non ! Non, non, non, non !

Il répète ce même mot comme une litanie, arrachant, froissant, détruisant chacune des photos pour n'en laisser plus aucune sur ce satané miroir. Je ne peux imaginer l'effroi qu'il doit ressentir en se voyant exposé de la sorte. Je me rappelle à quel point ce jour l'a marqué. Son impassibilité dans laquelle j'ai pourtant entrevu des fragments d'insécurité et d'angoisse. De la faiblesse. Mon cœur se serre pour lui. Je m'accroche à son bras pour calmer son agitation. J'ai du mal à rester sur mes appuis. J'arrive à peine à le tenir alors je le supplie.

-Liam, je t'en prie, calme-toi !

-Non, non, non...

-Liam, sortons d'ici.

Le voir comme ça, si abattu, si paniqué me déconcerte totalement et suffit à me rendre un peu de la clairvoyance que l'alcool m'avait momentanément dérobé. Je me concentre, j'essaye de trouver un moyen de gagner son attention, et sans réfléchir, je saisis son visage et écrase violemment mes lèvres sur les siennes. Ses bras dressés dans les airs à cause de son agitation s'abaissent lentement. Je m'écarte de le lui, craignant de l'avoir énervé encore plus. Il est à bout de souffle. Il me regarde et cherche à trouver une explication dans mes yeux. Une explication que je ne peux pas lui donner puisque je n'en ai pas moi-même. J'ai agi sans réfléchir et je me demande si il s'attend à ce que je dise quelque chose.

-Rentrons.

Ils détourne le regard en direction du miroir puis soupire. Il n'ajoute rien avant d'acquiescer et de sortir des toilettes, non sans cogner la porte une seconde fois.

-Ne reste pas là. Viens, dit-il simplement.

Je lâche moi aussi un dernier regard vers la glace. Mais ce n'est pas mon reflet que je regarde. Ni les résidus de scotch déchiré qui ont servi à accrocher les photos. Mais le message écrit en lettres grasses en bas, dans le coin. Ce mot, écrit en rouge vif, inévitable. *Le tube de rouge à lèvres.* Je suis presque sûre que Liam l'a vu lui aussi.

"Coupable"

Chapitre 21

Dents et poings serrés, Liam rejoint sa voiture à grande enjambées. Je traîne le pas derrière lui, d'abord parce que l'alcool est plus maître de mon corps que je ne le suis, mais aussi parce que je suis sous le choc. Cette découverte n'avait rien d'anodin, encore moins d'un hasard. Quelqu'un a délibérément accroché ces photos ici et savait que Liam tomberait dessus. Le message lui était probablement adressé lui aussi. "*Coupable*". *Mais coupable de quoi ?* Je l'observe, un peu en retrait. Il est concentré sur ses pieds qui battent le sol. *Qu'a-t-il bien pu faire pour se retrouver dans une pareille situation ?* Liam ouvre sa portière et se laisse tomber sur son siège. Il fixe ses doigts, les triture. En silence, je m'assieds sur le siège passager, et je continue de l'examiner. Il joue avec ses clefs de voiture et après un long soupir, il finit par les rentrer dans l'interstice, puis démarre.

Sa conduite est prudente. Il a allumé la radio pour combler le silence, bien qu'il déteste les musiques modernes. Il m'avait confié préférer la Country lorsque nous discutions ensemble au café, quelques jours plus tôt. Il a fait ça pour me mettre à l'aise, et je lui en suis reconnaissante. Je me laisse aller contre mon siège et à un moment, je crois le voir se décrisper légèrement lui aussi.

-Tu as froid ? s'enquiert-il au bout de quelques kilomètres, brisant enfin le silence.

-Ça va.

Ce sont les seuls mots que nous échangeons de tout le trajet. Je reconnais le panneau de bienvenue de la ville, et mon estomac se tord d'angoisse quand je réalise que je ne vais pas pouvoir échapper à Hayden en rentrant. Comme s'il lisait dans mes pensées, Liam m'ordonne :

-Tu ne dois rien lui dire.

Je tourne vivement la tête vers lui prête à contester mais il me fait signe de l'écouter.

-Je t'expliquerai tout Maya, je te le promets, mais pour l'instant, tu dois faire *comme si*, au moins pour un moment.

-C'est ton meilleur ami Liam.

Nouveau soupir.

-Je sais bien...

Je vois bien dans son expression qu'il est en proie à un dilemme interne et que ça le ronge. Je l'ai vu ce soir, lorsqu'il s'est retrouvé devant des centaines de portraits de lui laissant croire qu'il a fait quelque chose de mal. Mais Liam n'est pas une mauvaise personne. Je l'ai vu cette nuit, quand lorsqu'il aurait pu prendre plaisir à me voir dans un sale état, il s'est précipité pour m'aider, pour m'épauler, me rassurer.

Liam se gare et nous restons un moment dans l'habitacle silencieuse. Un instant de calme pour reconstruire chacun notre façade, notre petit mur derrière lequel nous nous cachons et que cette soirée a fragilisé. J'aimerais pouvoir l'aider, qu'il me laisse faire. Je dois gagner sa confiance, et pour ça, je dois me ranger de son côté.

-Je ne dirai rien.

Il lève les yeux vers moi, une lueur d'espoir éclairant furtivement ses yeux épuisés. Un nouveau soupir, un hochement de tête lent et mal assuré, le temps d'enregistrer, de prendre conscience de ce qui est arrivé.

Nous regagnons l'appartement, en silence, l'appréhension pesant lourdement sur nos épaules. Tout est sombre et silencieux à l'intérieur. Hayden doit probablement déjà sombrer dans un sommeil profond, il déteste se coucher tard. Je m'arrête devant sa porte, me demandant où je vais pouvoir passer la nuit. Liam remarque mon malaise et me pointe sa chambre du doigt.

-Tu peux la prendre si tu veux, je dois juste changer les draps et...

-Je ne suis pas convaincue que cela soit une très bonne idée.

Il réfléchit un instant et évalue la situation.

-Tu as sûrement raison. Je vais aller te chercher d'autres couvertures et tu prendras mon oreiller, ce canapé possède son charme mais il n'est pas ce qu'il y a de plus confortable pour passer la nuit. Et je sais de quoi je parle.

Il accompagne sa phrase d'un clin d'œil et je souris timidement. En temps normal je l'aurais probablement vanné sur cette remarque mais je suis à bout de force, entre les évènements de ce soir et l'alcool qui redescend, j'ai l'impression d'être un automate. Cependant, la gentillesse soudaine de Liam ne m'échappe pas et j'aimerais savoir ce qui se cache là-dessous. Ce soir, il m'a laissé entrevoir une facette de lui qui je le sais, lui a couté de laisser paraître. J'ai bien vu la panique dans ses yeux. Parce qu'il ne contrôlait pas la situation cette fois. Parce qu'il ne pouvait pas jouer le rôle du grand méchant loup. Non, cette fois, il était le petit agneau pris dans les griffes d'un prédateur bien plus dangereux. Et j'étais là pour le voir se faire dévorer tout cru.

Chapitre 22

-Je suis certaine que ça rendrait bien sur ta commode, affirme Sasha.

-Mais c'est complétement inutile comme objet, rouspète Hannah.

-Je ne suis pas d'accord. Une étude scientifique a montré que les plantes d'intérieur déclenchent des émotions positives et apportent une sensation de confort.

-Adjugé vendu, s'écrie Sasha après ma remarque.

-Vous ne m'enlèverez pas l'idée que les fausses plantes ne servent à rien.

Sasha et moi levons les yeux face au pessimisme de notre amie qui pousse notre cadi un peu plus loin dans l'allée. J'ai toujours adoré les plantes. Quand mon père a décidé de redécorer la maison de la cave au grenier, il a fait installer un mur végétal dans la pièce principale. Je trouvais la forme des longues pierres grises amusantes et la façon dont les plantes se fondaient en elle agréable à regarder. Ce mur était notre lieu de tournage favori à Charlie et moi. Nous avions la jungle devant nous et un nombre infini de belles aventures à inventer sans même bouger de la maison.

Un plaid, deux oreillers, un petit cadre et des tas d'autre babioles plus tard, les filles et moi sortons du petit magasin de décoration où elles ont décidé de m'emmener pour que je puisse ajouter ma touche personnelle à ma chambre. Charlie m'a aidé à récupérer mes affaires dans l'appart des garçons ce matin, et les filles et moi allons maintenant la décorer. Nous chargeons nos nouveaux achats dans le coffre, juste à côté des sacs de vêtements que nous nous sommes dégotés dans la boutique précédente. Cet après-midi shopping avec les filles m'a fait le plus grand bien, et le temps a été clément avec nous puisque nous avons eu le droit à un magnifique soleil, bien que nous soyons en pleine saison hivernale.

***

Je finis de ranger mes nouveaux habits dans ma commode, faute de n'avoir toujours pas récupéré ma valise. Je m'étale de tout mon long sur mon lit et profite de cet instant de répit. Comme pour me narguer, c'est à ce moment que mon téléphone choisit de sonner. Je n'ai qu'une envie, me rouler en boule dans mon plaid et lire toute la soirée, en attendant que ma nouvelle colocataire vienne bouleverser ma bulle de tranquillité. Je ne suis vraiment pas emballée à l'idée de partager ma chambre avec quelqu'un d'autre, et je pressens déjà le malaise permanent qui régnera dans la pièce lorsque nous nous y trouverons toutes les deux. Mon téléphone s'est arrêté de vibrer sur la commode, pour mon plus grand soulagement. J'attrape un livre au hasard dans mes affaires et me réjouis à l'idée de le commencer. Je m'installe confortablement dans mon lit, mais à peine ai-je ouvert la page de couverture que l'appareil se remet à sonner. Agacée, je m'apprête à l'éteindre afin de ne plus être dérangée, mais le nom qui s'affiche à l'écran m'y fait renoncer. Ma curiosité piquée à vif, je décroche et porte l'objet à mon oreille.

-Liam ?

-C'est moi. J'ai besoin de toi pour quelque chose.

Je ne réponds pas tout de suite et lorsqu'il se rend compte de l'absurdité de ses paroles, il s'empresse d'ajouter :

-Mais c'est uniquement parce que je n'ai pas d'autre choix alors descends de l'estrade sur laquelle tu viens de monter !

-Toujours aussi aimable.

-Arrête ton blabla et ramène tes fesses, je te rejoins près de la fontaine.

-Si je comprends bien je n'ai pas le choix...

-Perspicace. La voiture noire.

Il raccroche sans me laisser le temps de protester. Et pourtant, je n'hésite pas plus d'une seconde. Je n'ai pas du tout envie de sortir ce soir, encore moins avec Liam, mais j'ai besoin d'avoir des réponses, au moins des explications. J'enfile rapidement un pantalon noir et un pull en laine blanc, ajuste les deux chignons sur le haut de mon crâne et vérifie deux fois que la porte soit bien fermée avant de partir.

Les talons de mes bottines claquent le sol et j'ajuste mon manteau à mesure que j'approche du point de rendez-vous. Je tripote nerveusement mon téléphone dans ma poche et me mords l'intérieur de la joue. Liam et moi ne nous sommes pas revus depuis la dernière fois, dans ce fameux club. Nous avons jugé d'un accord tacite que nous éviter pendant un moment serait une bonne chose pour éviter les tensions au sein du groupe. À quel Liam vais-je devoir faire face aujourd'hui ? Vais-je avoir le droit à ses remarques acerbes, ou bien à cette partie agréable de lui, lorsqu'il ne joue pas un rôle et qu'il se laisse aller ?

Comme prévu, son véhicule vient se garer devant moi quelques minutes plus tard. Il baisse la vitre et lance avec cérémonie :

-Votre carrosse !

Je n'ai pas vraiment prêté attention à sa voiture la dernière fois, si bien que j'ai l'impression de la découvrir pour la première fois aujourd'hui. Il possède une Mercedes noire, avec des courbes félines et une calandre agressive, ainsi que des sièges en alcantara. Ce petit bijou doit valoir une fortune !

-Ça en jette hein ?

Je roule des yeux devant sa vantardise, ce qui l'amuse, et je contourne le véhicule pour aller m'installer sur le siège passager. Il me regarde, amusé car il sait que je préférerais mourir plutôt que d'admettre que j'ai été conquise par la beauté de sa voiture. *Ça ne serait pas rendre service à son ego.*

-Votre direction, *princesse* ?

-La même que toi sombre crétin.

-Mais c'est qu'elle pourrait mordre !

-Contente toi de rouler ! je râle avec impatiente.

-Souris d'abord.

-Même pas en rêve.

-Souris ou je te fais payer le trajet.

-C'est une blague ?

Il secoue la tête à la façon d'un gamin et je ne peux m'empêcher un rire de m'échapper. Je lui offre un sourire exagéré et il me réprimande du regard. Je croise les bras en signe d'opposition et il lève les siens.

-D'accord, je me contenterai de celui-là.

Son insolence qui habituellement m'insupporte, commence à m'amuser. L'attente me paraît longue dans la voiture et j'ai beau adorer regarder le soleil se coucher, je ne tiens plus en place. J'ai besoin de savoir pourquoi il m'a fait venir.

-Où est-ce que nous allons ?

-Je t'emmène manger.

Sa réponse me déconcerte un instant et je me demande si j'ai bien entendu.

-Tu *quoi* ? Je croyais qu'on avait dit que...

-Ne t'emballes pas. Les autres ne sont pas au courant. Et puis, navré de te décevoir *chérie*, mais ce n'est pas un rencard.

Je déglutis, ravalant la colère et la frustration qui menacent de sortir et me mords la langue pour ne pas m'emporter. Je respire un coup avant de répondre.

-Alors pourquoi tu fais ça ?

-Je te l'ai dit, j'ai besoin de toi pour un truc.

-Quel *truc* ?

-Tu le sauras au moment venu.

-Comme ma valise que tu ne m'as toujours pas rendue ?

Son regard quitte la route un instant pour se poser sur moi. Il gigote sur son siège et je remarque que ses jointures blanchissent légèrement sur le volant. Il ne me réponds pas et pourtant, je le vois qui cherche ses mots. *Pourquoi est-il si nerveux ?*

Mon cerveau tourne à mille à l'heure alors que j'essaye de comprendre ce qu'il se passe. Mes yeux jonglent de mes pieds aux voitures au dehors sans jamais se poser sur Liam. Je suis frustrée et impatiente, et j'ai besoin de réponses. L'attente m'est insupportable.

-Pourquoi tu me détestes, Liam ?

Les mots sont sortis de ma bouche sans que je ne m'en rende compte. Je n'arrive pas à croire ce que je viens de dire, je ne m'étais même pas aperçue moi-même que cette question me tracassait. Et apparemment, elle ne perturbe pas que moi. J'attends un instant qu'il réponde, et lorsque je me fais à l'idée qu'il ne répondra pas non plus à cette question, il ouvre la bouche.

-Je ne te déteste pas.

Je déglutis. Ses mots vont à l'encontre de son comportement.

-Alors pourquoi tu es toujours sur la défensive avec moi. Pourquoi tu cherches continuellement à me mettre en rogne ?

-Parce que c'est tellement hilarant quand tu te mets en colère, plaisante-il.

-Tu as de la chance que ma vie dépende de ta conduite, Parker.

Il me regarde en haussant un sourcil et je sais qu'il ne prend pas ma menace au sérieux. Je secoue la tête et reprends plus sérieusement.

-Si tu ne me détestes pas, pourquoi tu me repousses quand j'essaye de t'aider ?

Je le regarde et je sais qu'il le sent puisque je vois ses épaules se tendre légèrement, mais je me moque de le mettre mal à l'aise. *Des réponses.*

-Nous sommes arrivés, se contente-il de dire.

Il tire le frein à main et retire ses clefs du volant. Je reste assise dans la voiture, croisant les bras de nouveau pour lui montrer mon mécontentement. Il remarque que je ne le suis pas alors il fait le tour et vient ouvrir ma portière.

-J'ai dit, *terminus*. Descends s'il te plaît.

Je fais non de la tête et il se masse les tempes d'une main puis s'appuie sur le toit de la voiture pour se pencher vers moi.

-Ne fais pas la difficile, tu vas perdre à ce jeu-là.

J'ignore sa remarque et détourne le regard. *Grave erreur.* Liam s'incline au-dessus de moi et vient décrocher ma ceinture.

-Qu'est-ce que tu...

En deux temps trois mouvements je me retrouve sur son épaule, tel un vieux sac à patate. J'entends la portière claquer et le cliquetis de la voiture qui se verrouille.

-Fais-moi descendre tout de suite Liam !

-Tu es prête à coopérer ?

-Réponds à ma question d'abord.

-*Biiip* ! Mauvaise réponse !

-Pose-moi ! Je sais marcher !

-Ah oui ? Tu avais pourtant du mal à tenir debout la dernière fois.

Sa remarque vient titiller un souvenir dont j'aurais préféré ne pas me rappeler et mon sang ne fait qu'un tour. Je tambourine son dos avec mes poings et agite les jambes pour qu'il me repose à terre mais il est bien plus fort que moi.

-Arrête de gesticuler *petite chenille*.

-Je ne suis pas une chenille !

-D'accord, d'accord. Est-ce que tu veux bien fournir un petit effort et arrêter de gigoter pour que je puisse répondre à tes questions ?

Je m'immobilise.

-*Toutes* mes questions ?

-*Toutes.*

-Je suis sure qu'il y a un piège, je me méfie.

-Aucun *chérie.*

Il me fait glisser le long de son corps et je m'écarte rapidement de lui.

-Comment je pourrais te faire confiance. Tu n'es pas du genre à faire des compromis.

-Suis-moi à l'intérieur et tu verras.

Je le jauge du regard un instant, mesurant la probabilité qu'il soit sincère. *Après-tout, qui ne tente rien n'a rien.* Et puis je pourrais toujours trouver un autre moyen de lui soutirer des informations.

Liam ouvre la porte et me fait un signe exagéré pour que je passe devant lui. Nous commandons une barquette de frites à partager au comptoir et prenons place à la seule table libre. Le *dinner* dans lequel Liam m'a emmené est bondé ce soir. C'est souvent le cas en fin de semaine, les étudiants viennent se détendre entre amis et passent la soirée à danser ou à jouer aux fléchettes dans les pièces du fond. Liam est en train de triturer nerveusement le bouton de manche de sa veste en jean et ne cesse de gesticuler sur son siège. Je me demande ce qui peut le mettre dans un tel état, et je ne peux m'empêcher de repenser à l'autre soir. Liam se montre rarement vulnérable et, d'une façon ou d'une autre, j'espère que mon intuition est la bonne. On vient déposer la barquette de frites huileuses sur notre table et Liam la pousse vers moi.

-Tu n'en prends pas ?

-Peut-être après, répond-il timidement.

-Tu es malade ? Je veux dire, on est bien en train de parler de frites, là ?

Ma remarque le fait légèrement sourire et il se détend légèrement. J'ai besoin qu'il parle ou je vais devenir folle. Je suis à peine à l'aise en sa présence, et c'est seulement parce que je peux être froide et directe avec lui sans qu'il ne se vexe. Mais le fait qu'il ne me donne même pas l'occasion de l'envoyer bouler me rend nerveuse, car à part notre habituel jeu du chat et de la souris, nous ne savons rien faire d'autre ensemble. Mais je décide de lui laisser le temps d'en venir au fait par lui-même. Il ne semble pas plus à l'aise que moi, et puis c'est lui qui m'a fait venir.

-Avant toute chose, tu dois garder ce que je vais te dire pour toi. Tu ne dois rien dire à personne, pas même à Charlie.

Nous y voilà, il a retrouvé sa langue. Néanmoins, ce qu'il me demande me serre l'estomac. Je déteste mentir à Charlie. Et je suis totalement incapable de lui cacher des choses, pas même quand il s'agit d'un anniversaire surprise ou quelque chose dans le genre.

-Maya.

Je lève la tête vers lui et la vulnérabilité que je vois dans ses yeux me dit qu'il prend énormément sur lui pour se confier à moi. Je voulais des réponses et maintenant, je suis terrifiée à l'idée d'en recevoir. *Un peu de courage Maya.* Je l'incite à poursuivre.

-Continue s'il te plaît.

Il semble hésiter un instant puis respire un bon coup et poursuit.

-Ça a commencé cet été. Je rentrais de Californie, je venais d'y passer les vacances. Je suis arrivé chez moi, à Dawson Creek, et il y avait une lettre à mon nom sur le porche.

Il cherche quelque chose dans sa poche en en sort un morceau de papier plié plusieurs fois sur lui-même. Ses mains tremblent quand il me le tend. Je le déplie et le contenu me surprend dans un premier temps. C'est bien une lettre, dont la fragilité suggère de nombreuses manipulations, mais l'écriture n'est pas manuscrite comme je m'y attendais. Non, à la place, des lettres ont été méticuleusement découpées dans ce qui semble être un journal ou un magazine, puis collées les unes derrière les autres afin de former des phrases.

-Au début j'ai cru à une blague, commente Liam pendant que j'examine le papier. Des gamins qui se seraient amusés à faire peur aux gens, parce qu'il n'y a que des gamins pour faire un truc pareil.

Je parcours rapidement les lignes des yeux et toutes se trouvent être des accusations ou des menaces. Mais aucune ne spécifie de quoi il s'agit exactement, ni même la raison de tout ceci.

-Puis je suis arrivé ici et les menaces ont continué, reprend-il gravement. J'ai commencé à recevoir des appels anonymes. J'ai répondu les premières fois, mais il n'y avait jamais personne au bout du fil, alors j'ai fini par les ignorer. Le numéro était différent à chaque fois, et il m'était impossible de retracer l'appel. Cet enfoiré a dû utiliser des téléphones jetables ou des numéros éphémères distribués gratuitement sur Internet.

-Tu en a parlé la police ?

Liam secoue la tête et laisse échapper un rire rempli de sarcasme.

-J'y ai songé un moment. Puis les choses se sont corsées. On m'envoyait des paquets surprise, d'autres lettres. On essayait de m'attirer dans des endroits pour me piéger...

Je fais tout de suite le lien.

-Les poubelles ?

Il lève les yeux de sa manche et me regarde furtivement avant de hocher la tête. Je me sens mal de l'avoir accusé comme je l'ai fait. Je n'avais aucune idée de toute la pression qu'il subissait déjà.

-Je n'ai pas mêlé la police à cette histoire parce qu'il...elle...putain je n'en ai aucune idée. Ça aurait mis mes parents en danger. Quand on a menacé de s'en prendre à eux, je suis devenu fou. J'ai pris la voiture le soir même et j'ai pris la route pour rentrer la maison le plus vite possible. Il fallait que je m'assure que rien ne leur était arrivé. J'ai prétexté avoir besoin de récupérer certaines affaires.

Il lève la tête mais cette fois il ne fuit pas mon regard comme il l'a fait juste avant. Il s'est adouci, et il a retrouvé son aise. Un léger sourire se dessine sur son visage alors qu'il fouille dans sa mémoire et je penche la tête sur le côté pour l'encourager à poursuivre. Il a toute mon attention, et plus il en raconte, plus j'ai besoin d'en connaître davantage.

-C'est ce jour-là que je t'ai rencontré, Maya. J'étais sur la route pour revenir ici, à l'université. Mais la tempête de neige a rendu les routes trop dangereuses et j'ai décidé de m'arrêter en espérant que le temps se calme un peu. J'étais à cran. J'étais paniqué, en colère.

Il essaye de justifier son comportement et je me sens égoïste de l'avoir méprisé, même si je sais que je n'aurais pas pu deviner tout cela. Il baisse de nouveau la tête pour triturer ses doigts cette fois-ci, et moi, j'ai besoin qu'il sache que je ne le juge pas pour ce qu'il vient de confesser. Alors je tends prudemment la main et saisis la sienne avec précaution, ne sachant comment il va réagir à se contact. Ce genre de chose est tout sauf naturel venant de moi. Pas plus que de l'embrasser dans les toilettes d'un club. Je rougis en repensant à cette réaction ridicule de la dernière fois et retire aussitôt ma main de dessus la sienne. *Mais qu'est-ce qui m'est passé par la tête ?* Je fixe le papier huileux au fond de la barquette vide, ne sachant quoi dire.

-Si je te raconte tout ça…c'est pour te protéger.

Je redresse vivement la tête. Et alors je comprends que mes soupçons quant aux différents évènements récents n'étaient pas infondés, comme j'avais fini par penser.

- À partir du moment où cette voiture nous a foncé dessus toi et moi, tu t'es retrouvée impliquée, contre ton gré certes, et j'en suis vraiment navré.

-Tu étais au courant pour le type qui s'est fait passer pour un agent de contrôle ?

Il secoue la tête.

-Absolument pas. Mais quand tu nous a raconté ce qu'il c'était passé, le lien m'a paru évident.

Je prends ma tête entre mes mains.

-Liam…il a pris des photos de la chambre, il a tout examiné, et je n'imagine même pas ce qu'il a pu faire d'autre !

-Il a pris des photos ?! s'écrie-t-il.

J'acquiesce et sa mâchoire se contracte.

-Putain, jure-t-il.

Je réfléchis un instant, j'essaye d'assimiler tout ce qu'il vient de m'être révélé, et je n'arrive pas à croire que tout ça puisse être vrai. Je pensais que ces choses-là n'arrivaient que dans les *thrillers* qui passent à la télé le samedi soir. J'ai des frissons dans le dos et j'ai maintenant la désagréable impression d'être espionnée. Je ne me sens pas du tout en sécurité. *Et si l'homme revenait ?* Qui sait de quoi il serait capable.

-Tu penses que ce mec est aussi celui qui t'envoie les messages ?

-Pour être honnête, je n'en ai aucune idée. Ça pourrait être n'importe qui. De nos jours il est très facile de se cacher derrière un numéro ou un profile. Ou même de se faire passer pour quelqu'un d'autre..., ajoute-il tout bas, comme si il craignait ma réaction.

La serveuse nous interrompt, dépose un nouveau plat de frites entre nous et récupère le précédent. Mais je n'ai plus faim. J'ai l'estomac noué par les révélations de Liam. Je peux voir le bras gauche de Liam trembler légèrement, ce qui me laisse deviner qu'il agite nerveusement sa jambe sous la table.

Il a l'air très anxieux, encore plus que quand nous sommes arrivés. Il s'efforce de sourire à la serveuse mais il est tellement crispé qu'on pourrait croire qu'il est en train de faire une attaque. Je glisse ma jambe contre la sienne et l'effet est immédiat, sa jambe s'arrête de trembler sur le champ. Il me regarde dans les yeux un instant et je n'arrive pas à décrypter ce que je vois dans son regard. Il s'éclaircit la gorge, avale une poignée de frites, enlève sa veste, l'enfile de nouveau. Pas de doute, il ne se sent pas bien du tout, et j'ai bien peur que mon geste n'ait fait qu'empirer la chose. Je fais glisser mon pied pour dégager ma jambe mais aussitôt il la bloque avec les siennes. Je suis d'abord déconcertée, et il me semble bien que lui aussi. Mais nous ne bougeons pas. Il déglutit bruyamment puis ouvre la bouche, la referme.

-Qu'est-ce que tu n'arrives pas à me dire Liam, je demande doucement pour ne surtout pas le brusquer.

Il se mord l'intérieur de la joue et semble chercher ses mots. Pourtant, on ne peut pas dire que l'autocensure soit son fort !

-Accouche ! Depuis quand tu te retiens de dire ce que tu penses, je le taquine pour alléger un peu la discussion.

-J'ai perdu ta valise.

Je me fige. *C'est une blague ?* Dites-moi que c'en est une.

-Comment ça tu as *perdu* ma valise ? je siffle entre mes dents.

-Je l'avais cachée sous mon lit...et elle n'y est plus. J'ai vérifié avant de partir.

-C'est peut-être Hayden qui l'a prise pour se venger, je dis sans grande conviction.

Hayden peut se mettre en colère, et c'est pour dire, j'en ai fait les frais ce matin. Mais il n'est pas aussi joueur que Liam, et il est trop respectueux pour avoir touché à mes affaires. Pas comme Liam.

-Non, ce n'est pas lui. Je lui ai demandé.

-Alors où peut-elle bien être ? Une valise, ça ne disparaît pas comme ça tout de même !

-Ne t'énerves pas, je n'y suis pour rien ! s'offusque-il.

-Oh que si je m'énerve ! C'est toi qui a eu cette idée stupide ! Pourquoi a-t-il fallu que tu gardes cette valise !

Je tente de dégager ma jambe mais il la bloque un peu plus. Puis contre toute attente, il se met à glousser.

-Il n'y a rien d'amusant ! Et laisse-moi retirer ma jambe.

-Oh si, au contraire. Tu es adorable quand tu te mets en colère. Tu rougis et ton nez se plisse. C'est mignon.

Sa remarque me fait sourire et je dois fournir un effort considérable pour ne pas céder et préserver mon air furax. Les profondes fossettes qui creusent ses joues le rendent adorable. Elles lui donnent un air angélique qui contraste avec l'agressivité de sa mâchoire. Un mélange qui est loin de me laisser indifférente. C'est comme si ses joues appelaient mes doigts.

-Je suis désolé pour vous deux d'ailleurs...

Sa remarque me sort de la transe admirative dans laquelle je m'étais perdue et je me dis que c'est une bonne chose qu'il soit concentré sur ses manches plutôt que la façon dont je détaillais son visage. Je ne sais où mon esprit serait allé se perdre sinon. *Dans des endroits très inappropriés, ça s'est sûr.*

-Pourquoi tu m'a fait ça Liam ? Pourquoi a-t-il fallu que tu mettes ce tee-shirt dans mon sac ? *Ton* tee-shirt.

-On m'a forcé à le faire, avoue-t-il avec honte.

-*On* ? Tu veux dire le numéro inconnu ?

Il hoche la tête.

-Je ne comprends pas ce que j'ai à voir avec tout ça !

Il me considère silencieusement mais ne dit rien. Pourtant il m'a semblé qu'il voulait ajouter quelque chose.

-C'était ça le truc pour lequel tu avais besoin de moi ?

Il prend une autre poignée de frites, les avale en vitesse puis secoue la tête.

-Pas exactement. J'aimerais que tu m'aides à coincer celui ou celle qui s'en prend à nous.

Je ne sais pas quoi penser de sa proposition. J'ai encore du mal à réaliser que tout ça ne soit pas qu'une énorme blague. Et puis comment faire pour garder tout ça secret des autres si nous nous mettons tous les deux à agir étrangement ? Cependant, je dois avouer que ma curiosité vient être piquée au fer rouge et que la perspective de jouer à la détective m'amuse.

-Alors ?

Il me fixe désespérément dans l'attente d'une réponse. De toute façon, ce n'est pas comme si je n'étais pas déjà impliquée dans l'histoire...

-Et si ça devenait trop dangereux ?

-Tu veux dire plus dangereux que de se faire renverser par une voiture ? Les limites ont été dépassées depuis longtemps déjà, Maya.

-Je veux bien, mais à une condition.

Il plisse les yeux et hoche la tête pour m'inciter à poursuivre.

-Si ça dégénère, on prévient la police.

-Maya…

-Ce n'est pas négociable.

Il soupire longuement, considérant sûrement ses options puis finit par m'accorder un sourire en coin.

-Marché conclu.

Chapitre 23

Je saisis le bleu et le frotte contre l'extrémité de ma canne.

-Tu as peut-être battu ce mec mais moi, tu ne m'auras pas, fanfaronne Liam qui a passé la dernière demi-heure à intimider le pauvre garçon qui m'avait proposé une partie de billard. Il s'empare de la queue restante et prend une posture fière.

-Range ton orgueil, tu ne sais pas contre qui tu joues. Ou alors tu dois être vraiment inconscient pour me prendre au billard !

Liam s'approche de moi et récupère le carré de craie rouge dans mes mains.

-Crois moi il n'y a pas qu'au billard, Maya...

Je manque de m'étouffer et je sens mes joues s'embraser, ce qui le fait marrer. Mes jambes sont en coton et je ne sais pas quoi répondre. Il tapote le bout de mon nez de son doigt et sourit de toutes ses dents. Cet imbécile sait exactement ce qu'il vient de faire.

-Détends-toi Robbins.

Il contourne la table entre nous et d'un geste de la main, m'encourage à casser, observant scrupuleusement le moindre de mes gestes.

Alors qu'il ne reste plus que six boules sur la table, je commence à perdre mon assurance. Il a déjà rentré presque toutes les siennes et je n'ai marqué aucun point des deux derniers tours. Et je viens, en plus, de rentrer la boule blanche...

-Tu es vraiment un manche May'.

Il se positionne mais il est tellement hilare qu'il ne fait pas attention et rentre deux boules creuses, les miennes.

-Tu n'es pas plus doué que moi, on dirait.

-Montre-moi comment tu t'y prends dans ce cas !

-Oh ça oui, je vais te montrer.

Malgré ce que je tente de faire croire, je ne suis sûre de rien du tout. J'ai vraiment sous-estimé Liam. D'un geste mal assuré je prends place au bord de la table et approche le bout de ma queue de la boule blanche. Je pince mes lèvres pour me donner du courage et tenter d'atténuer les légers tremblements provoqués par les deux grands yeux noirs posés sur moi. J'inspire longuement, me concentre et tape sèchement dans la bille.

Rien ne se produit, elle ne fait que rebondir sur les bandes. *Et zut*. Liam tape dans ses mains.

-Alors là, bravo championne ! Tout ce cirque pour ça ?

Il secoue la tête et je lui tire la langue.

-Arrête de bouder princesse. Attends, je vais te montrer.

En deux temps trois mouvements il se retrouve derrière moi, ses mains recouvrant les mienne sur la queue, son torse pressé contre mon dos. Il se penche un peu plus contre moi et je peux sentir ses muscles bandés. *Tous* ses muscles. Je me liquéfie sur place. Je suis coincée et je peux sans difficulté aucune deviner un sourire mesquin poindre au bout de ses lèvre. Ses paumes font facilement le double des miennes et mes doigts paraissent fragiles entre les siens. Il les positionne doucement, avec délicatesse.

-Voilà, comme ça.

Sa voix résonne dans mes cheveux et une vague de frisson me parcourt.

-Maintenant, donne un coup sec en essayant de ne pas trop bouger.

Je m'exécute et c'est sans surprise que je manque le trou pour la énième fois.

-Alors là je ne peux plus rien pour toi ! s'esclaffe Liam.

-Tu me déconcentres. Ce n'est pas loyal !

-Ce n'est pas ma faute si tu ne peux pas contrôler tes émotions, *chérie*.

-Tu dis n'importe quoi !

-Ah oui ? Tu veux qu'on vérifie ?

Je ne suis pas sûre de comprendre ce qu'il insinue mais il me suffit de m'attarder sur son regard pour comprendre le sous-entendu. Mes cuisses se contractent malgré elles et je m'empourpre encore une fois.

-Tu n'as vraiment aucune limite espèce d'obsédé !

Il éclate de rire à ma remarque.

-Essaye de me faire croire que ça te déplaît si tu veux, mais tes joues me disent tout le contraire.

Je lui fais les gros yeux et il lève les mains d'un air innocent.

-Je me retourne si tu veux, comme ça tu ne pourras plus mettre ton manque de précision sur mon compte.

Je lève les yeux au ciel et il s'exécute. J'attrape les boules à la main et les lance dans les trous mais Liam se retourne et me prend la main dans le sac.

-C'est de la triche ! se plaint-il.

-Personne n'a dit que c'était interdit.

-Il y a des règles, et elles sont universelles.

-Certainement, mais ce soir on jouait selon *mes* règles.

Il hausse un sourcil d'étonnement.

-Selon tes règles hein ?

Il s'avance vers moi, bras croisés, puis vient appuyer ses mains sur le bord de la table, de façon à encadrer mes hanches.

-Et est-ce qu'il est autorisé de faire ça dans tes règles ? murmure-t-il.

La température grimpe d'un coup sur l'échelle des degrés Celsius et j'ai le souffle court dans l'attente de ce qui va suivre. Puis contre toute attente, ses doigts grimpent le long de mes hanches pour venir chatouiller le creux de mes reins. Je me tords de rire et le supplie d'arrêter mais Liam continue d'agiter ses doigts, hilare.

-Stop ! Stop !

-Le mot magique, princesse.

-S'il...s'il te plaît ! j'arrive à dire entre deux souffles.

-Non, pas celui-là !

Je tente de me débattre et il finit par me lâcher.

-Tu...vas... me le payer..., Parker ! je halète.

-Je n'en doute pas.

Je secoue la tête et lui donne une petite tape sur le torse.

-Il est tard, on devrait rentrer maintenant.

-Déjà ? s'offusque-t-il ? Mais on commençait tout juste à s'amuser !

-Non, tu commençais seulement à me martyriser. Nuance.

J'attrape mon manteau et replace nos deux cannes sur le portant. Je le rejoins au bar où il était en train de régler notre repas et nous regagnons sa voiture.

Le trajet de retour se déroule dans la bonne humeur contrairement au précédent, et Liam a chanté tout du long en prenant de drôles de voix, ce à quoi je n'ai cessé de rire. Sur le chemin de ma chambre, il me propose de faire la course jusqu'à l'étage et je le pousse dans les bacs à fleurs du hall pour prendre de l'avance. Mais il me rattrape rapidement et réussi à saisir mon bras pour me tirer vers l'arrière. Je percute son torse et il nous fait pivoter pour échanger nos positions. Liam reprend sa course et arrive finalement en premier à ma porte.

-Et encore une victoire pour moi ! Ça fait deux à zéro !

-En fait, ça fait deux à un, je le corrige. Le pop-corn.

-Tu n'as pas gagné, tu as loupé le dernier.

-Tu l'avais esquivé, en bon tricheur que tu es. J'aurais gagné sinon.

Il secoue la tête puis m'observe sans rien dire.

-Tu n'es pas si ennuyante que ça, finalement, Robbins.

-Et toi tu n'es pas si méchant que ça, quand tu enlèves ton masque de *grand méchant loup*.

Il secoue la tête et j'appuie ma main sur la poignée de la porte sans le quitter des yeux. La poignée s'enclenche. *Elle ne devrait pas.* J'avais pourtant bien fermé à clef. Liam fronce les sourcils lui aussi et m'attire rapidement à lui.

-Reste là, m'ordonne-t-il.

-Pas question ! je proteste.

-Bien. Mais reste derrière moi.

Liam avance doucement et pousse la porte. Nous entrons à petits pas, comme si quelqu'un allait surgir d'un moment à l'autre. *Et c'est justement ce qui se produit.*

La porte de la salle de bain s'ouvre et une fille en sort en serviette. Elle chantonne et se déhanche tout en appliquant du produit dans ses cheveux. Lorsqu'elle prend enfin conscience de notre présence, elle pousse un hurlement de surprise et court s'enfermer dans la petite pièce d'où elle sort. Tout s'enchaîne ensuite très vite.

-Esmée ?! s'écrie Liam à mon côté.

Il arbore une expression que je ne lui avais jamais vue auparavant. De la surprise et de l'incrédulité, ça oui. Mais un sorte de voile couvre son visage. Il respire vite, fort. Les muscles de son bras se tendent sous mes petites mains et je jurerais percevoir un frisson le parcourir. L'attente de réponse semble durer une éternité. Puis le cliquetis du verrou résonne, et la porte s'ouvre tout doucement, laissant apparaître la tête brune de notre intruse. La *fille-à-la-serviette* se décide finalement à se montrer, tout en gardant le maximum de distance entre nous.

-Tu la connais ? je chuchote à mon ami.

Il hoche la tête de façon presque imperceptible, mais semble pourtant sûr de lui.

-Liam.

Ce son sonne comme un soupir de soulagement de la part de la fille qui se tient devant nous. Sa voix est douce et ferme à la fois. Légèrement cassée, ce qui ajoute à son apparence frêle et innocente. Ses boucles brunes et soyeuses descendent en cascade sur ses épaules et encadrent son visage à la peau blanche comme de la soie. Elle ressemble à une poupée de verre. Ses deux petits yeux couleur lapis lazuli viennent transpercer Liam sans jamais le quitter, pas une seule seconde. Elle le détaille des pieds à la tête, semble lui dire mille mots rien qu'à la façon dont elle le regarde.

Je les observe se défier du regard, pétrifiée par l'importance du moment. Ces deux-là ne sont certainement pas de simples inconnus. Mon regard jongle entre eux deux, et je ne peux m'empêcher de noter quelques similitudes. Ils ont les même cheveux sombres, les mêmes fossettes, bien qu'Esmée n'en possède qu'une seule, sur la joue gauche. Liam chancèle, il tombe sur le bord de mon lit. Il semble exténué. La tension qui règne dans l'atmosphère est insoutenable.

-On pourrait m'expliquer ce qu'il se passe, là ?! je réclame en m'efforçant de garder mon calme.

Liam baisse le regard et fixe le sol, il est complètement ailleurs, semble désorienté. Il essaye de dire quelque chose mais ses lèvres bougent à peine et pas même une syllabe n'en sort. La fille qui se tient debout au coin de la chambre-*toujours en serviette, soit dit en passant*-se râcle la gorge et finit par répondre.

-Je suis Esmée. Esmée Parker. Et Liam est mon grand frère.

Chapitre 24

Liam

-Je n'étais pas sûre que tu me reconnaisse, avoue timidement Esmée à mon intention.

Je n'arrive pas à la regarder. C'est trop douloureux de la voir ressurgir du passé comme ça. Maya nous observe depuis la porte, coin dans lequel elle s'est terrée et qu'elle n'a pas quitté depuis que nous sommes arrivés.

Je tente de comprendre, d'assembler les morceaux. Esmée s'approche doucement de moi, comme si j'étais un fou qui se serait échappé de l'asile. *Je ne dois pas en être loin à ce point.*

-Liam, supplie-elle.

Je tente de lever les yeux mais mon regard dévie aussitôt. C'est trop dur, j'en suis incapable. Ma sœur soupire puis se tourne vers Maya.

-Je suis ta nouvelle colocataire. Désolée pour…*ça*, s'excuse-t-elle en désignant l'espace entre elle et moi. J'aurais aimé qu'on se rencontre dans d'autres circonstances.

-Je suis Maya, répond-elle simplement.

Maya avait raison. Tout autour de moi n'est que problème. Et je m'en veux de l'avoir embarquée avec moi dans ce tourbillon infernal. Elle doit penser que je suis un sacré tordu.

Esmée triture ses doigts fins et je me détends légèrement en retrouvant ce geste familier chez elle.

-Je devrais m'habiller, lâche-t-elle avant de disparaître à nouveau dans la salle de bain.

Je ferme les yeux et laisse échapper un juron. Je relève la tête et lance un regard à Maya. Elle semble complètement paumée. Je peux comprendre. Je suis perdu moi aussi.

Perdu. Perdu. Perdu.

Bordel.

Comment Esmée a-t-elle fait pour me retrouver ? *Ce n'est certainement pas papa et maman qui lui ont donné l'information... Et que fait elle ici bon sang !*

Maya vient s'asseoir silencieusement au pied de son lit, en face de moi. Elle a de nouveau cet air que je déteste sur son visage. Celui qu'elle a lorsqu'elle est avec notre groupe. Lorsqu'elle n'est pas seule avec moi. Maya est une personne introvertie, mais elle a également une forte personnalité. Et pour preuve, elle m'a renvoyé dans mes retranchements un bon nombre de fois déjà, alors qu'Hayden est le seul à qui je le permets. Et c'est ma faute. Je l'ai laissée s'approcher d'un peu trop près. De moi. De mes problèmes. De mes secrets. Et maintenant, voilà qu'elle rencontre l'un d'eux.

-Tu vas bien ? me demande-t-elle, me sortant de mes pensées.

Elle triture la moquette tout en fuyant mon regard, et j'ai un douloureux pincement. *Est-ce que je vais bien ?*

-Je sature.

-Je suis désolée, dit-elle sincèrement. J'aimerais pouvoir aider mais...

Elle hésite un instant et je la regarde, attendant la suite.

-Liam, qu'est-ce qu'il s'est passé entre vous deux ?

La porte de la salle de bain s'ouvre et Esmée réapparaît, m'offrant une échappatoire. *Ouf.* Elle danse d'un pied à l'autre, puis finit par venir s'installer sur son lit, en face de nous.

-Qu'est-ce que tu fais ici ? je finis par lui demander.

-Je viens m'installer.

Un rire amer m'échappe.

-Oui, ça j'avais cru le comprendre. Mais pourquoi ? Pourquoi ici ?

-Tu sais pourquoi.

-Je peux t'assurer que je n'en ai aucune putain d'idée ! je m'agace.

Sa présence ici est insensée. C'est absurde. Irraisonnable.

-J'avais besoin de te revoir.

-Mais pourquoi ! Pourquoi après tant de temps ! Pourquoi alors que tout était réglé !

Maya sursaute à mes éclats et se recroqueville sur elle-même. *Merde.*

-Parce que tu appelles ça *réglé* ? s'étrangle Esmée.

Elle a raison. C'est égoïste. Rien n'est réglé. Rien de rien. On a simplement trouvé un moyen d'échapper à la situation pour un certain moment.

Pourquoi n'éclate-t-elle- pas à son tour ? Pourquoi ne me traite-t-elle pas de bon vieil égoïste, à juste titre ?

J'ai la réponse lorsque Maya se lève à mes pieds pour aller placer ses bras autour des épaules de ma sœur. *Esmée est en train de pleurer.*

Tout ceci est à n'y rien comprendre.

Maya regarde le sol, en silence, mais continue de frotter les épaules d'Esmée. J'aimerais qu'elle soit n'importe où ailleurs qu'ici, lui épargner ces retrouvailles. C'est trop dangereux. Sa seule présence ici ne fait que mettre en péril ce que nous avons mis tant de mal à passer sous silence ma sœur et moi. Cependant, pour une raison que j'ignore, l'avoir ici avec moi m'aide à me tempérer.

Esmée, retrouvant un peu de calme, murmure quelque chose entre deux sanglots. Elle prend une grande inspiration, relève la tête et vient planter ses deux yeux dans les miens. Elle a toujours eu ce regard si intense qu'il est presque impossible de détourner les yeux. Je suis comme happé par le bleu de ses iris noyés de larmes.

-Je suis en danger.

En danger. Ses mots m'alarment et mon instinct protecteur prend le dessus malgré moi.

Stupide lien de fraternité.

Je franchis la distance qui nous sépare et prends ses mains dans les miennes. À la sensation retrouvée de ses petits doigts fins dans mes paumes, je me détends immédiatement.

-Il faut que tu m'aides Liam. Je t'en supplie, m'implore-t-elle.

Je me laisse aller. Je hoche la tête et l'attire tout contre moi. Les larmes me montent aux yeux et j'enfouis mon visage dans ses cheveux épais pour mieux les retenir. L'arôme familier de pomme m'enivre et je sens le soupir de soulagement de ma sœur contre mon bras auquel elle s'agrippe fermement.

Maya nous regarde depuis son lit sur lequel elle s'est réfugiée pour nous laisser de l'intimité. Je la remercie d'un hochement de tête et elle sourit timidement. Il faut que j'aille la réconforter, elle aussi. Ça fait pas mal de choses à encaisser pour elle, ce soir.

Je me détache d'Esmée et vient m'asseoir à son côté, plus au bord pour lui laisser un peu d'espace au cas où elle en aurait besoin. Je pose ma main sur son genou et elle me sourit à nouveau, plus franchement cette fois.

Esmée s'installe en face de nous et nous explique la situation.

-C'était il y a environ deux mois. J'allais chercher mon courrier quand j'ai remarqué que ma boîte aux lettres avait été vandalisée. On y avait écrit...

Elle s'interrompt et lance un regard furtif à Maya. Elle se demande si elle peut parler devant elle. Esmée est intelligente, elle ne nous mettrait jamais en danger, elle et moi. Elle ne veut prendre aucun risque.

-Des *provocations*, finit-elle par trouver. Puis on a déposé des messages sur ma voiture. Des menaces. J'ai commencé à recevoir des appels téléphoniques de numéros inconnus. Régulièrement. Quasiment tous les deux jours. C'est là que j'ai vraiment commencé à m'inquiéter.

Je suis pétrifié. Et si j'en crois la petite main qui enserre mon poignet, j'en déduis que Maya a fait le lien elle aussi. Je ne peux pas croire ce que je viens d'entendre. Je ne *veux* pas y croire.

-Liam, vous me faîtes peur. Qu'est-ce qu'il se passe ? s'inquiète Esmée.

Je déglutis et ma salive semble s'être transformée en de l'acide. Le fait qu'Esmée soit impliquée dans l'histoire elle aussi ne peut pas être une coïncidence. Au contraire, ça à tout, absolument tout avoir avec ça. Avec ce qu'il s'est passé. Ce que nous redoutions le plus est en train de se produire. *Quelqu'un sait*. Et cette personne a décidé d'utiliser la vérité pour nous piéger, se venger.

Je fais part à Esmée des différents évènements des derniers mois, ceux des derniers jours, son doux visage se décomposant un peu plus à mesure que les liens se font dans sa tête. Elle en tremble presque.

-Comment...

Je lui fais de grands yeux et secoue discrètement la tête pour l'empêcher d'aller plus loin. Maya n'en sait pas plus, elle n'est pas au courant. Elle ne doit surtout pas l'être. Ça serait prendre des risques inutiles, et nous mettre en danger Esmée et moi.

-Ce n'est sûrement pas un hasard si vous êtes tous les deux impliqués dans tout ceci, en déduis justement Maya. Et il y a forcément une raison qui se cache derrière tout cela.

Si tu savais, Robbins…Tu serais probablement même du côté de ce malade.

-Vous n'avez pas une petite idée ? Quelqu'un qui vous en voudrait ?

Si. Beaucoup, beaucoup de gens.

Esmée et moi secouons nos tête en guise de réponse négative. Maya est très intelligente, et maintenant que je lui ai demandé de m'aider et qu'elle y a pris part, je ne peux plus faire marche arrière. Je vais devoir redoubler d'efforts pour nous protéger, Esmée et moi. Pour protéger Maya.

-Je pense qu'on devrait réfléchir à tout ce merdier à tête reposée, je propose pour mettre un terme à la discussion. Cette journée a été éprouvante pour tout le monde.

C'est sans grande surprise que les deux filles approuvent sans opposition, et nous nous mettons d'accord sur un endroit pour se retrouver le lendemain afin de discuter plus sérieusement de cette histoire et essayer d'y trouver une solution. Esmée me raccompagne à la porte et Maya se faufile directement sous ses draps, ce qui me rend triste et me fait sourire à la fois. *Elle est adorable.*

Esmée me pousse à l'extérieur et ferme la porte derrière nous. Elle fait volte-face et me pousse une nouvelle fois de ses deux petites mains.

-Mais qu'est-ce qui t'as pris de lui raconter ! s'énerve-t-elle tout en chuchotant.

Je savais qu'elle finirait par exploser.

-Calme toi ! je tente.

-Que je me calme ?! s'offusque-t-elle presque à haute voix.

-Oui. Elle n'est pas au courant, elle ne sait rien de ce qu'il s'est passé, OK ? Je n'ai pas eu le choix, elle était présente presque à chacune des fois dernièrement, et *il* a commencé à s'en prendre à elle aussi.

Esmée me dévisage, bras croisés, le visage si rouge de colère qu'il pourrait éclater juste sous mes yeux.

-Comment on va faire pour préserver la vérité. Tu le sais aussi bien que moi, tout est lié, elle finira par savoir...Et je peux t'assurer que quoi que cette fille puisse représenter à tes yeux, elle te détestera quand elle apprendra.

Je bouillonne de l'intérieur. Je supportais déjà mal l'idée que Maya ait pu entrevoir certaines parties de moi. Ça me file les jetons. Et pour cette même raison, me la rend ridiculement attirante. Je suis attiré par elle, et j'adore et déteste tout autant cette même idée. Pourtant la garder auprès de moi pour la protéger revient à la mettre en danger. En essayant de m'aider, elle est devenue une cible elle aussi. Et elle est courageuse, parce qu'elle a accepté ça. Elle me l'a dit plus tôt dans la soirée, qu'elle était de toute façon trop impliquée à présent pour faire marche arrière. Puis elle a essayé de me rassurer en disant que ça ne pouvait pas être pire qu'une partie de Cluedo. J'ai ri d'abord à sa remarque. Elle a dit ça sous le coup de la panique. Elle avait peur. Et moi aussi. Je suis absolument terrifié.

Chapitre 25

Nous devons trouver un angle d'approche. Nous n'avons pas la moindre info sur cette personne qui nous veut manifestement du mal à tous les trois, si ce n'est que ses intentions sont de se venger. *Mais se venger de quoi ?* Je n'en ai pas la moindre idée, pas plus que Liam et Esmée.

D'ailleurs, son apparition soudaine la semaine dernière a sacrément bousculé les choses. C'est déjà étrange de me retrouver avec quelqu'un dans la chambre, quelqu'un avec qui je dois interagir, mais ça l'est d'autant plus qu'il s'agit de la sœur de Liam. Liam qui d'ailleurs, se comporte étrangement depuis son arrivée. Le lendemain de la venue de sa sœur, j'ai reçu pas moins de douze messages pour s'assurer que la cohabitation se passait sans problème et que j'allais bien, que rien d'étrange n'était arrivé en son absence. Sans compter qu'il veut à tout prix cacher l'identité de sa sœur à nos amis, ce qui semble vraiment absurde. Lorsqu'il nous l'a annoncé à Esmée et à moi, je n'en revenais pas. Et si Esmée n'a pas protesté, je me suis sentie très mal pour elle. Selon lui, il s'agit de protéger le groupe, éviter de les mettre eux aussi en danger. Il y a déjà une personne de trop d'impliquée, et on en voit le résultat. J'ai donc finit par accepter, moi aussi. Il est hors de question de mettre nos amis en première ligne, et surtout pas Charlie. Lui et moi passons très peu de temps ensemble entre sa relation plus que fusionnelle avec Sasha et mes rendez-vous secrets avec la fratrie des Parker. Et je sais qu'il s'inquiète et se sent coupable de passer plus de temps avec elle que moi. Mais je suis une grande fille, je pense pouvoir gérer ça. Il a le droit de construire sa vie de son côté, et je dois le soutenir plutôt que de le retenir.

Je suis justement en train de répondre à l'un de ses messages lorsque le contact de Liam s'affiche en haut de l'écran. Je clique sur la notification et lis le contenu du message.

-Liam ne pourra pas nous rejoindre, j'annonce à Esmée qui conduit à mon côté.

-Tant pis, répond-elle.

Esmée remue sur son siège. Elle est aussi tendue que moi à l'idée que l'on se retrouve seules toutes les deux aussi longtemps. Je n'ai aucune idée de ce qu'il s'est passé entre elle et son frère, et elle ne sait pas ce que Liam et moi représentons l'un pour l'autre. Je vois bien que la question l'a démangée toute la semaine. Le truc, c'est que si elle se décidait enfin à la poser, je ne saurais pas quoi lui répondre. Il y a bien quelque chose entre lui et moi. Mais je ne pense pas que ça aille plus loin qu'un simple flirt de son côté, quant à moi, j'ai encore du mal à savoir sur quelle pied danser avec lui. La plupart du temps, il me met hors de moi, et ce sont ces moments-là que je gère le mieux puisque je peux l'envoyer bouler sans passer pour la garce de service. Mais il y a aussi ces moments où c'est lui qui me repousse, et ceux-là, je ne sais pas les gérer. Je n'ai jamais couru après quelqu'un, et personne ne m'a jamais couru après. Je montrais les dents lorsqu'on me faisait des réflexions, et je ne me laissais pas faire. Pas d'attaches, pas de peine, c'était aussi simple que ça. J'avais Charlie. C'était tout ce qui comptait. Puis il y a eu Hayden. Charlie m'a poussé à m'extravertir, à me laisser aller. Et j'ai fini par le blesser, et c'est ce qui se serait passé de toute façon même sans l'intervention de notre inconnu. Le problème avec Liam, c'est que je n'ai pas les commandes. C'est lui qui dirige, et mon corps qui répond, même si mon cerveau s'y oppose. J'ai beau être exécrable avec lui, il continue de venir me provoquer.

Un autre message. C'est l'adresse du rendez-vous. Je tends la main et la rentre dans le GPS de la voiture.

-Merci, me dit Esmée en souriant.

Esmée est quelqu'un de très réservée, mais elle sait s'affirmer et prendre les choses en mains quand il le faut, elle me l'a prouvé dès le début quand elle a su gérer la tempête Liam à peine arrivée. Elle n'a l'air ni méchante, ni sotte, et malgré le peu de conversations que nous ayons échangé, elle s'est toujours montrée gentille avec moi.

Mon téléphone vibre à nouveau dans mes mains.

De Liam : Tout va bien avec E ?

Je souris et secoue la tête.

-C'est encore mon frère ? Je parie qu'il te demande si je suis sage.

-En plein dans le mille, je réponds soulagée qu'elle entame la discussion en première.

Nouvelle vibration.

De Liam : Maya ?

-Tu n'as qu'à lui dire que je ne suis pas aussi chiante que lui, ça le détendra.

J'approuve et tape rapidement le message avant que Liam n'en renvoie un énième.

-On arrive, m'informe-t-elle.

En effet, on y est. Un petit café en bordure de route, à peu près à quinze minutes de l'université, inconnu d'Internet. L'endroit parfait pour nous servir de QG. Liam a conduit toute la semaine pendant son temps libre pour essayer de trouver un endroit où l'on pourrait discuter sans se soucier d'être aperçus ou entendus. Esmée commande deux thés en passant devant le comptoir, un aux fruits rouges pour moi et un au muffin pour elle.

-Ce goût m'intrigue, se justifie-t-elle en faisant une drôle de tête à laquelle je souris.

-Bon, dis-je en m'installant à une table au fond. On devrait faire un récapitulatif de ce qu'on sait, et rassembler nos hypothèses.

-J'ai ce qu'il faut ! s'exclame Esmée.

Elle sort un carnet et des feutres de couleur de son sac à main. Elle saisit le bleu et note "INDICES :" sur la première page puis "HYPOTHESES :" sur celle de droite.

-Voyons voir…commence Esmée.

-Et si on commençait par trouver la raison derrière tout ça. On n'harcèle pas les gens *juste comme ça*. Il y a forcément un déclencheur à tout ça.

-Tu as raison, ajoute-elle.

-Et cette raison a forcément un lien avec Liam et toi.

-Ça me semble juste, mais dans ce cas, pourquoi es-tu impliquée toi aussi. *Il* ou *elle* ne devrait pas s'en prendre à toi.

-Peut-être parce que j'en ai trop vu, trop entendu ? J'étais là quand Liam était dans l'impasse avec les poubelles.

Esmée semble moins sereine qu'à notre arrivée. Elle doit s'inquiéter pour son frère.

-Mais il ne t'avais rien dit. Pas encore.

-En effet, ça ne colle pas. Hmm…

-Je peux te demander quelque chose, Maya ?

Nous y sommes. Je m'attendais tellement à ce qu'elle pose la question que je la vois venir à des kilomètres.

-Est-ce que Liam et toi…

-Non, je la coupe. Non, nous ne sommes pas ensemble.

-Je vois, répond-elle simplement en hochant lentement la tête.

Je n'arrive pas à savoir si c'est de soulagement dans ses yeux ou autre chose.

-Dans ce cas on peut enlever l'hypothèse où on se sert de toi pour l'atteindre lui.

-Oui… réponds-je sans grande conviction.

Pourtant ça ne peut être que cela…

-Ça ne nous laisse plus beaucoup d'options…se lamente Esmée.

La serveuse arrive à notre table et y dépose notre commande. Nous la remercions et revenons à notre réflexion. J'observe les quelques mots que nous avons couchés sur le papier et tente de faire des liens entre les évènements, de me souvenir de détails.

-Tu es vraiment sûre que tu n'as aucune idée de ce qui a pu déclencher tout ça ? je l'interroge encore une fois.

Je continue d'observer les notes.

-De la jalousie ? Une histoire de vengeance ?

Toujours pas de réponse.

-Esmée ?

Je relève la tête et croise son regard plein d'effroi. Elle lâche son gobelet et le liquide chaud vient se déverser sur le parquet. Elle tremble de tout son être et ses yeux se remplissent de larmes.

-Qu'est-ce que...

Elle pointe ma boisson du doigt avant de porter la main à sa bouche. Je fronce les sourcils, je ne comprends pas ce qu'elle essaye de me dire.

-Quoi ? Le thé n'était pas bon ? Avec le goût que tu as choisi aussi...

-Non, je...

Elle fait pivoter mon gobelet de sorte que je voie ce qu'il y est inscrit.

-Mais qu'est-ce que c'est ?

"451 Canboro Rd, Pelham"

-On dirait une adresse.

Esmée ne m'écoute pas, elle est comme obnubilée par ce qu'il y a d'écrit sur le sien. Je viens m'accroupir près de la boisson pour essayer de comprendre. Je fais rouler le contenant en carton entre mes doigts.

NESSA

Ce mot me dit quelque chose, mais je n'arrive plus à me rappeler quoi.

-On s'en va, dit Esmée la voix chevrotante.

Elle est paniquée, et en la voyant ainsi, je comprends que la situation est très sérieuse. Si c'est ce qui la met dans un tel état, alors il a été écrit ici pour qu'elle le voie. Quelqu'un l'a fait, sachant comment elle réagirait. Je balaye la salle des yeux sans trop savoir ce que je recherche.

-S'il te plaît Maya, ne restons pas là, me supplie-t-elle.

-D'accord, je vais payer et on y va. Attends-moi à la voiture.

Je récupère les deux gobelets vides et les fourres dans mon sac avant de déposer un billet de dix dollars canadiens dans la coupelle en verre sur la table.

-Je vais conduire, je propose à Esmée en sortant.

Elle acquiesce et s'installe sur le siège passager. Elle est si pâle que l'on dirait presque un fantôme. Ses mains tremblent encore, ses joues sont marquées par les larmes et ses yeux gonflés. Je compose le numéro de Liam sur le tableau de bord de la voiture.

-Maya ?

-C'est moi. Liam, tu pourrais nous rejoindre dans une vingtaine de minutes à la chambre ?

-Pourquoi ? Il s'est passé quelque chose ? Vous allez bien ? s'empresse-t-il d'ajouter. Maya, dis-moi que vous allez bien !

Je tourne la tête vers sa sœur.

-Maya, réponds moi bon sang !

-Oui, oui on va bien.

-Je prends mes affaires et j'arrive.

-Merci.

Je raccroche et le retour se fait dans le silence le plus total. Je tente de jauger son état mais elle tourne la tête vers la vitre de façon à ce que je ne la voie pas. Elle a le même caractère que son frère.

Mais qu'est-ce qui a bien pu leur arriver ?

Chapitre 26

J'ai juste le temps de me décaler avant que le téléphone de Liam ne traverse la pièce et vienne s'écraser sur le mur derrière moi.

-Eh ! Tu t'énerves si tu veux mais pas sur notre mobilier ! Encore moins sur moi, je râle à son intention.

Liam soupire la tête entre les mains, il a l'air de vouloir s'arracher les cheveux, c'est une boule de nerfs depuis que nous sommes rentrées. Nous avons passé l'après-midi entier à essayer d'associer un lieu à l'adresse inscrite sur le gobelet, sans arriver à aucun résultat concluant excepté des restaurants ou de vieux parcs à garde-meubles. Esmée quant à elle, n'a pas prononcé un seul mot depuis notre virée, un peu plus tôt, ce qui m'indique que la situation craint beaucoup plus que je ne le pensais.

-Je ne comprends pas... Qu'est-ce que ça veut dire ? On n'est même pas sûrs que ça soit dans notre Etat, ce mec peut être n'importe où, grogne Liam.

-En fait, si. L'adresse s'est retrouvée sur nos gobelets, ce qui veut dire que quelqu'un savait qu'on irait là-bas, et qu'*il* l'a fait marquer sur nos boissons. Peut-être même qu'*il*...qu'*elle* l'a marquée de sa propre main, j'avance. Celui ou celle qui nous veut du mal est donc forcément dans les parages.

-Ce qui veut dire que nous avons un autre problème, ajoute Liam. On nous a entendu, ce qui veut dire qu'on nous espionne.

-C'est impossible, on n'a jamais parlé de ça en dehors de cette chambre, je rétorque. À moins qu'on nous ait entendus à travers la porte.

-Impossible, affirme Liam.

-Comment peux-tu en être aussi sûr ?

-Ces portes sont aussi isolantes que du liège, je n'ai jamais réussi à entendre ce qui se passait là-dedans, même pas la voix stridente de Maya quand elle chante sous la douche.

-Comment...Tu écoutais à notre porte ?!

-Merde. Je...

-Liam ! je proteste en cœur avec Esmée.

-Je voulais seulement m'assurer que tout se passe bien ! se défend-il.

-Et d'abord je ne chante pas sous la douche ! je rétorque.

-Menteuse ! Les murs de ma salle de bain s'en rappellent encore, et je parie qu'Hayden aussi.

Je lui lance mon oreiller qu'il rattrape et envoie sur Esmée qui ne s'y attendait pas. Elle tombe sur les fesses et éclate de rire. Liam et moi l'imitons et je rougis de honte de savoir que les garçons pouvaient entendre mes concerts privés dans la salle de bain.

-Les potables ! s'exclame soudain Esmée.

-Quoi *les portables* ? demande Liam.

-Il n'y a que de cette façon qu'*il* a pu savoir...

-Tu penses qu'*il* irait jusqu'à pirater nos téléphones ? je demande peu convaincue.

-*Il* a bien enflammé une poubelle et essayé de vous foncer dessus.

-Ce n'est pas faux, lui accorde Liam.

-On devrait utiliser nos téléphones le moins possible. Eviter d'échanger des informations de cette façon, propose Esmée.

-Tu ne veux pas qu'on invente une nouvelle langue tant qu'on n'y est, sarcasme son frère.

-Je suis d'accord avec elle, je la défend. On ne sait rien sur ce type. Rien de chez rien. On doit jouer intelligemment. Se protéger au maximum.

Liam soupire les mains sur les hanches et donne une pichenette dans les cartons vite de nourriture chinoise que nous avons commandé ce midi.

-On n'est dans la merde, siffle-t-il entre ses dents.

Ni Esmée ni moi ne le contredisons. Il a raison, cette histoire ressemble à un piège, du genre labyrinthe dans *Harry Potter*. Et nous avons les pieds en plein dans les ronces.

Chapitre 27

Liam

Je choute dans un caillou qui rebondit sur le lampadaire puis vient s'écraser bruyamment sur ma carrosserie. *Merde.* Pourquoi faut-il que les filles mettent autant de temps à se préparer ? Je n'étais déjà pas vraiment partant pour sortir avec le groupe ce soir, mais si j'avais su que je devrais faire la carotte pendant quarante minutes dans le froid j'aurais refusé. Techniquement, j'avais *déjà* refusé, mais lorsque Maya s'est mise à me faire les yeux doux, je n'ai pas pu résister plus longtemps. Cette fille joue avec mes nerfs, et elle me met constamment à l'épreuve. Avec elle s'est comme agiter des bonbons devant un gosse. Je choute dans un deuxième caillou et celui-ci rebondit contre la pierre de la fontaine à ma droite juste avant que la porte du bâtiment ne s'ouvre derrière moi. *Pas trop tôt.* J'ouvre la portière arrière de ma voiture et me glisse derrière le volant en attendant que les filles me rejoignent.

-Depuis quand tu es serviable ? me lance Maya qui s'installe à mon côté.

-Je ne le suis pas. Mais les animaux ne savent pas ouvrir les portes de voiture tout seuls, je réplique en ajustant mes rétroviseurs.

-Dommage pour toi cher frère, mais je te signale qu'on partage la même ADN, répond Esmée à la pique qui lui était adressée.

Je me retourne pour lui faire un clin d'œil puis mon regard croise celui de Maya. *Oh Seigneur !* Elle est à couper le souffle. Elle a enfilé une robe blanche très simple avec des manches légèrement amples qui viennent se refermer par des boutons à ses poignets. Elle ne porte aucun maquillage, aucun bijou autre que ses boucles d'oreilles en perle qu'elle ne quitte jamais, et elle s'est contentée de tresser ses mèches de devant pour les rassembler en arrière dans un chignon flou. Elle est magnifique, même au naturel, et cette tenue lui donne l'air d'un ange. *Putain.* Je me félicite mentalement d'avoir mis mon jean le plus serré ce soir et m'efforce de détourner le regard.

-On est vraiment obligé de faire ça ? se lamente Maya.

-C'est toi qui a voulu aller à cette soirée je te signale.

-Non, je parlais de déposer Esmée à la bibliothèque. Elle devrait venir avec nous.

Je lance un regard furtif à Esmée à travers le rétroviseur.

-Oui. On en a déjà parlé, on ne peut pas prendre de risques.

-Mais quels risques ? Tu ne crois quand même pas que Charlie, Hayden ou encore Hannah soient des tueurs en série, si ?

-*Primo*, ce n'est pas discutable. *Secundo*, je pense qu'Hannah est carrément capable d'être une psychopathe. Dans le genre Joseph Goldberg dans *You*.

Les filles pouffent de rire et je me lance dans l'imitation de ce personnage tordu.

-Vous pensez qu'on a affaire à ce genre de gars ? demande Esmée depuis la banquette arrière.

-Je n'en sais rien, mais il faut être complétement ravagé pour faire ce genre de choses.

-Je continue de penser qu'on devrait en parler à la police, soupire Maya.

Nouvel échange de regard avec ma sœur, personne ne lui répond et les minutes qui suivent demeurent silencieuses elles aussi.

Nous déposons Esmée à la bibliothèque qui doit effectuer quelques recherches sur le piratage informatique et reprenons la route vers la sororité où nous attend le reste du groupe, Maya et moi. D'après les instructions d'Hayden elle se situe à deux villes d'ici, ce qui veut dire qu'elle et moi allons-nous retrouver seul à seul un petit moment. Je tente de me concentrer sur la route uniquement mais c'est presque impossible. Le bout de sa robe ne recouvre pas l'intégralité de ses cuisses, m'offrant une vue des plus alléchantes, et je dois me faire violence pour ne pas poser ma main sur l'une de ses jambes. Sa peau légèrement halée semble douce, lisse, et son parfum de vanille vient chatouiller mes narines, si bien que j'ai envie de fourrer ma tête dans son cou pour en avoir plus. *Concentre-toi Parker, et toi Parker Junior, reste tranquille, tu veux ?*

-Qui est Nessa ? demande Maya venant interrompre le film malsain qui démarrait dans ma tête.

Je manque de piler. Entendre ce nom prononcé à haute voix me fait l'effet d'une sacrée claque. Cela va faire une paire d'années que je ne l'avais pas entendu.

Je me doutais bien que Maya finirait par poser la question tôt ou tard. Mais je n'étais vraiment pas prêt. Pas aussi rapidement. Pas encore. *Jamais* me crie mon inconscient. Je sens son regard sur moi et je n'aime pas ça du tout, j'ai l'impression qu'elle me met à nu, qu'elle sait tout, et ça me fout les jetons !

Résiste.

Elle ne lâchera pas l'affaire.

Trouve quelque chose !

N'importe quoi !

-Mon ex, je finis par lâcher en essayant d'être le plus convainquant possible.

-Oh. Que s'est-il passé ? demande Maya intéressée. Quoi que ça soit, elle a l'air d'avoir mis un sacré bazar.

J'aurais dû me douter qu'elle ne se contenterait pas de ça.

-Elle n'était pas si importante que ça. Une fille parmi tant d'autres, tu connais la comptine.

-Alors pourquoi tu t'es fait tatouer son nom ?

Mince, comment fait-elle pour tout deviner comme ça. Je suis à court d'arguments.

-Démasqué, je réponds. Bien joué. Disons que ce n'est pas quelque chose dont j'aime parler. Le genre de chose que je préfèrerais oublier. Je mets mon Joker pour cette question, Robbins.

-Je vois...

Maya se renfrogne légèrement dans son siège et feigne l'indifférence, mais je vois bien qu'elle est frustrée. Elle n'est pas sotte, elle sait que l'histoire qui concerne Nessa n'est pas sans importance. Peut-être même qu'elle a déjà fait le lien avec ce qui nous arrive. *J'espère que non.* Non. *Je prie* pour que ça ne soit pas le cas.

Maya baisse la tête sur son téléphone et j'ai l'impression qu'elle se referme sur elle, ce qui m'irrite fortement. Pour une raison qui m'échappe, j'ai besoin d'avoir son attention. J'ai besoin de discuter avec elle, d'être à proximité, n'importe quoi, le moindre truc insignifiant. J'active le mode connard-égoïste *—expression définie par Maya elle-même-* et décide de l'embêter un peu. Je tends le bras et saisis son portable que je glisse dans la poche intérieure de ma veste.

-Eh ! Rends-le moi ! Et on garde ses deux mains sur le volant ! Tu vas nous tuer avec tes idioties.

-Ce n'est pas poli de rester sur son téléphone quand on a de la compagnie, je lui reproche sur un ton joueur.

-*La compagnie,* comme tu dis, est bien ennuyante ce soir.

-Ah oui ? C'est ce que tu penses ?

-Parfaitement ! rétorque-t-elle en croisant les bras pour afficher son air boudeur.

-La soirée ne fait que commencer, *mon ange.*

Je l'observe du coin de l'œil et comme je m'y attendais, ses joues s'empourprent sur-le-champ.

1-0 pour l'équipe Parker.

-Tu comptes boire ce soir ? je l'interroge.

-Ça t'énerverait ?

-Beaucoup.

-Alors, oui ! Je compte boire.

-C'est un jeu dangereux que tu joues là, Maya.

-Alors ce n'est plus *mon ange* ? dit-elle en battant des cils.

1-1 si j'en crois Parker Junior. Elle est forte. Très forte.

J'ai à peine garé la voiture le long de la propriété que Maya saute déjà partout, et en un clin d'œil, son petit cul a disparu dans la foule. Je joue des coudes pour passer et me rends directement à l'étage pour trouver un coin où réfléchir calmement. Cette histoire d'adresse me tracasse, et j'ai l'impression que je ne trouverai pas de répit tant que je n'aurai pas trouvé ce que tout cela signifie. *Nessa*. Pourquoi son nom a-t-il été inscrit lui aussi. Est-ce pour nous faire tomber Esmée et moi ? Une simple piqure de rappel afin de torturer nos cœurs et nos esprits ? *Comme si ce n'était pas assez*, je pense, un goût amer dans la bouche. Le karma fait bien les choses, je dirais même *un peu trop* à mon goût. À moins que...à moins que ça ne soit un indice ? L'adresse aurait-elle un lien avec Nessa ?

Assis en haut de l'escalier, j'essaye d'exploiter ce semblant de piste d'avantage en profondeur. Pendant près d'une demi-heure je vois des couples monter et redescendre les marches, certains complètement ivres, d'autres déjà à moitié à poil – *charmant vous me direz*. Quand je décide que c'en est assez, je dégringole les marches pour retourner me servir à boire à la cuisine. Je tourne à l'angle du couloir et percute une petite chose. *Une petite personne* en fait.

-Tiens, on est de retour ? je tente pour plaisanter avec Maya.

Elle s'excuse de m'être rentrée dedans sans même me regarder, elle semble complètement déboussolée. *Quelque chose ne va pas.* Je saisis ses poignets pour l'empêcher de disparaître de mon champ de vision pour la deuxième fois de la soirée et elle lève la tête vers moi, le visage baigné de larmes. J'en ai un pincement au cœur.

-Qu'est-ce qui ne va pas May' ?

Elle se colle contre moi et encercle ma taille de ses petits bras, ce qui m'inquiète encore plus. *La Maya de tous les jours m'aurait envoyé bouler.*

-Quelqu'un t'as fait du mal ? Est-ce qu'on a essayé de te forcer à faire quelque chose ?

Elle secoue la tête à chacune de mes questions et m'enserre encore plus fort.

-Je suis là ça va aller, je la rassure.

Je tente de faire de mon mieux, je n'ai jamais fait ça de ma vie, consoler une fille. Ou même consoler *tout court*. Pas même Esmée lorsque j'aurais dû. Je me sens idiot, inutile.

-Tu vas devoir me racheter un tee-shirt si tu continues de morver dessus comme ça.

Je la sens sourire contre mon torse et je jure que ça me fait un drôle d'effet. Du genre mes muscles qui se décomposent en milliers de petites fourmis qui gigottent dans tous les sens.

-Tu veux en parler ? je demande la sentant un peu calmée.

-C'est Charlie...On s'est disputés.

Je penche la tête de côté pour l'inciter à poursuivre, tout en perpétuant mes caresses dans son dos. Maya et Charlie sont très proches, voire inséparables, du genre de cette connerie de Ying-Yang, alors je peux facilement deviner combien elle doit se sentir mal.

-Il a l'impression que je lui cache des choses et que je m'éloigne de lui.

Non seulement je me sens mal pour elle, mais en plus je me sens coupable. Tout ceci est ma faute, et maintenant son amitié avec Charlie en pâtie elle aussi. Hayden m'a confié une fois ce que Charlie lui avait expliqué, que Maya avait du mal à se lier aux gens. Je suis en train de l'éloigner de la personne qui représente le plus à ses yeux. Et en sale égoïste que je suis, une partie de moi s'en fiche puisque ça me la rend plus proche.

-Je suis désolé *mini-pouce.*

Vraiment. Sincèrement.

Elle hausse les épaules et secoue la tête, s'essuie les yeux du revers de sa main puis déclare :

-Maintenant, à boire !

-Tu passes vite l'éponge dis-donc.

-Non, mais j'ai besoin de boire. Même si j'ai horreur de ça.

-C'est très paradoxal tout ça.

-Tais-toi et suis-moi.

Elle me prend la main et nous nous fondons dans la foule à la recherche de la première bouteille qui vient. Je balaye la pièce des yeux quand une idée me vient.

-Ici ! je dis dans l'oreille de Maya qui se retourne toute impatiente.

Je l'attire vers la table basse, saisis un gobelet puis la bouteille de soda que j'ai repérée.

-Et voilà ton verre *princesse.*

-Je ne veux pas de soda ! Je n'en bois jamais, d'abord.

-Raison de plus pour essayer, je rétorque.

Elle plisse les yeux et me regarde l'air de dire "*tu te fous moi ?*".

Absolument Robbins.

Elle finit par saisir le verre sans toutefois me l'enlever des mains. Elle enroule ses doigts aux miens et se penche vers moi. *Mais qu'est-ce qu'elle essaye de faire, là ? Si s'est de me filer la gaule c'est chose faite !*

Elle tend son autre main vers moi et la pose sur mes abdos pour la faire lentement glisser le long de mes côtes. Son regard est braqué au mien, elle ne cille pas d'un poil. Elle se mord la lèvre inférieur et j'en ai des bouffées de chaleur. *Cette fille me rend dingue, et elle sait exactement ce qu'elle est en train de faire.* Son bassin est presque collé au mien et je meurs d'envie de l'attirer plus près... Elle approche son visage de mon oreille où je sens son souffle chaud, la température ne cesse d'augmenter. *Bravo Maya, il semble que tu viennes d'avancer ton heure.*

-2 à 1, susurre-t-elle au creux de mon oreille.

Quoi ?

Elle s'écarte de moi et lorsque je la vois agiter son téléphone portable sous mon nez, je comprends. J'avais oublié qu'il était là, dans ma poche de veste. *Elle est douée, très douée.*

Je m'apprête à me venger quand justement, l'appareil vibre dans ses mains.

-Allô ? demande Maya en se bouchant une oreille pour mieux entendre.

Ses yeux s'arrondissent et elle hoche la tête.

-On arrive, conclue-t-elle.

Elle raccroche et me fait signe de la suivre, ce que je fais sans rechigner. *Quelque chose se trame.*

-C'est Esmée, m'explique-t-elle. Elle a trouvé ce que représentait l'adresse.

-Ah oui ?

-Oui, mais elle ne m'en a pas dit beaucoup plus.

Mes poils se hérissent. Si Esmée n'a rien dit de plus à Maya, c'est que ça concerne Nessa, et ça, ce n'est pas bon du tout.

Je réfléchis de nouveau aux différentes pistes que j'avais trouvées, et élimine mentalement celles qui ne sont plus possibles. Il ne me reste que deux possibilités en tête lorsque mon portable vibre dans mon arrière-poche, et je peux pratiquement parier sur ce que je viens de recevoir. Je presse le bouton sur le côté du téléphone et mon sang se glace.

De Inconnu : Pauvre Nessa, sage comme une image, muette comme une tombe.

Au plus profond de moi j'espérais me tromper, j'espérais que ça ne soit pas *ça*. Mais il semble que le karma soit très vindicatif et qu'il ait décidé de nous en faire baver. Je m'apprête à éteindre mon portable lorsqu'il vibre à nouveau.

De Inconnu : (Pièce jointe)

Mes mains tremblent lorsque j'appuie sur "charger". Je ne veux pas y croire. J'observe les petites bulles de chargement portant mon stress plus haut chaque dixième de seconde prolongeant l'attente. Puis l'image apparaît. Claire. Nette. Pendant un instant j'en oublie de respirer. Je reçois un coup au cœur si puissant qu'il me paralyse de douleur. Elle est là. C'est bien celle-là, je reconnais les arbres dans le fond, les détails de la pierre que j'ai passé des heures à étudier minutieusement- *probablement jusqu'au dernier minéral-*, le vase qu'Esmée avait elle-même fabriqué. Elle me regarde, accusatrice, en attente de résipiscence de ma part. Mais il n'y a rien que je puisse faire sinon regretter, m'en vouloir, me blâmer, encore et encore. Rien qui ne me remmènera Nessa. Rien qui ne la sortira de cette tombe.

Chapitre 28

Les vestiges du sommeil encore imprimés sur mon visage, je marche rapidement vers la salle de Mr. Thomas. J'ai reçu un mail de sa part hier disant qu'il voulait me voir, et ce dans les plus brefs délais. La boule au ventre de peur d'avoir contrarié mon professeur, j'essaye de passer en revue les potentielles erreurs que j'aurais pu faire ces derniers jours. Mais le problème, c'est que je n'en vois aucune. Ma participation et mon attitude en classe sont irréprochables, et il m'a plusieurs fois fait savoir que la qualité de mon travail était très encourageante et mes observations toujours pertinentes.

Mr Thomas me fait signe depuis sa classe au bout du couloir et je m'efforce de lui rendre un sourire agréable. Je presse le pas et ajuste la lanière de mon sac sur mon épaule.

-Entrez Mlle Robbins, ça ne sera pas long.

Il ne semble pas en colère, mais son ton habituellement cordial manque à l'appel.

-Le sujet est assez délicat à aborder alors je ne vais pas m'y prendre par quatre chemins.

-Très bien.

J'ai les mains désagréablement moites.

-On a déposé une lettre dans mon casier hier matin. Elle n'était pas signée, seulement, je dois avouer que son contenu me désole quelque peu. Il est écrit que vous auriez dérobé l'une des photos présentées pour le concours du meilleur cliché.

-Je vous demande pardon ??

Mr Thomas lève la main pour m'empêcher de trop m'agiter.

-Vous êtes une bonne élève Mlle Robbins, je n'en doute pas. C'est pourquoi je vais vous laissez l'occasion de vous racheter. Si vous me remettez cette photo avant les congés d'hiver, je fermerai les yeux sur l'incident. Sinon je me verrai dans l'obligation de changer votre note par un zéro.

-Mais Monsieur, c'est complètement injuste ! je proteste. Il n'y a aucun fondement, aucune preuve. Pourquoi aurais-je fais une telle chose ? De plus c'est vous qui aviez les photos et vous qui nous les avez remises. Il m'aurait été inutile de m'emparer de l'une d'entre elles alors que j'avais déjà obtenu une excellente note !

-Vous auriez très bien pu vous en emparer au moment de la remise des clichés.

-M'avez-vous vu faire ?

-Non.

-Dans ce cas tout ceci est absurde.

-Les élèves peuvent être de très bon manipulateurs lorsqu'il est question de leur avenir, Mlle Robbins. Je ne peux pas me permettre d'accorder ma confiance à n'importe qui.

-Je comprends.

Non, je ne comprends pas. Qui aurait pu faire une telle chose ? Quelqu'un qui a une dent contre moi, c'est évident. Ça ne peut être que *ça*. Que notre grand méchant loup. Ce qui signifie également que cette personne est peut-être un élève de ma classe.

Des frissons me parcourent l'échine à l'idée de cette possibilité. Je me sens observée, écoutée où que j'aille. Je ne me sens en sécurité nulle part.

-Bien, j'attends de vous la bonne réaction Mlle Robbins, vous êtes intelligente, et je suis certain que vous ne me décevrez pas.

-Une dernière question, professeur.

-Je vous en prie.

-Pourriez-vous me montrer cette lettre ?

Mr Thomas semble surpris de cette question puisqu'il plisse les yeux comme s'il essayait de focaliser l'objectif d'un de ses appareils. Il plonge la main dans sa sacoche en cuir et me tend un papier plié sur lui-même.

Mes doigts tremblent tandis qu'ils manipulent le morceau de papier. La ressemblance est frappante, plus aucun doute, il s'agit bien de la même personne qui a écrit à Liam quelques mois plus tôt. Les lettres ont été méticuleusement découpées dans du papier journal, tout comme dans celle que Liam m'a montrée.

-J'ai également reçu par mail une version du projet non fini, et je peux assurer que je n'ai jamais eu ce travail entre mes mains.

-Pourriez-vous me montrer ?

-Pensez-vous vraiment que...

-Je vous en prie !

J'ai presque crié, et je fais un pas en arrière, honteuse et très en colère.

-...s'il vous plaît.

Mr Thomas me considère un instant puis acquiesce à contre-cœur. Il branche sa clé USB dans la tour de l'ordinateur, tourne l'écran vers moi et va rechercher dans ses mail.

-Le voilà.

Le destinataire est enregistré comme *Inconnu*. Évidemment. L'image qui s'affiche me retourne l'estomac.

La photo de Liam, devant les poubelles en flammes prend tout l'espace sur l'écran devant moi. Quelqu'un l'a bel et bien affichée au tableau dans le but de nous nuire, et j'ai sauté dans le piège à pieds joints. On se sert de moi pour nuire à Liam et à sa sœur. Mais pourquoi ?

Chapitre 29

-Tu es sûre que tu ne veux pas venir avec nous ?

Nancy m'a toujours prise sous son aile. La maman de Charlie s'occupe de moi comme si j'étais sa propre fille, et je lui en suis très reconnaissante.

-Ça ira Nancy, merci de proposer, je dois d'abord régler quelques affaires ici avant de rentrer.

Charlie tente de camoufler le rire mauvais qui lui échappe et ça me fait l'effet d'un coup de poing dans le ventre. Il soupire depuis que ses parents m'ont proposé de faire le voyage avec eux jusqu'à Nelson. Nous rentrons pour les fêtes d'hiver, ce qui signifie aussi que nous allons devoir les passer ensembles malgré les tensions entre Charlie et moi.

-Comme tu voudras, répond Asher, son père. Tu as tout ce qu'il te faut ? Tu n'as besoin de rien ?

-Tout va bien, merci. Ça m'a fait plaisir de vous revoir !

- À nous aussi ma puce, beaucoup de bien ! s'exclame Nancy qui se précipite pour me prendre dans ses bras.

Je l'embrasse et lui souris chaleureusement avant de faire signe à Asher et à mon meilleur ami. Il ne me répond que d'un vague signe de tête, si bien que je me demande si je ne l'ai pas imaginé.

Je regarde leur voiture quitter le parking de la résidence puis rejoins ma chambre où Esmée et Liam se disputent pour la énième fois de la journée. Je m'apprête à entrer mais me ravise lorsque j'entends leur discussion.

-...qu'à prendre une chambre d'hôtel ou quelque chose !

-C'est non, Esmée ! Non ! Non ! Non ! Et re-non !

-Tu n'as pas le droit de décider pour moi ! proteste Esmée.

-Mais j'ai le droit de te protéger. On ne parle pas de n'importe quoi, là ! On parle de rentrer à la maison. Rentrer auprès de Ness ! Retourner là-bas et déterrer tout ça, tout le passé ! Ce malade a été sur sa tombe, et qui sait ce qu'il y a fait ?

Quoi ? Je ne comprends rien à cette discussion ! Quelle tombe ? Nessa serait-elle en fait...morte ?

Lorsque Liam m'a parlé de son ex, il n'a jamais évoqué son décès. Mais après tout, il n'a rien évoqué...du tout, à son sujet.

-Et toi tu voudrais que je te laisse prendre une chambre d'hôtel, seule, et avec un psychopathe qui gambade dans la nature ? C'est de la folie.

-J'ai besoin de la voir, Liam. Et cette fois-ci papa et maman ne pourront pas m'en empêcher !

Je me recule et tente de comprendre ce que je viens d'entendre. Tout se mélange dans ma tête, et c'est comme si j'essayais de faire une tour de Kaplas sur des billes. *Voyons voir...*

Nessa est l'ex-copine de Liam.

Nessa est morte.

Esmée.

Esmée semble avoir un lien dans cette histoire, et pas seulement parce qu'elle est la sœur de Liam. Non, elle semble tenir énormément à Nessa. *Peut-être étaient-elles meilleures amies ?*

C'est une possibilité qui tient la route. Mais dans ce cas, pourquoi ses parents l'auraient empêchée d'aller rendre visite à la tombe de Nessa ? Nessa avait-elle une mauvaise influence sur leurs enfants ? Peut-être, mais dans ce cas, pourquoi Liam y a été autorisé, lui ? De plus, pourquoi Esmée a-t-elle besoin de l'autorisation de son frère pour rentrer chez elle ? Ça n'a aucun sens.

Les voix se sont tues et c'est ce moment que je choisis pour rentrer dans la chambre l'air de rien. Liam qui sait d'où je reviens s'approche de moi et me prend les épaules. Il m'interroge du regard. Je lui fais signe que tout va bien et il me tend son poing pour que j'y cogne le mien.

-Vous partez vers quelle heure ? nous demande Esmée, comme si elle ne venait pas d'en discuter à l'instant avec son frère.

-Vers midi, lui répond Liam.

-Tu es sûre que tu ne rentres pas ? je demande à Esmée. Tu pourrais très bien rattraper ton travail là-haut.

-J'ai peur de ne pas pouvoir me concentrer assez si je rentre, argumente Esmée. C'est toujours la folie chez nous pendant les fêtes !

Bien, maintenant mes soupçons sont confirmés. *Elle ment. Ils* me mentent tous les deux. Reste à trouver pourquoi.

Chapitre 30

J'ai toujours adoré la période des fêtes à Nelson. C'est une petite ville, tout le monde se connaît ici, c'est comme un grand voisinage. Que des gens qui débordent de générosité et de bonnes intentions les uns envers les autres. Comme chaque année, nous avons reçu les délicieux cookies de Mme Osglow, puis nous avons acheté les bougies à la cannelle et à l'anis que Mr Weniger fabrique lui-même. Mme Denis n'a pas fait l'impasse sur ses cartes de veux, et Grettha n'a pas manqué d'ouvrir un atelier "pâtisseries de Noël" pour les enfants après l'école. Et comme tous les ans, Charlie et moi devons faire la tournée des marrons chauds. Ensembles. À chaque porte. Une. Par. Une.

Nous adorons faire ça d'habitude. Les gens ont toujours un chocolat chaud à offrir, des histoires amusantes à raconter ou encore des vœux à nous accorder. Mais cette année, j'ai presque envie de rester ici pour aider papa à décorer la maison, chose que je déteste. J'ai bien dit *presque*.

-Il t'a manqué, ce mur hein ?

Mon père me rejoint justement dans la salle à manger où je me suis assise pour réfléchir. Il parle de ce fameux mur végétal.

-Tu passais des heures à l'observer, ou à lire ici. Tu disais toujours "À quoi bon aller dehors et se geler le bout du nez quand on a la jungle chez soi ? "

Je ris à ce souvenir.

-C'est vrai. Drôle de spécimen, n'est-ce pas ?

-Oh ça oui. Mais c'est ce qui fait de toi ma petite créature, dit-il en me prenant dans ses bras.

Je souris à l'entente de cette expression qu'il n'avait pas utilisé depuis longtemps. Ça fait du bien d'être chez soi.

-Toc toc, les Marsupilamis !

-Regardez qui voilà, dit mon père en se détachant de moi. Comment vas-tu mon grand ?

Pour être honnête, je ne pensais pas que Charlie viendrait. Je suis surprise qu'il n'ait pas trouvé un prétexte bidon, sachant la façon dont s'est finit notre dernière discussion. Mon meilleur ami me manque, et c'est l'occasion d'essayer de rattraper les choses. Seulement, je ne peux pas non plus trahir

Liam et Esmée. Non seulement c'est une question de confiance, mais en plus, ça nous mettrait en danger. Tous les trois.

-On y va ? me demande Charlie sur un ton désinvolte.

Je fais signe que oui et j'enfile mon bonnet et mes gants.

Comme je m'y attendais, l'ambiance est étrange. À part le bruit de nos pas dans la neige et les éventuels oiseaux, tout est calme. L'air est frais mais doux, le ciel est clair. Je choisis de tout miser là-dessus bien que je ne sois pas superstitieuse.

-On peut parler ? je demande prudemment.

-Ah…parce que tu as le temps maintenant ? Ou bien peut-être que tu t'ennuies juste. Si c'est le cas, je suis certain que mes pensées sont bien plus intéressantes que ce que tu as à raconter.

Ouch. Mérité.

-Je suis désolée, Charlie.

-Je suis sûre que tu l'es.

-Laisse-moi t'expliquer ! je le supplie.

Il me regarde du coin de l'œil et secoue la tête en soupirant.

-On est arrivés chez les Austins, se contente-t-il de dire.

Nous répétons le protocole habituel : Nous frappons à la porte, on nous invite à entrer, nous refusons, "*il nous reste encore beaucoup de monde à voir*", on refuse l'argent, puis le chocolat chaud ou les *cinamon rolls* qu'on nous propose, puis nous repartons. Les Austins nous ont offert des porte-clefs assortis cette année. Un sucre d'orge pour mon meilleur ami et un bonhomme en pain d'épice pour moi, avec une écharpe aux couleurs du bonbon de Charlie.

-Le mien est plus beau, dit-il.

Il blague, c'est un progrès. Un petit, mais c'en est un.

-Dans tes rêves.

Il sourit et me donne un coup d'épaule pour que je rentre dans le buisson à ma droite, puis nous éclatons de rire. Les larmes me montent aux yeux et je tente de les essuyer discrètement.

-Maya...

Charlie s'arrête, tire ma capuche pour que je m'arrête et me fait pivoter face à lui.

-C'est juste que j'ai l'impression de te perdre, que tu préfères passer du temps avec Liam. Et je ne comprends pas, parce qu'on se connaît depuis toujours toi et moi, alors que lui non, et en plus il s'est montré infecte avec toi, dès le départ.

-Ce n'est pas ça Charlie, tu n'y est pas du tout. Tu n'es pas en train de me perdre.

-Ta confiance alors. Tu ne me dis plus rien. Qu'est-ce que vous faites tous les deux ? Vous sortez ensembles, c'est ça le truc ? Tu as honte ? Explique-moi !

-Non ! Pas du tout. Il n'y a absolument rien entre lui et moi.

-Alors pourquoi…Hayden…le tee-shirt.

-C'est compliqué.

-Tu vois ? Tu me caches encore des choses !

-Je ne peux pas t'en parler, c'est…

-*Compliqué* ? dit-il en dessinant des guillemets avec ses doigts. Ouais, ça j'avais compris ! C'est tout ce que tu sais expliquer de toute façon.

-Liam !

Ce nom m'a échappé et déjà je vois ce que va me coûter cette erreur sur le beau visage de mon meilleur ami. Ses lèvres fines se transforment en un sourire amer et ses yeux se plissent de dégoût.

-*Pas ensembles* mon cul ouais, crache-t-il avant de se remettre à marcher.

-Charlie je...

-Tu en a fait assez tu ne crois pas ? m'interrompt-il. Là je ne suis franchement pas chaud pour une réunion tupperware ! On finit la tournée et je te ramène. Et tout ça avec le moins de mots possibles.

Je suis dépitée. Je traîne des pieds et j'ai une boule à l'estomac. Je pince mes lèvres pour ne pas pleurer et tente autant que je le peux de cacher mon visage dans ma grosse écharpe. J'avais une opportunité, et je l'ai gâchée. Je suis en train de perdre mon meilleur ami, la seule personne qui n'ai jamais été là pour moi.

Chapitre 31

Liam

Maya n'a pas parlé de tout le trajet. Elle a passé les fêtes avec Charlie, et je devine à ses yeux rouges qu'elle a tenté de camoufler derrière du mascara que ça ne s'est pas passé comme elle l'aurait voulu. Elle ne se maquille jamais. Elle doit vraiment avoir mal. Elle est montée dans la voiture et a tenté de feindre un sourire et un fragile "*salut*" avant de se tourner vers la fenêtre.

Je crains que Maya ne se sente encore plus mal une fois que nous serons arrivés. Elle va certainement demander des réponses à ses questions, et je ne suis pas sûr de vouloir la contrarier en sachant ce qu'elle traverse déjà. Toute cette histoire est très injuste pour elle, et si ça avait été moi, j'aurais déjà exigé *et* obtenu mes réponses. Mais Maya est plus timide, plus discrète, et pour dire, je ne sais même pas ce qui traverse sa jolie petite tête en ce moment. Ni même si elle en sait plus que je ne l'espère.

Les fins d'après-midi sont fraîches cette semaine et les vitres sont couvertes de condensation. J'allume le chauffage pour que Maya n'ait pas froid et réajuste les volets des pulseurs vers elle. J'allume la radio pour essayer de la mettre un peu plus à l'aise. L'aller était bien plus sympathique quand elle chantait à tue-tête et racontait des blagues.

Je reconnais aussitôt la musique qui passe. *Giants* de Jackson Guthy. Maya m'a dit que c'était l'une de ses préférées, et je m'étais moqué d'elle.

J'avais honte d'avouer que c'est aussi l'une des miennes.

J'observe sa réaction du coin de l'œil. Je peux voir ses épaules se relâcher un peu et elle décroise les jambes. Puis elle se met timidement à fredonner le refrain, ce qui m'arrache un grand sourire. J'adore qu'elle sache se contenter des choses simples de la vie. Et pourtant, ce petit bout de femme n'a rien de banal...

-Alors, ces fêtes ? je tente pour amorcer la conversation.

-Rien d'extraordinaire, mais c'était bon de rentrer chez moi et de revoir mon père.

J'attends la suite, dans l'espoir qu'elle mentionne Charlie mais elle ne le fait pas et se remet à chantonner.

-*Dans 500 mètres, tournez à gauche, puis vous êtes arrivés*, déclare la voix de mon téléphone.

Aussitôt la tension me gagne et c'est comme si on me lacérait le ventre. Je manque de piler.

-Liam ? demande la petite voix assise à mon côté.

-Hmm ?

-Pourquoi tu ne m'as pas dit que Nessa était morte ?

Direct. Maya a toujours été très crue dans ses propos, mais je ne m'attendais pas à une telle franchise. Elle l'aurait su de toute façon, lorsqu'elle serait sortie de la voiture. J'ai même, pendant un moment, songé à l'enfermer dans la voiture et de rendre une visite express à la tombe de Ness.

Maya me transperce de son regard, deux grands yeux noirs à l'affut du moindre élément de réponse sur mon visage.

-J'ai du mal à me faire à l'idée qu'elle ne soit plus là, je dis en mesurant chacun de mes mots afin de pas en dire trop.

Elle ne semble pas convaincue, mais se contente de soupirer bruyamment.

-Je ne comprends pas ce que la tombe de ton ex-petite copine a à voir avec cette histoire.

-Une façon de s'en prendre à moi, c'est évident.

-Dans ce cas pourquoi l'adresse a-t-elle été inscrite sur le gobelet d'Esmée plutôt que le tiens ? demande la version 2.0 de Sherlock Holmes.

-Parce que je ne suis pas branché tisanes de mémé ? je plaisante pour la détourner de ses préoccupations.

-D'ailleurs, en quoi Esmée est-elle liée à Nessa ? Elles étaient meilleures amies ou un truc dans le genre ?

Quand Maya a une idée en tête...

-Elle ne s'entendaient pas si bien que ça, en fait.

-Alors ça n'a aucun sens ! s'exaspère-t-elle.

-Peut-être qu'on a simplement voulu passer par ma sœur pour me faire du mal ! je rétorque. Il n'y a rien d'étrange à cela, c'est même plutôt intelligent quand on y pense.

-Mouais...

-On est arrivés, j'annonce pour mettre un terme à la conversation.

Je contourne la voiture et ouvre la portière à Maya. Mes pieds battent le sol de la pelouse comme ils l'ont fait pratiquement tous les jours deux ans auparavant. Je reconnais les trois arbres dans le fond. *Quarante-deux pas exactement depuis la petite allée.* La pierre grise se dresse devant moi, alourdissant le poids sur mes épaules à mesure que je m'en rapproche. J'ai mal aux tripes. Envie de prendre mes jambes à mon cou. Mais je dois savoir ce que ce salopard a bien pu faire ici, ce qu'il attend de nous, et je ne veux en aucun cas prendre le risque de mettre Esmée, ou encore Maya en danger. Tout mon corps me crie de reculer, et je dois me faire violence pour ne pas lui obéir. Mon téléphone vibre dans ma poche mais je l'ignore. *Pas maintenant.*

J'observe la tombe inchangée et tente de comprendre cette drôle de sensation qui s'insinue en moi. S'ajoute rapidement la culpabilité, qui m'a déjà rongée tant de fois en cet endroit. Les larmes me montent aux yeux et je les retiens, bien que je sache pertinemment que Maya ne me jugerait pas, qu'elle me laisserait même pleurer sur son épaule.

Elle me surprend lorsque sa petite main vient se glisser dans la mienne. Sa peau est gelée. Je presse ses doigts dans ma paume pour les réchauffer, mais aussi parce que j'en ai besoin, ce que ma stupide fierté m'empêche de lui avouer. Nous restons ainsi un moment, puis Maya se penche et ramasse les pétales de fleurs fanées qui jonchent la pierre. Je l'observe en silence, puis mon téléphone vibre à nouveau dans ma poche. Je m'en empare.

3 appels manqués d'Esmée. 1 message d'Inconnu.

Sans hésiter je clique sur le texto pour en lire le contenu :

De Inconnu : "Rester de marbre"

J'enrage d'abord. Il s'amuse à jouer avec mes nerfs. Nous sommes ses marionnettes, ces idiots de pantins à qui l'on fait dire et faire ce que l'on veut.

Puis son message m'interpelle. *Bien trouvé, enfoiré.* Il a bien choisi ses mots, et je comprends la raison de ce message. *C'est un indice.*

Je m'approche et passe mon doigts le long de la plaque de marbre qui décore la pierre. *Bingo !* Je sens un morceau de papier au bout de mes doigts, légèrement humide, ce qui me laisse penser qu'il nous attend là depuis un moment déjà, mais pas assez pour dater d'il y a plus de vingt-quatre heures. Ce qui veut dire que la personne qui l'a placé là savait que l'on viendrait, et ce aujourd'hui exactement. J'en ai des frissons dans le dos. *On est traqués comme des fugitifs.*

Suivis. Observés. Menacés...

En danger.

-Eh regarde ça ! s'écrie Maya qui se penche sur le gravier.

Elle se redresse avec ce qui semble être un morceau de carton rouge entre les mains.

-Qu'est-ce que c'est ? je demande.

-On dirait un emballage de...attends...non ! C'est une carte de visite ! Il y'a un numéro en bas à droite. Regarde.

Elle me tend l'objet et je le fais tournoyer entre mes doigts. En effet, il y a bien un numéro d'appel dans le coin, cependant il n'apparaît que les cinq derniers chiffres car la carte a été partiellement déchirée. Le nom du propriétaire de la carte, ou au moins sa provenance est elle aussi impossible à lire. Je devine vaguement un la lettre "r" suivie de ce qui semble être la boucle d'un "e".

-Garde-la. C'est peut-être une piste précieuse, je suggère à Maya.

-Tu as raison. Je vais regarder si je ne trouve pas d'autres morceaux.

J'attends que Maya se soit retournée pour m'emparer du morceau de papier resté caché entre la pierre et le marbre. Il vaut mieux être prudent, je ne sais pas ce que contient cette lettre. Sûrement des choses que Maya ne doit pas découvrir. Elle est occupée pour le moment. Je déplie le papier humide avec précaution, mais le ciel s'est assombri et de petites gouttes viennent rebondir sur la feuille entre mes mains. Je la replie en vitesse et fait signe à Maya qu'il est temps de s'en aller.

-Je n'ai trouvé qu'un seul autre morceau, m'informe-t-elle en bouclant sa ceinture.

J'assimile l'information mais je suis incapable de répondre, encore abasourdi par cette visite sur la tombe de Nessa. Pendant un bref instant, je m'imagine tout lui raconter. Mais j'ai peur de la personne qu'elle verrait alors en moi, et c'est l'égoïsme qui prend le dessus, une fois de plus. Et pourtant, en essayant de me protéger et de me la rapprocher, je sens que je perds petit à petit sa confiance.

Chapitre 32

-Ne bouge pas, je reviens, et enferme-toi à clef. Je toquerai à la porte pour que tu m'ouvres.

Je regarde Liam-*ou plutôt son petit derrière*, se rendre à la voiture pour aller chercher nos affaires. Il y a presque vingt heures de route entre Nelson et Yellowknife en voiture, et nous en avons déjà parcouru le quart. La journée a été éprouvante pour Liam, alors je lui ai suggéré que l'on s'arrête pour dormir un peu. On aurait très bien pu se contenter de la voiture mais il a insisté pour s'arrêter dans un motel en bord de route. À peine quelques minutes plus tard, le voilà qui revient avec nos trousses de toilette.

-Et nos affaires ? je demande en lui ouvrant la porte.

-Comment ça ?

-On ne va quand même pas dormir tout habillés !

Liam me regarde d'un air lubrique avant de répliquer :

-Tu as raison, c'est bien plus amusant quand on est tous nus...

Je me mets à rougir et lui rend un regard sévère.

-Espèce d'obsédé !

-Madame joue la farouche !

Je secoue la tête et avant que j'aie le temps de réagir, il me pousse sur le lit.

-Prems pour la douche ! s'écrie-t-il avant de se précipiter dans la petite salle de bain en prenant bien soin de laisser la porte entre-ouverte.

Je m'apprête à aller refermer la porte mais je m'arrête sur le seuil. Mon regard intercepte ses abdominaux qui se contractent tandis qu'il enlève son tee-shirt, et la vue est plus qu'alléchante. Je suis comme hypnotisée, et mes yeux suivent le tee-shirt qui glisse le long de ses bras. Je peux à présent lire complètement le tatouage qui recouvre son biceps. *Nessa*. J'ai un pincement au cœur en pensant à cette pauvre fille, et à ce que Liam a dû traverser.

En attendant que Liam finisse de jouer la diva dans la salle de bain, je décide de ressortir les deux morceaux de carton trouvés cet après-midi. Sur le premier, la couleur rouge forme un contour et de petites bulles. Il y a également une partie de numéro de téléphone dans le coin droit. Sur le second, un coin également, il ne s'agit que d'un fond blanc avec les bordures d'un dessin ou d'une photo. Pile à l'endroit où la carte a été arrachée. J'essaye d'y regarder de plus près mais le faible éclairage de rend pas les choses faciles.

La porte de la salle de bain s'ouvre sur un Liam presque nu, une serviette nouée à la taille et les cheveux trempés. *Seigneur.* Instinctivement mes cuisses se contractent et si je me fie à son regard amusé, il sait très bien ce qu'il est en train de faire.

-Tu peux y aller si tu veux.

-Je…j'ai déjà pris ma douche ce matin. Mais je vais aller me brosser les dents, merci, je dis tout en m'efforçant de détourner le regard.

Je m'empare de ma trousse et me dirige dans la petite pièce moi aussi mais Liam se plante devant moi.

-Liam, laisse-moi passer.

-Tiens.

Il me tend son tee-shirt, celui qu'il portait aujourd'hui.

-Pour t'éviter de dormir à poil.

-Mais…et toi ?

-Je dors *toujours* à poil, je te signale.

J'avale difficilement ma salive en imaginant son corps svelte dans un lit et Liam s'écarte pour me laisser passer, ne laissant qu'un tout petit espèce entre le mur et lui, de sorte que je le frôle inévitablement pour entrer dans la pièce. La température vient de monter d'un cran sur le mercure, si bien que je dois ouvrir la petite fenêtre de la salle de bain pour pouvoir mieux respirer. Je ne devrais pas me sentir comme ça. Je ne suis pas moi-même quand il est dans les parages, et j'ai du mal à contrôler ce que je dis, ou pire, ce que je fais.

J'enfile le tee-shirt de Liam et comme je m'y attendais, je me retrouve vite enveloppée par son odeur. Il a conservé sa chaleur, et comme le précédent, il m'arrive à mi-cuisses. Et j'ai beau jouer l'indifférence devant Liam, porter un de ses vêtements me procure cette sensation agréable restée la même. Je fais glisser ma culotte le long de mes jambes et la passe sous l'eau avec du savon pour qu'elle soit propre demain matin. Je l'étend sur le porte-serviette et range le reste de mes quelques affaires.

Lorsque je rejoins Liam, il s'est déjà glissé sous les draps et a éteint la lumière. Evidemment, comme si l'ambiance n'était déjà pas assez chaude entre nous, nous sommes contraints de partager le même lit. Je réalise seulement mon erreur : je suis complètement nue sous son tee-shirt. Et comme de bien entendu, Liam n'a pas pris nos vêtements-*je suis persuadée qu'il l'a fait exprès.*

J'inspire un grand coup et me glisse sous les draps à son côté. Je peux sentir la chaleur que son corps émet malgré l'espace laissé volontairement entre nous.

-Liam ? je demande timidement.

-Hmm ?

-Je…tu as quelque chose là-dessous…p-pas vrai ?

Son rire léger fait vibrer le matelas.

-Oui, *princesse*. J'ai fourni l'effort. Et puis, il est timide tu sais !

-*Il ?*

Il tourne la tête vers moi et je comprends à qui…ou plutôt *à quoi* il faisait allusion. Je couvre mon visage avec mes mains et cette fois, Liam éclate de rire. J'ai honte de ne rien porter en-dessous, et je ne suis pas habituée à ce que les gens soient aussi francs que Liam. Encore moins à ce sujet-là.

Je lui tourne le dos pour cacher ma honte mais cette fois, c'est lui qui veut me poser une question.

-Maya ?

-Mmoui ?

-Est-ce que tu trouves que je suis une mauvaise personne ? Je veux dire...sincèrement ?

Je fais volte-face pour pouvoir trouver ses yeux. Il n'y a qu'ici que je peux y lire de la sincérité, parfois même de la faiblesse. On dit souvent que les yeux sont le reflet de l'âme. Je suis tentée d'y croire, avec Liam. Ils l'ont trahi plus d'une fois déjà. Et en effet, je crois voir de l'inquiétude dans son regard.

-Je n'ai jamais pensé que tu étais une mauvaise personne. Parfois tu te comportes comme un petit con prétentieux, parfois tu es si bourru qu'on croirait parler à un mur...Mais tu es aussi capable de protéger, d'aider, d'apprécier. Je pense que tu crains le regard des autres, et que tu as peur qu'on utilise tes faiblesses contre toi, alors tu joues l'inaccessible. Mais je suis persuadée qu'au fond, tu n'es rien qu'un gros nounours en guimauve.

Je lui souris et Liam tend les bras, et en moins d'une seconde je me retrouve plaquée contre son torse. Il me serre contre lui. Fort. Je crois le deviner murmurer un *"merci"* contre mon crâne, mais je n'en suis pas sûre. Je pose les mains sur son torse pour gagner un peu d'espace et il me relâche légèrement. Je lève la tête et mon regard croise deux billes noires qui brillent dans l'obscurité de la nuit. La lune éclaire une partie des draps qui recouvrent nos deux corps et l'on entend le grésillement des néons au dehors. Je ne détache pas mon regard du sien. Lui non plus. Ses yeux sont comme deux aimants. Ils me happent. Ils m'envoutent. Ils me dévorent.

Sa main droite quitte sa place initiale dans mon dos pour venir doucement glisser le long des mes côtes, puis de mes hanches. Elle descend dangereusement le long de mon bassin, puis sa main agrippe l'arrière de ma cuisse et me rapproche d'un coup sec contre lui. C'est seulement quand je m'autorise à respirer que je me rend compte que j'étais en apnée tout ce temps. Il insinue sa jambe entre les miennes et mon intimité se retrouve directement contre sa peau. Lorsqu'il comprend que je ne porte rien sous son tee-shirt, il écarquille grand les yeux et laisse échapper un soupir de surprise. Je suis essoufflée, j'ai l'impression d'exploser sous la chaleur, de me dissoudre sous la tension qui règne dans ce trop petit lit. Sa main se resserre sur ma cuisse et mon bas ventre et tout ce qui se trouve en-dessous se contractent malgré moi.

-*Bordel* Maya...

Je mords mes lèvres pour contenir un rire de nervosité et il secoue la tête. Il lève sa main à hauteur de ma joue et rapproche ma tête pour y déposer un baiser au sommet. J'agrippe son bras et me love un peu plus contre lui. *Mauvaise idée.* Maintenant je peux *tout* sentir.

-Je crois que quelqu'un a envie de s'inviter, plaisante Liam.

Nous pouffons de rire et je ne tarde pas à m'endormir dans les bras de Liam Parker, cet homme insupportable qui arrive à me rendre chèvre à longueur de journée. Et pourtant, il n'y a nulle part ailleurs où je voudrais m'endormir cette nuit.

Chapitre 33

Ce sont les yeux encore endormis que Liam et moi remontons dans la voiture à peine trois heures plus tard.

-Calme-toi Esmée, recommence depuis le début s'il te plaît.

Je lance un regard à Liam qui ronchonne en bouclant sa ceinture. L'appel de sa sœur qui nous a arraché à notre étreinte l'a mis de mauvaise humeur, et je l'avoue, m'a moi aussi laissé sur ma faim. Je n'ai qu'une envie, retrouver la chaleur des draps et les caresses de Liam.

-J'étais en train de fouiller dans mes affaires pour retrouver mon collier, et en regardant sur l'étagère, j'ai fait tomber une des fausses plantes.

-Et ensuite ? je demande.

-En voulant la replacer où elle était, ma main a heurté le fond de l'étagère et le mur a bougé !

-Le mur ?! nous nous exclamons en même temps Liam et moi.

-Oui, enfin non. Ce que je croyais être le mur. C'est quand même vachement réaliste ce truc !

-Abrège ! râle Liam en se penchant vers moi pour parler à sa sœur dans le micro de son portable.

-Et donc une partie du mur était en fait une caméra ! Une caméra cachée ! Vous y croyez, vous ?!

-On nous observait depuis tout ce temps...je réalise avec effroi.

Liam tourne la tête vers moi, un mélange de rage et de pitié dans le regard.

-En y-réfléchissant c'est vrai que ce n'était pas tout à fait la même couleur et...

-On a compris Esmée. Détends-toi. Enferme-toi à clé, ordonne Liam à sa sœur. On a repris la route. On arrivera en fin d'après-midi, on fera au plus vite, c'est promis. En attendant ne sors pas de la chambre. Tu m'entends Ess ? C'est très important.

-Oui...Liam, j'ai peur !

-Sois courageuse Esmée, je tente. On sera bientôt là.

-Faîtes attention sur la route.

Sur ce, elle raccroche et je m'enfonce un peu plus dans mon siège.

-Merde. Il est bien plus malin que je ne pensais. Beaucoup plus vicieux, commente Liam.

-Au moins on sait comment il a réussi à savoir pour le café...

-Envoie un message à Esmée. Dis-lui de détruire la caméra.

Je m'exécute tout en réfléchissant.

-Comment a-t-elle bien pu se retrouver là ? La chambre est constamment fermée à double tour !

- À moins qu'il ait trouvé un moyen d'entrer malgré tout.

La route commence à se remplir de voitures et les réponses de Liam se font de plus en plus espacées puisqu'il doit se concentrer pour conduire, de nuit et la tête encore dans le brouillard. Les blancs qu'il laisse entre mes questions et ses réponses me rendent de plus en plus nerveuse. Des dizaines de scénarios plus horripilants les uns que les autres fusent à travers mon esprit.

-Le type louche qui s'est fait passer pour un agent de contrôle. C'est peut-être à ce moment-là qu'elle a été posée.

-Tu insinues que le gars pourrait bien être notre harceleur ?

-Pourquoi pas ? Tu m'as dit qu'il avait également pris des photos.

-Et le véritable agent de contrôle n'aurait rien vu ?

-C'est plus que plausible...Si même Esmée et toi n'avez rien vu...

-Ça me fait peur...S'il est allé jusqu'à installer des caméras, de quoi d'autre est-il encore capable ?

Liam quitte la route des yeux un instant pour venir les poser sur moi. Il saisit ma main sur ma cuisse.

-Je te promets de faire tout mon possible pour vous protéger Esmée et toi.

Je me retiens de pleurer devant la tournure dramatique qu'ont pris les évènements et me concentre sur la route. Liam allume la radio et je finis par m'endormir la tête reposée sur le carreau de la voiture, bercée par les vibrations de la route et la musique qui sort des enceintes.

Chapitre 34

-C'est ridicule, se plaint Liam. Pourquoi vous vous obstinez à me traîner là-dedans ?

-C'est comme ça, c'est tout, rétorque Esmée.

-Arrête de faire le martyre, en plus je suis sûre que tu vas adorer ! j'ajoute en essayant d'être la plus convaincante possible.

-Je ne vois pas ce qu'il y a de si génial à gigotter ses pieds dans une bassine d'eau.

-C'est re-lax-ant, précise Esmée. Sérieusement, tu as besoin de te détendre. On réfléchira tous mieux une fois détendus.

-Laquelle de vous deux a eu cette idée grandiose ? sarcasme Liam.

Sa sœur et moi échangeons un regard complice et éclatons de rire. Il se trouve que nous avons eu cette idée en même temps en traînant ensemble sur les réseaux sociaux. Il y avait cette annonce de spa proposée dans les suggestions Instagram d'Esmée et nous avons rapidement trouvé l'adresse et réservé une après-midi pour trois. Après avoir trouvé la caméra dans la chambre, l'atmosphère était des plus malsaines dans ce petit espace que nous partageons. Les questions sans réponse, la peur, la frustration, la sensation d'être observés, tout ça en même temps commençait à nous écraser. Nous avions grandement besoin d'une pause.

-Je vous préviens, je ne ferai pas votre connerie de gommage aux escargots ou quel qu'autre animal !

-Ce sont des poissons d'abord, se défend Esmée.

-Et puis il y'a aussi des jacuzzis et des hammams, je précise.

-Allez, on entre ! s'écrie Esmée prenant les devants.

Liam tourne la tête vers moi et, afin que sa sœur qui est déjà en train de passer les grandes portes ne l'entende pas, murmure tout bas :

-Seulement si ton petit cul me rejoint dans les bulles.

Il accompagne sa phrase d'un clin d'œil et je lève les yeux au ciel, en prenant bien soin de camoufler l'effet que cette suggestion a provoqué en moi. Je passe devant lui et il attrape mes hanches pour me plaquer à lui.

-Ce n'étais pas seulement une proposition, Maya... susurre-t-il à mon oreille.

-Liam stop ! Et si ta sœur...

-Et si ma sœur rien. Je n'ai pas besoin de son approbation.

Liam me lâche et me dépasse pour rejoindre le hall et se retourne vers moi avant de lancer, un sourire de fanfaron sur le visage :

-Qu'est-ce que tu fiches May' ! On t'attend, ne reste pas plantée là !

Ce garçon m'exaspère.

Je sors de ma cabine enveloppée dans ma serviette. Je n'ai jamais été à l'aise avec mon corps, encore moins lorsque je dois être en sous-vêtements ou en maillot de bain. Mes affaires dans les mains, je passe devant les autres cabines, toutes vides à l'exception de celles que mes amis et moi occupons. Je passe justement devant celle de Liam- je la reconnais parce que son tee-shirt blanc pend par-dessus la porte. Une idée me vient à l'esprit et je jubile de la réaction qu'elle provoquera chez Liam. Je cherche ma petite culotte dans le tas d'affaires entre mes mains et la fait passer par-dessus la porte avant de la lâcher. Je me précipite aux casiers, le feu aux joues. *Qu'est-ce qu'il m'a pris ?* C'est si inhabituel pour moi de faire ce genre de choses.

J'ai encore du mal à réaliser ce que je viens de faire quand je suis rejointe par le duo Parker. C'est le nom que je donne à ces deux frères et sœur, et évidement, ils le détestent. Je capte immédiatement le regard de Liam. Il essaye de me faire comprendre quelque chose mais je n'arrive pas à savoir quoi exactement.

-Par quoi on commence ? demande Esmée, brisant l'étrange connexion entre son frère et moi. Moi j'ai envie d'un massage !

-Je pensais plutôt faire un tour aux jacuzzis, fait remarquer Liam.

Esmée fait la moue et je suis tentée de la défendre même si remuer dans l'eau me tente bien plus que de me faire tordre le dos.

-Après tout, on n'est pas obligés de rester ensembles pour l'instant, propose Liam, on peut très bien se retrouver après.

Je sais très bien où il essaye d'en venir avec cette suggestion, et son regard brillant vient confirmer ce que je pensais. Il essaye de nous trouver du temps. Du temps rien que tous les deux. En maillots de bain. Dans. Le. Même. Jacuzzi. Une multitude de frissons remonte mon échine et un nuage de chaleur se propage dans mon bas-ventre. J'aurais honte de moi si Esmée avait le pouvoir de lire les idées qui me passent par la tête à ce moment même.

-Pourquoi pas. Maya, tu fais quoi ?

Je me retrouve braquée par deux paires d'yeux. L'une qui me supplier de la suivre et l'autre qui semble prête à m'assassiner si je n'approuve pas.

-Je...heu...

Mon regard rencontre celui de Liam et il me fait signe de regarder ses mains. Il en déplie une partie de tissus blanc et je reconnais rapidement la culotte que je lui ai laissée tout à l'heure. *C'est pas vrai, il l'a emmenée avec lui !* Mais à quoi joue-t-il ?

Peu importe ce qu'il a prévu de faire avec, je me liquéfie sur place, et je prie pour ne pas être rouge écarlate et que sa sœur n'ait rien décelé de notre échange visuel...ni de ce qu'a son frère entre les mains...

-Bon, tu me rejoindras quand tu auras décidé. Ou pas, déclare mon amie. On a qu'à dire qu'on se rejoint tous aux hammams dans une heure ! À plus.

À peine Esmée a-t-elle disparue de notre champ de vision que Liam me saisit le poignet et me force à le suivre. Il trouve un petit coin tranquille, au carrefour entre l'entrée de la piscine et celle des termes.

-Maya, c'était très joueur de ta part de me laisser...ce joli petit cadeau.

-Range-ça ! Tu n'étais pas censé l'emmener avec toi pour te baigner, idiot.

-Peut-être, mais c'est bien plus amusant qu'un petit canard en plastique.

-Parce qu'un grand garçon comme toi ne peut pas prendre de bain tout seul ?

-Non. D'ailleurs ça me ferait très plaisir si tu acceptais d'être mon petit canard aujourd'hui.

-Je croyais que tu avais déjà ma petite culotte pour ça.

Liam hausse les sourcils, et à en voir l'air qui s'affiche sur son beau visage je regrette déjà ce que je viens de dire. Je n'ai pas le temps de réagir, et en deux temps trois mouvements le morceau de dentelle se retrouve à flotter dans l'eau de la piscine.

-C'est malin ! Et je fais comment moi pour rentrer, maintenant !

-Tu vas devoir faire sans. Et le problème du petit canard est réglé.

Je croise les bras et fait la moue pour lui montrer mon mécontentement. Là, il m'a vraiment mise en colère !

-Je vais rejoindre Esmée, je peste.

-Non, attends ! crie Liam dans mon dos.

Il essaye d'attraper mon poignet mais je réussis à le dégager assez rapidement. J'accélère le pas, mais évidemment, lui aussi, et bientôt nous nous retrouvons à courir l'un après l'autre. Je bifurque dans un couloir et passe la première porte que je vois. J'essaye de trouver un endroit pour me cacher, et c'est justement à ce moment que j'aperçois les jacuzzis au fond de la salle pleine de vapeur. *La cachette idéale.*

Je me cache dans l'un des bassins où la vapeur y est si épaisse que l'on ne peut pas voir plus loin qu'à l'intérieur du bain. Je me fait toute petite et tend l'oreille pour essayer de repérer les pas de Liam. J'entends ses pieds frapper le sol humide puis plus rien. Silence total. Je tourne la tête et soudain je suis soulevée par deux grands mains. Je pousse un cri de surprise et Liam colle sa bouche à la mienne pour me faire taire.

-Trouvée, petit canard. Tu aurais dû battre des ailes plus rapidement, dit-il amusé en décollant ses lèvres des miennes sans pour autant lâcher mon corps.

Il enjambe le bord du jacuzzi, me faisant pivoter avec lui.

-Qu'est-ce qui m'a trahie ?

-Ça, dit-il en jouant avec le chignon lâche sur le sommet de mon crâne.

Il saisit l'élastique et libère mes cheveux avant d'en redessiner les boucles le long de mes épaules.

-Tu es bien plus sexy comme ça.

-Je ne me rappelle pas avoir demandé ton avis, mais merci.

-Viens par-là.

Il m'attire à lui et je me retrouve entre ses jambes. Il s'assied sur le banc immergé et prend mes mains pour les placer sur ses épaules.

-Masse, femme !

-Quel gentleman !

Je me penche vers lui, mes mains sur ses cuisses lui coupant le souffle. J'approche mon visage du sien et rapidement, j'enclenche le bouton d'allumage des bulles et m'écarte jusqu'au milieu du bassin.

-Tu la joues déloyale, Robbins.

-Tu n'avais qu'a pas te comporter comme un Cro-Magnon, Parker.

Il rit doucement et nage jusqu'à moi. Plus je recule et moins j'ai pieds, et ça, Liam s'en rend compte. Il ne fait qu'une brasse de l'espace restant entre nous et lève un de ses genoux pour me placer dessus. Collée à lui de cette façon, je peux à peine respirer. Non pas qu'il me tienne trop fort, mais parce que la tension entre nous est beaucoup trop forte.

-Alors, tu penses toujours que c'était une mauvaise idée de venir ici ? je demande avec un air innocent.

-Mmm...Il est possible que je reconsidère mon jugement.

-Mets un peu ta fierté de côté et avoue que tu ne regrettes carrément pas d'être venu.

-D'accord, je l'avoue. Mais seulement si tu me laisses faire ça...

Il penche sa tête et plonge dans mon cou pour y déposer un baiser, puis un deuxième, puis un troisième. J'agrippe ses cheveux, lui arrachant un râle et ses mains jusqu'ici posées sur mes hanches se retrouvent sur mes fesses. Je m'accroche à ses épaules, pas parce que j'ai peur de tomber, mais bien parce que je ne veux plus le lâcher.

Des pas et des éclats de voix résonnent vers l'entrée de la salle, faisant grogner Liam dans mon cou.

-C'est pas vrai...

-Liam, on devrait...

Je peine à parler tant les frissons me gagnent. *Ce n'est pas faute d'être dans un jacuzzi pourtant....*

-Viens, m'ordonne Liam.

Il nous tire hors du bassin et nous récupérons nos serviettes avant de quitter la salle. Une fois au dehors, Liam s'empare de la mienne et m'enroule dedans à la façon d'un esquimau.

-Tu as de la chance que ces gens soient arrivés parce qu'une seconde de plus et je n'aurais pas hésiter à...

-Chut ! Ne le dis pas, je l'arrête sachant très bien ce qu'il s'apprêtait à dire.

Il ébouriffe mes cheveux avec la serviette et me donne une petite pichenette sur le nez.

-Tu as raison petit inuit, autant garder ça pour plus tard.

Je souris timidement puis lève les yeux au ciel. Je devrais ajouter ça à la liste de mes habitudes lorsque Liam est dans les parages. Juste en dessous de "perdre les pédales".

Chapitre 35

Liam

Quand nous rejoignons ma sœur aux hammams, je dois fournir un effort astronomique pour retrouver mon air nonchalant habituel et effacer ce sourire niais de mon visage. Tout ça c'est la faute de Maya. Avec son visage adorable et son corps de diablesse. Je commence sérieusement à me demander si elle ne m'a pas lancé une sorte de mauvais sort ou quelque chose du style. J'ai constamment besoin de l'avoir près de moi, et le fait qu'elle se pavane en maillot de bain devant moi n'y arrange strictement rien. Encore moins quand elle m'offre sa petite culotte, et, cerise sur le gâteau, sans que j'ai à le lui demander !

Notre trio prend place sur les bancs en bois de la cabine étuvée.

-Bon, commence Maya en bonne petite chef qu'elle est. On devrait rassembler tout ce qu'on sait.

Elle se dit timide et associable, mais en vérité, c'est une vraie meneuse qui se cache derrière ses un mètre soixante. *Et un.* Un mètre soixante-et-un. *Si si ! C'est très important croyez-moi, Maya vous le confirmera.*

-Et bien, on sait qu'*il* a eu une avance sur nous jusqu'ici avec cette fichue caméra, répond Esmée.

-Vous pensez que c'est un jeu pour lui ?

-Bien-sûr que ça l'est, je réponds à Maya. Ce mec est un tordu. La preuve, il nous a lui-même envoyé sur la piste d'un indice, si on peut appeler ça comme ça.

-Vous êtes sûr qu'il n'y avait rien d'autre là-bas ? Seulement deux pauvres bouts de cartons déchirés ?

-On a cherché partout autour, nada. Quedal. Rien de chez rien.

-Rien de rien, je répète en essayant de ne pas me trahir.

Esmée et moi échangeons un rapide regard.

Maya n'est pas au courant pour la lettre, Esmée, oui. Évidemment. Elle nous concerne tous les deux. Qui que ça soit, cette personne sait. Et elle a le moyen de nous faire tomber. C'est d'ailleurs précisément ce qu'elle veut. Son message dans la lettre était clair. Et plus Maya restera éloignée de tout ça, mieux elle se portera. Cet ordure a déjà essayé de s'en prendre à elle. Je ne le laisserai pas recommencer. C'est hors de question.

-Vous pensez vraiment que les morceaux de carte ont été laissés au sol délibérément ?

-Possible...sinon je ne vois pas pourquoi on nous aurait attirés là-haut, dit Maya, pensive.

Nouveau regard avec ma sœur.

-...à part pour enfoncer le couteau dans la plaie, conclut-elle.

-On sait à quoi ils correspondent ces morceaux ?

-On avait pensé à une carte de visite, mais cherche à savoir de *quoi*.

-Ou bien de *qui*, j'ajoute.

-Il y a une sorte de dessin dessus, mais impossible de savoir ce que c'est puisque la quasi-totalité a été déchirée.

-Même si ils ont été abandonnés là par inadvertance, c'est toujours une piste. On devrait y regarder de plus près en rentrant. À têtes reposées comme vous dites..., je sarcasme en dessinant des guillemets avec mes doigts.

La température est insoutenable et la sensation de ma peau qui suinte me dégoûte.

-Alors c'est vraiment votre truc de vous faire griller comme des merguez là-dedans ?

-Ça fait du bien une fois de temps en temps, rétorque Esmée.

-Elle a raison, surenchérit Maya.

-Il fait une chaleur à en crever, ici. Je pense sincèrement que ce n'est pas normal qu'il fasse aussi chaud.

-C'est sûrement une impression, le choc thermique ou un truc du genre. Chaud-froid, chaud-froid, tu vois ?

-Et puis de toute façon c'est forcément contrôlé.

-Je vois, vous vous liguez contre moi. Eh bien puisque c'est comme ça, je vais faire bande à part…dans les jacuzzis.

Je fais un clin d'œil à Maya et j'entends les filles glousser dans mon dos en sortant. Je peux sans difficultés imaginer la teinte rosée qu'ont prises les joues de Maya. J'adore la faire rougir.

À mi-chemin entre les saunas et les bassins d'eau froide, je change d'avis. Ça ne vaut pas le coup d'aller barboter dans les bulles tout seul, alors je décide d'aller prendre une douche. Je récupère mes affaires dans le casier et file sous les jets d'eau. Les filles avaient raison, cet endroit c'est le paradis, je ne me suis jamais senti aussi détendu qu'à présent ! Mais plutôt mourir que de le leur avouer.

Je me badigeonne avec le savon de Maya tout en me trémoussant sous l'eau. Ne vous y méprenez pas, je ne suis pas un psychopathe ou un fétichiste. C'est juste que j'ai oublié mon gel douche. Bon, je dois l'avouer, c'est aussi parce qu'elle sent divinement bon et que ça me plaît d'avoir son odeur sur moi. *Merde. Il se pourrait bien que je sois un taré quand même.*

Un bruit sourd retentit un peu plus loin mais je n'y prête pas attention. Cependant, un second, beaucoup plus fort, éclate quelques secondes plus tard à peine. *Ok, là ce n'est pas normal.* Je coupe le jet d'eau et enroule ma serviette autour de ma taille. J'avance en direction des bruits dans un silence presque angoissant, puis de nouveau le bruit se fait entendre. Cela vient des hamm...*Oh non, les filles !* Je me précipite jusqu'aux cabines à vapeur et à peine suis-je entrée que je comprends d'où provenait tout ce vacarme. Maya donne un coup d'épaule dans la porte transparente qui ne cède pas, puis masse son épaule apparemment douloureuse. Là ne doit pas être sa première tentative.

-Liam ! Sors-nous de là, je t'en prie ! sanglote Esmée.

-Comment ça, vous ne pouvez plus sortir ?

-Quelqu'un a dû nous enfermer après que tu sois parti.

Maya est à présent recroquevillée sur elle-même dans le coin de la cabine, les joues inondées de larmes.

-On va bien trouver un moyen !

-Il faut faire vite, Liam, la température augmente, elle est tellement haute que j'en ai la nausée ! C'est insoutenable là-dedans.

-Je reviens.

-Non Liam ! supplie la petite voix de Maya.

Cette dernière rampe jusqu'à la vitre et le désespoir que je lis dans ses yeux me déchire.

-Je te promets que je vais vous sortir de là.

-Je ne me sens pas bien…j'ai la tête qui tourne, ma peau me brûle, gémit-elle.

-Esmée, faîtes en sorte de rester près du sol, et surtout, ne fermez pas les yeux !

Je me précipite vers l'accueil afin de trouver du personnel, mais comme de bien entendu, personne ne s'y trouve.

Ok Parker, tu es tout seul sur ce coup-là.

Mon premier réflexe est de crier au secours, bien que sans grande conviction. Je me précipite de nouveau vers l'espace des saunas pour essayer de trouver des boutons de contrôle contre les parois externes des cabines, mais rien. Il n'y en a pas à l'intérieur, c'est certain, j'ai vérifié plusieurs fois pendant que j'étais en train de fondre dans cet cabine de torture.

Je suis en alerte, mes yeux balayent la pièce avec la précision d'un aigle acéré à la recherche de sa prochaine proie. Je cherche un objet lourd ou pointu qui pourrait servir à briser la paroi mais évidemment, il n'y a pas d'objets de ce genre en cet endroit. La chaleur de la pièce ne cesse d'augmenter et l'état de panique dans lequel je me trouve n'arrange rien. Je prends sur moi et poursuis mes recherches. J'opère un demi-tour et dépasse le standard situé au centre du bâtiment et...*Et c'est seulement maintenant que tu percutes, idiot ?*

J'entre dans la cabine -déserte, comme tout le reste. *Sérieusement, qu'est-ce qu'ils foutent ici ? À mon avis pas grand-chose !* Je parcours rapidement le tableau de contrôle et ses milles options à la recherche de ce qui m'intéresse, ce qui s'avère plus compliqué que prévu étant donné que les noms ne sont pas écrits en dessous des interrupteurs. Seulement des lettres et des numéros. Je cherche un "H", puis me rabats sur l'option "S", sans plus de succès.

-Parce que c'est trop demandé d'être un minimum logique ! je peste en abattant mon poing sur le bureau.

Une plaque aimantée se décroche du tableau au-dessus de ma tête et atterrit à mes pieds. Je le ramasse en râlant.

Une seconde...

-Un plan ! je m'écrie joyeusement. À la bonne heure !

Des gommettes sont collées sur chaque pièces et je recherche la salle de ces saletés de hammams.

-Un D ?! Sans blague, comment j'aurais pu le deviner !

Je me concentre à présent sur les boutons de commandes. Je repère un dessin de thermomètre entre deux interrupteurs et j'en déduis que c'est l'un de ces deux-là.

Droite ou gauche ? Gauche ou droite ? Allez Parker, ce n'est pas bien compliqué de faire un choix !

Droite.

J'enfonce le bouton et le cri des filles me parvient au bout de l'allée.

Boulet ! Boulet ! Espèce de gros boulet !

Sans attendre j'appuie sur le second et me précipite auprès d'Esmée et de Maya.

Lorsque je pénètre enfin dans l'espace de torture, les filles sont en train de sortir de la cabine mais montrent tant de faiblesse et d'épuisement que j'en ai mal pour elles. Esmée peine à se tenir debout et Maya, elle, est à demi-mesure entre ramper et marcher à quatre pattes. Elles peinent à respirer et leur petit corps sont couverts de transpiration. Leur peau est si rouge qu'on croirait qu'elles ont été brûlées à vif.

Ce sentiment de déjà-vu me prend aux tripes et me retourne l'estomac. Tous, absolument tous les détails me reviennent. Les odeurs, les cris, les sirènes, les pleurs…les flammes, gigantesques et agressives. Si je n'avais pas le bien-être des filles entre les mains, je pense que je me serais évanoui sur place.

-Le courant s'est coupé, explique Esmée. On a flippé ! Mais la porte s'est déverrouillée et on a réussi à sortir.

-Sortons d'ici, je suggère avec inquiétude.

Maya se redresse sur ses jambes mais manque de basculer aussitôt. Je me hâte vers elle et m'incline pour passer ma main derrière ses cuisses et la porter.

Nous récupérons nos affaires aussi vite que possible dans les casiers et sortons nus comme des vers de cet endroit monstrueux.

-Vite ! À la voiture. Tu vas choper la crève, sinon, j'ordonne à ma sœur.

Maya s'agrippe un peu plus à moi lorsque sa peau entre en contact avec l'air frais au-dehors. Elle niche son nez contre mon torse et je suis tenté de m'arrêter pour la contempler, peu importe que la situation soit grave. *Cette fille ressemble réellement à un ange.*

Je glisse Maya sur la plage arrière de ma voiture tandis qu'Esmée s'installe à l'avant.

-Euh...Liam ? m'appelle-t-elle la voix chevrotante.

-Une seconde.

Je l'aide à attacher sa ceinture et embrasse furtivement son front avant de prendre place derrière le volant.

-Qu'est-ce que tu voulais dire ?

-Je...regarde !

Esmée désigne mon pare-brise du bout du doigt et pour la dixième fois au moins cette semaine, mon cœur manque un battement. Je lis et relis les grandes lettres blanches peintes sur la vitre sans vouloir admettre que c'est réel. Quelqu'un nous voulait bien du mal ce soir, et n'a pas hésité à mettre les filles en grave danger. *Il aurait pu les tuer.*

QU'EST-CE QUE ÇA FAIT D'ETOUFFER ?

Je donne un grand coup dans mon volant et je suis surpris que l'airbag ne se déclenche pas.

-Y'en a marre ! je hurle de rage.

J'ai besoin d'extérioriser. Je n'en peux plus, de tout ça. Je tire le frein à main et démarre aussi vite que possible. Lorsque je rejoins l'autoroute, j'accélère, encore et encore. Plusieurs fois ma sœur me demande de ralentir mais je l'ignore et accélère de plus belle. Il n'y a que quand je perçois le regard terrifié de Maya à travers le rétroviseur que je relève le pied de la pédale.

Lorsque nous rentrons, je ne prends même pas la peine de raccompagner les filles.

-Tu ne viens pas ? me demande Maya, la déception perceptible dans sa voix.

-J'ai du nettoyage à faire, je me contente de lâcher en désignant mon pare-brise recouvert de coups de pinceau.

-Je vais t'aider.

Elle est toujours beaucoup trop gentille, même avec ceux qui ne le méritent pas.

-Non, toi tu vas te reposer. Et t'hydrater aussi. C'est très important, tu m'entends ?

Elle hoche la tête mais reste plantée là, à m'observer. Au bout d'un moment elle s'assoit dans les marches de la sororité, le blouson que j'avais laissé dans la voiture sur ses épaules, puis continue de me regarder nettoyer ma voiture, en silence. Lorsque j'ai fini, elle se lève et s'en va sans dire un mot, et j'ai un pincement au cœur pour tout ce qu'elle doit endurer de ma faute.

Chapitre 36

Juste quand je commençais à regretter d'avoir oublié mon bonnet, l'air se réchauffe autour de moi. Mon thé dans une main, les tracts dans l'autre, j'attends qu'Hannah et Emmy aient fini leur discussion avec Kevin et d'autres membres de l'équipe. Nous sommes en train de distribuer des prospectus pour le feu de joie qu'organise notre université chaque années. Il a lieu juste après les vacances d'hiver, et il marque le retour des étudiants et le début de la période des examens.

Mon téléphone vibre dans la poche arrière de mon jean et je m'en empare, pratiquement sûre qu'il s'agit de l'un des deux Parker.

@Esmée : C'est forcément une enseigne publique.

@BigParker : Jure...

@Esmée : Un restaurant ? Un bar ? Un institut de voyages ?

@BigParker : Pourquoi pas un salon de manucure tant qu'on y est !

Je ris en regardant ces deux-là débattre à propos de cette supposée carte de visite trouvée l'autre jour. Je m'apprête à ranger mon portable mais il frémit une fois de plus entre mes doigts. Liam m'a écrit en privé cette fois.

De Liam : Retourne-toi.

Je pivote et Liam me fait face, tout sourire. Il s'approche et lorsqu'il arrive à ma hauteur, saisit mon gobelet et prend une gorgée de mon thé au fruits rouges qui le fait aussitôt grimacer.

-Ça t'apprendra, tiens, je me moque.

-Comment tu peux ingurgiter cette horreur ?

-J'aime bien ça, je réponds en haussant les épaules. *BigParker*, hein ?

Il bombe le torse lorsque je fais référence au nom qu'il s'est trouvé pour notre conversation groupée avec Esmée, et dont il est fier. Puis il farfouille dans sa poche et me tend une paire de mitaines.

-Je me suis dit que tu en voudrais sûrement une paire. Mais attends, j'ai aussi ça...

Il farfouille dans l'autre poche de son manteau et me tend un stick de baume à lèvres et...*une crème pour les pieds* ??

J'éclate de rire comprenant qu'il a probablement confondu le tube avec celui pour les mains.

-Quoi ? Ça ne te plaît pas ? Je pensais que ça te ferait plaisir, avoue-t-il tout penaud en remettant son bonnet en place.

-Si si, c'est vraiment adorable, c'est juste que...

Je lui tend le tube de crème et il comprend son erreur.

-Mince...Je n'y comprends rien à vos trucs de filles de toute façon ! Une crème c'est une crème, non ?

Je secoue la tête avant de le remercier.

-Ça ne fait rien. C'est adorable.

-Je me suis dit que tu devrais prendre soin de ta peau après...

Il laisse sa phrase en suspension, voulant éviter d'évoquer l'incident d'hier. Je pense qu'il nous a tous laissé sur une drôle de sensation désagréable.

-D'ailleurs, j'ai déjà déposé mes affaires dans votre chambre. Je les ai mises sur ton lit, alors ne soit pas surprise en rentrant.

Liam a insisté pour nous laisser seules le moins souvent possible. Il a passé la nuit dans mon lit, et moi, j'ai dormi avec sa sœur. Idem pour ce soir, il tient à se préparer avec nous pour le feu de joie.

J'ai du mal à réaliser ce qui m'arrive. Comment les choses ont-elles pu déraper à un tel point que j'ai besoin d'être surveillée et protégée lors de mes moindres faits et gestes ?

-Tu restes avec nous ?

-Pour distribuer des tracts ? Même pas en rêve !

-Allez, sois sympa Liam, on aura fini plus vite, il nous en reste une vingtaine à peine.

J'accompagne ma demande d'une tête toute mignonne en espérant le faire craquer. Il résiste au début puis les coins de ses lèvres finissent par se relever progressivement jusqu'à ce qu'il sourisse de ses belles dents.

-Yes ! Je le savais.

-Où est-ce qu'on va ?

-Nous on va aller les planter dans les tables de la cafétéria et les filles vont rester ici pour les distribuer.

Je l'invite à me suivre jusqu'aux portes du bâtiment tout en discutant.

-Alors ? m'interroge-t-il. Tu en penses quoi des hypothèse de ma sœur ?

-Je pense que Mini Parker n'a pas tort. Ça pourrait être n'importe quoi, je réponds tout bas. Mais les bars n'ont pas de cartes de visite, ou que très rarement et dans des cas bien spécifiques.

-Une entreprise ?

-Forcément, mais quel genre d'entreprise ?

Liam retire son bonnet en soupirant et se recoiffe brièvement.

-Je n'en sait foutrement rien, se lamente-il.

-Tiens, aide-moi à plier ça s'il te plaît.

Je lui tend un petit tas de prospectus et il s'exécute.

-Tu as reçu d'autres messages ?

Il secoue la tête, ce qui est une bonne chose.

-On aurait loupé un autre indice ?

-On l'a notre indice, on n'arrive simplement pas à le déchiffrer, s'agace Liam.

-Ces morceaux auraient très bien pu être déchirés plus loin puis ramenés jusque là-bas avec le vent, Liam.

-C'est un peu tiré par les cheveux tu ne crois pas ?

-Justement, on n'en sait rien ! Peut-être que non, je rétorque. Comment peux-tu être si sûr que notre mec se trouvait là-bas juste avant qu'on arrive ?

Il hausse nonchalamment les épaules et se reconcentre sur le pliage des papiers.

-Parlons d'autre chose, suggère-t-il.

-De quoi veux-tu parler ?

-De ta petite culotte qui est restée là-bas, par exemple...

Mon visage se teinte instantanément et je lui colle une bourrade sur l'épaule.

-Non ! On ne reparlera plus de ça.

-Plus jamais ? demande-t-il l'air indigné.

-Plus jamais, je répète. *Never.*

-Alors laisse-moi te poser une question.

-Laquelle ? je demande avec méfiance.

-Est-ce que tu te ballades toujours à poil sous tes vêtements ?

-Je te demande pardon ?!

-Non mais parce qu'entre l'autre fois au motel et hier, je me disais que...

-Tais toi ! Arrête de parler Liam. Je ne veux plus t'entendre parler ! je l'interrompt en plaquant une main sur sa bouche.

Il saisit mes poignets et les-ôte de son visage en rigolant tandis que je le fusille du regard. Il est tellement hilare qu'il manque de tomber de sa chaise, et son rire est si communicatif que je finis par m'esclaffer avec lui.

-Tu n'es pas sortable, Liam.

-Toi encore moins, petite nudiste.

Je lève les yeux au ciel et essaye tant bien que mal de contenir le nouveau rire qui menace de sortir. Ce mec est vraiment incorrigible.

Vers midi, Liam et moi mangeons avec le groupe puisque cela fait un petit moment que nous n'en avons pas eu l'occasion.

-Alors, qu'est-ce que vous mijotiez pendant tout ce temps, tous les deux ? demande Sasha à notre intention tandis que Charlie la prend sur ses genoux.

D'ailleurs, ce dernier ne m'a ni reparlé, ni appelé depuis notre dernière discussion pendant les vacances. Il prend bien soin de rester distant avec moi, et moi seule. Son attitude avec Sasha est toute nouvelle pour moi, je ne l'ai jamais vu en compagnie d'une autre fille, pas de cette façon. Avant, c'était moi qu'il prenait sur ses genoux...

-C'est vrai ça, commente Hayden, on ne vous vois plus.

La remarque me surprend venant de lui, je pensais sincèrement qu'il agirait de la même façon que Charlie, ce qui serait totalement justifié. Mais à en juger par le clin d'œil qu'il m'adresse et le coup de coude qu'il offre à son meilleur ami, je suppose que je me trompais.

-On a fait du covoiturage pour les vacances puisque nos familles se trouvent dans le même état, nos villes sont proches. C'était l'occasion, déclare Liam en passant une main autour de mes épaules que je dégage aussitôt, provoquant le rire de mes amis. Liam me fusille du regard et au lieu de garder sa main pour lui, il saisit fermement ma cuisse.

-Voyez-vous ça, déclare Charlie sur un ton sarcastique.

Il l'a dit assez bas pour que seules Sasha et moi l'entendions. Je suis pratiquement sûre qu'il lui en a parlé, ils sont ensembles après tout. Seulement ça ne me plaît pas qu'il essaye de faire prendre parti à mon amie, et j'espère qu'elle arrive à prendre assez de recul pour rester en dehors de ça.

-Alors quoi, vous êtes ensemble ? grogne Charlie. Vous vous êtes trouvé un petit nom de couple, genre *Ma-liam* ou une connerie de ce genre ?

-Non, je rétorque sur la défensive.

En fait, si.

Le rictus discret de Liam m'indique qu'il pense à la même chose que moi. *Sherlock et Watson.* Les surnoms étaient son idée, le jour où il m'a tout avoué dans ce *dinner*. Mais bien-sûr, c'est un commentaire que je me retiens de faire.

-On n'a pas besoin de p'tit noms pour être un duo de choc, n'est-ce pas *Maya-l'abeille* ? répond Liam en m'ébouriffant les cheveux.

-Vous venez toujours ce soir ou vous avez plus important à faire ? demande Hayden en remuant les sourcils.

Décidément, je ne m'y fais pas.

-On peut très bien faire les deux, suggère Liam en m'adressant un clin d'œil et son sourire le plus pervers.

-Ne te fais pas trop d'illusions, *Don Juan*, je le préviens.

Les deux meilleurs amis s'esclaffent et c'est le moment que Charlie choisit pour se retirer, entraînant Sasha par la main. Cette dernière me lance un sourire désolé et un petit signe de la main.

-On se retrouve ce soir les gars ! annonce-t-elle à l'adresse de toute la tablée.

-Je vous préviens, je rentre dans vingt minutes les tourtereaux ! avertit Hannah.

Nouvel esclaffement du côté de notre groupe.

-Maya, tu sais comment tu vas t'habiller ce soir ? me demande-t-elle.

-Je comptais enfiler un pull et un simple pantalon, j'ai envie d'être à l'aise.

-Tu m'as perdue depuis le mot "pull", grimace mon amie. Si tu as envie de ressembler à un éventail c'est ton problème, mais j'ai absolument besoin de trouver quoi me mettre !

-Ta penderie est déjà pleine à craquer, Hann'.

-Allez, s'il te plaît ! me supplie-t-elle. Ça fait tellement longtemps qu'on n'est pas sorties entre filles !

La main de Liam se resserre sur ma cuisse et je sais déjà ce qu'il en pense. Ce n'est pas prudent. En d'autres conditions, j'aurais été du même avis mais il se trouve que ces derniers jours ont démontré que, de toute façon, je n'étais en sécurité nulle part. Alors pourquoi ne pas m'accorder un peu de temps avec mon amie.

J'ôte la main de Liam de sur ma jambe et l'entends soupirer bruyamment mais je décide de l'ignorer.

-C'est d'accord !

-C'est vrai ? Oh, Maya je savais que je pouvais compter sur toi, s'exclame Hannah qui sautille sur place. Ne t'inquiète pas *chéri*, je te la ramène quand on aura fini, lance-t-elle à Liam.

-Elle a raison mon pote, on va pouvoir passer un peu de temps entre mecs. Ça tombe bien, j'ai reçu un nouveau jeu vidéo à Noël, on va pouvoir l'essayer ensemble, se réjouit Hayden. Laissons les nanas s'amuser un peu.

Mon regard intercepte celui de Liam, inquiet. Sa mâchoire se contracte et je peux voir sa pomme d'Adam bouger tant il y a de tension dans son corps. Il semble me supplier de ne pas y aller, mais déjà je tourne les talons.

Ras-le-bol de tout ça !

Chapitre 37

La première chose que je fais après avoir déposé mes sacs au pied de mon lit est de m'y étaler. Cette séance shopping avec Hannah a été épuisante, et en grande partie parce que c'était avec Hannah, justement.

Esmée n'est pas encore rentrée, elle a passé la journée à la bibliothèque, et mon lit n'est pas défait, ce qui veut dire que Liam non plus. Il passe son temps à défaire mes draps parce que je suis soi-disant trop perfectionniste sur les bords et que *"ça m'aiderait à lâcher prise"*.

Je profite de cette intimité avec moi-même pour commencer à me préparer pour le feu de joie. Il n'est que dans quatre heures mais j'aime bien prendre mon temps et ne pas me mettre la pression. Je file sous la douche et en profite pour appliquer un masque sur mes cheveux qui en ont grand besoin et pour faire un gommage. Je suis en train de rincer mes jambes quand j'entends la porte de la chambre claquer. Esmée doit être rentrée.

Je continue de me savonner sans me soucier du reste et Esmée rentre dans la salle de bain. Je ne la vois pas car je lui tourne le dos mais je l'entends farfouiller dans ses affaires.

-Salut ! je lance. C'était comment la bibliothèque ?

Esmée ne me répond pas alors je réitère ma question. Pour toute réponse, le froissement de ses habits qui tombent au sol et la porte de la cabine qui s'ouvre.

-Qu'est-ce que...

Je jette un regard par-dessus mon épaule et me fige instantanément. Ce n'était pas Esmée, mais Liam. Il avance vers moi et je recule contre le mur.

-Sors d'ici tout de suite Liam !!!

Je tends le bras pour essayer d'attraper ma serviette mais il m'attrape le poignet et me fait pivoter contre lui. Je me retrouve plaquée contre lui, complètement nue.

-Liam...

Il tient fermement mes bras et vient nicher sa tête dans mon cou.

-Liam..., je répète.

Mais ma voix me trahit et je le sens sourire contre ma peau. Ses mains desserrent doucement leur prise et il commence à me savonner les bras. Je devrais sûrement l'arrêter mais je n'en ai aucune envie. Ses doigts dessinent les courbes de mon corps, déposant des centaines de frissons sur chaque parcelles de peau qu'ils caressent. Il se penche contre moi pour atteindre le pommeau de douche et je retiens mon souffle. Je me retourne pour lui faire face et il allume le jet dans mon visage.

-Mais quel idiot ! je peste.

-Oups, pas fait exprès, fanfaronne-t-il.

-Mais bien-sûr ! j'ironise.

-Viens là que je te rince.

Je me tourne à nouveau et penche la tête en arrière. Il place sa main en paravent au-dessus de mes yeux pour éviter que le savon n'y coule et je me délecte de la sensation de l'eau chaude sur ma peau. Sa main accompagne le jet jusqu'à ma poitrine et j'ai de plus en plus de mal à respirer normalement. Tous mes sens sont en alerte. Il descend un peu plus le long de mon ventre et je bloque sa main avant qu'il n'aille plus loin.

-Même pas en rêve, Parker.

-Oh allez, quoi ! Ne me dis pas que tu n'en a jamais eu envie.

-Ce n'est pas là la question, je me défends.

-Ça veut dire que tu en as envie, dit-il avec fierté.

-Peut-être, et même si c'était le cas, tu ne le saurais pas !

-Pourtant, maintenant je le sais.

-Tu joues avec mes nerfs, Liam.

-Et toi tu joues la timide.

-Et puis d'abord, ta sœur va rentrer d'une minute à l'autre.

-Ça, tu n'en sais rien, objecte-t-il.

Le claquement de la porte d'entrée vient en ma défense.

-Tu vois !

Liam pousse un grognement de frustration et s'asperge d'eau avec la tête de douche. J'en profite pour m'éclipser et noue ma serviette autour de ma poitrine.

-Maya ! Liam est là-dedans avec toi ?

-Euh...non je...

-Oh pas à moi Maya, ça crève les yeux que...Bref. Là n'est pas le sujet. Un motel !

-Quoi ? De quoi tu parles ?

-Un motel ! La carte de visite ! C'est celle d'un motel !

-Tu en es sûre ?

- À cent pour cent ! Viens voir ça, dit-elle en tapotant la place à côté d'elle sur son lit.

Elle cale son ordinateur portable sur ses genoux et ouvre une page Internet tandis que je m'habille.

-Tiens, regarde. C'était une feuille de sureau, tu sais le dessin qui manquait...Le nom du motel c'est "Maple Creek Motel". C'est à un peu plus de vingt kilomètres d'ici. On doit y aller !

-Très bien, on ira demain.

-Non ! Maintenant !

-Mais, et le feu de joie ?

-Elle a raison, intervint Liam qui sort de la salle de bain. On ne doit pas perdre une seconde de plus. On sera revenus pour le feu de joie, ne t'inquiètes pas.

-Tu n'en sais rien, je rétorque sans cacher ma grande déception.

Liam vient devant moi et caresse ma joue.

-Dans ce cas je te le promets, dit-il d'une voix douce et assurée.

-Qu'est-ce que je disais ! s'exclame Esmée à mon intention.

Je lui fais les gros yeux et croise les bras tandis que Liam rassemble déjà ses affaires.

-Rejoignez-moi à la voiture quand vous serez prêtes.

Je me contente d'attraper une veste et d'attacher mes cheveux rapidement puis Esmée ferme la porte à clef derrière moi.

* * *

-Vous pensez qu'on trouvera quoi, là-bas ? demande Esmée.

-Pour être honnête, je n'en ai pas la moindre idée, répond son frère.

-On n'est même pas sûrs qu'il s'agisse d'une piste, j'ajoute.

Le silence qui empare l'habitacle témoigne de notre peur à tous. C'est ridicule puisque, supposons que notre inconnu ait une chambre, nous ne risquons rien tant qu'on n'entre p...

-Attendez ! Vous n'avez tout de même pas prévu d'entrer en douce dans l'une des chambres ?!

Les deux Parker s'échangent un regard crispé à travers le rétroviseur et je comprends qu'il n'en avait jamais été autrement.

-Hors de question ! Vous êtes complétement inconscients. Et si on nous voyait ?!

-Calme-toi Maya. Tu n'auras qu'à nous attendre dans la voiture, propose Liam.

-Et puis quoi encore ? Non, personne ne commettra d'infraction ce soir, avec ou sans moi.

Liam rit à mes côtés et Esmée secoue la tête. J'avais oublié que j'avais affaire à deux Parker et qu'il était presque impossible de leur refuser quoi que ce soit.

-Décides-toi Maya, tu restes ou tu nous accompagne ? me presse Liam. On est presque arrivés.

En effet, j'aperçois le panneau de bienvenue du motel qui se dresse au-dessus des arbres.

Une boule se forme dans ma gorge à l'idée de ce qu'il pourrait se passer ce soir. J'ai un mauvais pressentiment.

Liam tire le frein à main et verrouille les portières.

-Je ne sais pas ce qu'on trouvera là-bas...ou même *qui*. Je vous demande simplement d'être vigilantes, au moindre couac, on rentre illico presto à la voiture, c'est bien compris ? Il ne s'agit pas de se mettre en danger, on sait de quoi *il* est capable.

Liam me serre la cuisse pour me rassurer puis nous sortons de la voiture en prenant soin de ne pas claquer les portières afin de ne pas attirer l'attention. Je saisis le bras de Liam et il me serre l'épaule tandis qu'Esmée, elle, s'avance sans aucune crainte jusqu'à la réception.

-J'ai peur, Liam, je chuchote, trainant les pieds le plus possible.

Je dois sûrement ressembler à une enfant qui fait la colère pour ne pas aller à l'école à la façon dont je m'accroche à lui, mais il ne dit rien et s'arrête pour me serer contre lui un moment. Il glisse une main sur ma joue et me relève gentiment la tête.

-Tout va bien se passer, on ne trouvera peut-être rien, tu sais, me rassure-t-il.

J'appuie ma tête contre sa paume et ferme les yeux.

La nuit est si silencieuse que ç'en est angoissant. Les branches craquent à cause du vent, les feuillent tremblent, les néons grésillent autour de nous et je frissonne à chaque nouveau bruit de peur de voir surgir quelqu'un. Mais ici, juste là, tout contre Liam, j'ai l'impression d'être en sécurité plus que nulle part.

La porte d'entrée s'ouvre à la volée et Esmée réapparaît, tout sourire, et s'approche en sautillant d'un pied à l'autre.

-J'ai trouvé quelque chose ! annonce-t-elle fièrement.

-Raconte, je la presse.

-J'ai réussi à distraire la concierge assez longtemps pour pouvoir prendre en photo la liste des locations. Cette pauvre dame est sourde comme un pot, j'ai réussi à obtenir les quatre derniers mois !

-Depuis septembre, donc, en déduis Liam.

-Exactement. Mais ce n'est pas tout ! L'endroit est très peu connu, ce qui veut dire que la majeure partie des locataires sont des habitués, des clients fidèles...et justement ! La concierge m'a dit que les jeunes se font rares par ici, et qu'elle avait été très surprise que des jeunes aient fait une demande quelques mois plus tôt.

-Ce qui confirme notre hypothèse, j'en conclus. Il est impossible que tout ne soit qu'une accumulation de coïncidences.

-Et on sait aussi que ce type à notre âge environ. Esmée, ton téléphone, demande Liam à sa sœur. Oui, c'est ça, les dates correspondent !

-C'est notre occasion. On doit y aller.

-Hors de question ! je proteste. Ça ne t'as pas suffi de te retrouver enfermée dans un four humain la dernière fois ? Et toi de te faire foncer dessus par une voiture ! je gronde Liam en le pointant de l'index. On ne joue pas, là !

-On ne peut pas laisser passer cette chance !

-On ira avec ou sans ton approbation, Maya.

Je remue la tête et me masse les tempes en soupirant longuement. Ils n'ont aucune notion du danger.

-Ce n'est même pas légal ! Et puis vous ne connaissez même pas le numéro de leur chambre...

-Pas encore, mais on va vite le découvrir, répond Liam, un sourire diabolique sur le visage.

Il prend les choses en mains et nous fait signe de le suivre. Esmée et moi restons un peu en retrait tandis qu'il s'avance fièrement vers le guichet d'accueil.

-Bonjour Mademoiselle, déclare-t-il d'une voix plus grave que d'habitude.

Il use de son charme et sourit de toutes ses dents. La bonne femme qui approche surement la soixantaine se met à rougir et replace une mèche de ses cheveux grisonnants derrière son oreille. Liam poursuit :

-J'aurais besoin de quelques renseignements sur votre établissement, mes amies et moi souhaiterions réserver dans le coin. C'est la première fois que nous visitons la région.

-Bien-sûr, jeune homme. Il faut dire que les jeunes gens se font rares dans les parages, encore plus lors des périodes scolaires. M'enfin, que voulez-vous savoir exactement ?

Esmée et moi pouffons de rire, il est clair qu'elle n'est pas indifférente au charme de Liam. La voilà qui agite les cils et qui ôte le premier bouton de son chemisier.

-Eh bien pourquoi devrions-nous choisir votre motel plutôt qu'un autre, par exemple ?

-Je vois…Le fait qu'il soit en pleine nature et légèrement éloigné des routes est déjà une caractéristique sur laquelle nous misons énormément. En effet, nos clients aiment pouvoir se ressourcer dans un endroit calme et proche de la nature.

-Intéressant.

-Et puis…comme je vous l'expliquais il y a quelques instants, nos clients sont habituellement bien plus âgés que vous trois, peut-être pourriez-vous-même faire connaissance avec deux de nos jeunes locataires ! Ils ont demandé une chambre deux semaines après la rentrée, si ma mémoire est exacte.

Liam fronce les sourcils et nous regarde du coin de l'œil. "*Ils*" ? Ça ne colle pas. Pourtant les dates, elles, correspondent.

-Ce serait génial ! Pourrions-nous savoir à quelle chambre ils sont installés ?

-Je ne sais pas…cette information est confidentielle, je n'ai pas le droit de la délivrer, comprenez ?

-Je vous en prie, nous souhaitons seulement les rencontrer. Vous l'avez dit vous-même, ce serait une bonne chose. Il n'y a rien de louche à cela, la seule chose dangereuse que je vois ici, c'est votre charme ! Qui oserait en vouloir à une si jolie femme...

Il achève sa parade avec un clin d'œil et Esmée et moi ne sommes pas loin d'exploser tant son petit numéro est hilarant. *Ça ne m'étonne même pas de lui !*

Bien qu'il ait eu l'air affreusement ridicule, son stratagème semble avoir eu l'effet escompté puisque la concierge se met à glousser et à battre des cils comme une pimbêche.

-Bien...Ils sont au numéro sept. Au fond du couloir, sur votre gauche. Mais attention ! Si l'on vous demande, vous vous débrouillez pour trouver une excuse mais je vous interdit de me dénoncer ! Je pourrais avoir de gros problèmes...De toute façon, s'il arrive quelque chose, je saurai que c'est vous.

Nous la remercions tous les trois et Liam fait mine de lui envoyer un baiser avant que nous bifurquions à l'angle du couloir.

-Un jeu d'enfant ! se vente-il.

-Tu parles, tu n'as fait que te pavaner et lui faire les yeux doux, je me moque.

-Madame est jalouse ?

-Pas du tout ! je rétorque.

-Bien-sûr ! soupire-t-il en levant les yeux au ciel.

-Chut ! nous réprimande Esmée. On y est, c'est celle-ci.

En effet, la porte qui se dresse devant nous est la bonne. Une plaque de métal en forme de feuille de sureau est gravée du chiffre sept.

-On entre ? demande-t-elle ?

-Ça ne va pas la tête ! Tu n'as pas entendu ? Il n'y a pas une, mais deux personnes là-dedans. Ça fait deux fois plus de chances de finir au commissariat. Ou pire, qui sait de quoi ils sont capables...

-Peut-être qu'ils sont partis, suggère-t-elle.

-Partis ou pas, on n'entrera pas, point ! je m'énerve.

Mon refus est catégorique mais les Parker n'en n'ont que faire puisque Liam s'empare d'un bout de fil de fer dans sa poche- *d'où sort-il ce truc, d'abord* ?!- et commence à crocheter la serrure.

-Liam ! Mais qu'est-ce que tu...

-Il n'y a que notre voiture, garée sur le parking. Il était vide quand nous sommes arrivés, indique-t-il de la façon la plus nonchalante qu'il soit. Ils ne sont pas là.

-Je rêve !

Je porte mes paumes à mes yeux. *Je n'aime pas ça. Je n'aime pas ça du tout.*

Un cliquetis métallique résonne, puis un deuxième, puis le battant de la porte se décale légèrement de l'encadrement.

C'est ouvert.

Liam nous lance un regard dans lequel je crois déceler un brin d'hésitation, puis il pénètre dans la pièce à tâtons, sa sœur et moi sur ses talons.

Comme l'avait prédit Liam, il n'y a personne, la pièce principale est plongée dans l'obscurité et on ne perçoit aucun bruit dans les pièces voisines. Je contourne la table basse avec précaution et observe les éléments qui nous entourent.

-Mon chemisier ! s'écrie Esmée, indignée. Je comprends mieux pourquoi je n'arrivais plus à mettre la main dessus !

Elle tend la main vers le dossier de la chaise sur lequel repose son vêtement mais Liam lui attrape le poignet en plein vol.

-On ne touche à rien ! Je t'en achèterai un nouveau s'il le faut, mais pas question de finir en taule pour cette daube ! Il est moche de toute façon…, ajoute-t-il avec une grimace.

Sa sœur le fusille du regard mais finit par se résigner et laisse son bras tomber le long de son corps.

-Qu'est-ce qu'on cherche, au juste ? je demande en m'approchant de Liam, assez pour que nos épaules se frôlent et que je trouve un semblant de réconfort.

-Je ne sais pas trop. Des indices, des clefs, pourquoi pas des papiers d'identité, même si je doute qu'ils soient assez idiots pour les laisser ici.

Je déglutis. *Ils.* Ce mot nous a fait tiquer tous les trois en même temps. La pilule est difficile à avaler. Savoir une personne contre nous était déjà une énorme pression quotidienne, alors savoir qu'ils sont en fait deux…Je n'imagine même pas ce que Liam doit ressentir. Il a raison. Ces gens sont très intelligents, ils ont réussi à nous mettre en danger plus d'une fois sans que jamais on ne les-démasque ou qu'on ne se doute de quoi que ce soit. *Quand je pense qu'ils sont allés jusqu'à planquer une caméra dans notre chambre...*

Je sens le regard de Liam sur moi, et il saisit ma main, comme s'il savait à quoi je pensais, et la presse au creux de la sienne.

-On cherche ensemble, souffle-t-il, ce à quoi j'acquiesce plus énergiquement que je ne l'aurais voulu.

Il s'approche du mur à notre droite et effleure un morceau de tissu accroché là du bout des doigts. C'est un fanion, celui d'une équipe de hockey. *Celle de sa ville.*

Je vois ses mâchoires se crisper et je fais immédiatement le lien. C'est tout à fait logique après tout. Liam me l'a dit, c'est là-bas que tout a commencé, il n'est donc pas improbable que notre persécuteur soit de cet endroit, lui aussi. Peut-être même qu'ils se connaissent, va savoir...

Nous fouillons prudemment la pièce pendant près d'un quart d'heure quand Esmée sort la tête d'une corbeille en osier placée près du canapé.

-Jackpot !

À peine a-t-elle prononcé ce mot qu'un bruit de métal qu'on enfonce se fait entendre du côté de la porte.

Merde !

Liam me tire avec lui et nous nous réfugions tous dans la salle de bain au fond de l'étroit corridor.

-La fenêtre ! Vite !

On entend des pas dans le salon et je nous félicite silencieusement d'avoir eu l'intelligence de ne pas allumer les lumières. La petite salle de bain empeste le parfum. Pas de doute, une fille est passée par là.

Esmée est déjà à l'extérieur et nous fait des signes précipités pour qu'on la rejoigne.

-Magnez-vous !

Je me penche sur le rebord mais ma peur viscérale du vide me reprend au galop.

-C'est trop haut, Liam ! Je n'y arriverai pas.

-Je vais passer avant toi et je te tendrai les bras, ok ? Je te réceptionnerai en bas.

J'hésite mais mon choix est vite fait, il n'y a pas trente-six-mille issues.

-On n'a pas le choix Maya. Allez, tu es forte. J'y vais.

Les chuchotement et les pas qui se rapprochent font monter mon angoisse en flèche et achèvent le dernier petit doute qu'il me restait. J'ai des fourmis dans les mains et la peur s'infiltre en moi comme du venin paralysant.

Liam est à présent dehors, lui aussi, et comme promis, il me tend les bras.

-Dépêche-toi Maya !

Je monte sur la cuvette des toilettes comme l'ont fait mes amis avant moi. *Vas-y Maya, tu DOIS le faire.* Je passe une jambe dans l'encadrement quand soudain la lumière jaillit de derrière moi.

Je suis fichue.

Dans un dernier espoir je me jette de tout mon poids par la fenêtre sans même contrôler ma force et atterris de justesse dans les bras de Liam.

-Eh ! crie la personne depuis l'intérieur.

Une voix de fille, justement.

Il ne nous en faut pas plus pour prendre les jambes à notre cou et rejoindre Esmée qui elle, a déjà atteint la voiture et allumé le contacte.

Liam et moi trébuchons plusieurs fois avant de réussir à nous relever et à courir franchement. Nous regagnons hâtivement la voiture et nous engouffrons sans plus attendre à l'intérieur. Esmée démarre sans même attendre que nous ayons claqué les portières.

***

Je ne m'autorise à respirer que lorsque le panneau de bienvenue du motel n'est plus distinguable à travers les arbres. Liam frappe rageusement le tableau de bord à deux reprises, si fort que je crains que l'airbag ne se déclenche. Je me penche pour caresser son épaule.

-Quel con de vous avoir embarqué là-dedans…

Il a l'air si abattu et si plein de remords que j'ai l'impression qu'il ne s'excuse pas uniquement pour ce soir. Mon cœur se serre. Certes nous sommes impliquées, mais dans mon cas, je m'y suis un peu embarqué toute seule. C'est moi qui ait insisté pour qu'il me raconte tout cela. J'ai un nœud à la gorge. *Il n'a rien choisi de tout ça.* De tout ce qui lui arrive.

-Je suis désolé. Désolé, désolé, désolé, désolé...

Esmée ne répond rien et regarde au dehors, et moi, je ne sais simplement pas quoi dire. Alors je presse son épaule un peu plus fort en espérant qu'il comprenne que je le soutiens, que je suis là, que je ne l'abandonne pas. Que je ne lui en veux pas.

Liam continue de s'excuser.

Chapitre 38

Lorsque nous regagnons notre chambre, personne n'ose prendre la parole. Tous deux se laissent tomber sur mon lit et moi, je m'assieds en tailleur à leurs pieds, par terre. On se regarde les uns les autres, on réfléchit chacun de son côté. Au bout de quelques minutes devenues vites insupportables, Esmée finit par fouiller dans sa poche et en sortir plusieurs babioles qu'elle pose au bord du lit pour que je puisse moi aussi en prendre connaissance.

-Au moins, on n'y sera pas allés pour rien, déclare-t-elle.

Son frère et moi nous penchons simultanément pour mieux comprendre. Je reconnais immédiatement la petite photo en format Polaroïd de Liam. Ce cliché qui s'est retrouvé placardé partout sur le miroir de ce club, l'autre soir. Le même qui m'a valu de perdre ma place au concours de ma classe l'autre jour. *D'ailleurs, je n'ai pas encore parlé à Liam de cette histoire. Je ne sais pas comment il va réagir.*

Parmi le petit tas de bidules, il y a également un bracelet. Je ne comprends d'abord pas ce qu'il fait ici puis Liam, lorsqu'il prend conscience de ce qu'il a devant les yeux, le saisit avec toute la délicatesse du monde. Je peux percevoir le bout de ses doigts trembler, et il caresse l'objet entre ses mains comme s'il était dangereux à toucher. Puis je percute. Il a dû appartenir à Nessa. *Sûrement un cadeau de Liam.*

L'émotion me monte à la gorge et vient y-former une nouvelle boule dans ma gorge. Je détourne mon attention des Parker blottis l'un contre l'autre et saisis le dernier objet.

Une clef ?

Je hausse un sourcil en faisant pivoter le morceau de métal entre mes doigts et Esmée s'explique :

-On a un double, maintenant. Il était sur la console, à l'entrée.

Cette fille est complètement tarée.

-T'es géniale, je souffle sans croire à ce que mon amie vient de faire.

Liam acquiesce puis passe ses mains sur son visage en soupirant. *Je fais souvent ça, moi aussi, quand je suis dépassée par les évènements.* Esmée lui caresse promptement le bras et je penche la tête sur mes mains. Une nouvelle fois ce soir, notre trio se réfugie dans le silence pour encaisser le coup. Je suis tellement obnubilée par mes doigts qui triturent la moquette entre mes jambes que je ne remarque même pas quand Esmée se réfugie dans la salle de bain. Ni même quand Liam se lève du lit pour venir s'agenouiller à ma hauteur. Il attrape doucement mes mains pour les stopper er relève mon menton avec l'index de sa main libre.

-Pardonne-moi.

Il a sorti cette phrase de façon si fébrile que j'ai l'impression qu'il a dû y mettre tout le poids de son âme. Je fronce les sourcils parce que je ne comprends pas très bien de quoi il s'excuse. Je n'ai jamais vu une telle sincérité dans son regard. Il semble se livrer à un combat intérieur puis finalement, m'attire à lui et m'entoure de ses grands bras. Il semble se détendre quand je me laisse aller contre son torse et il entreprend de me bercer avec douceur.

-Pendant une seconde, j'ai cru que tu ne sortirais jamais de cet endroit.

-Moi aussi, j'y ai cru, je plaisante.

-Non, tu ne comprends pas...commence-t-il d'un ton plus triste. J'ai cru qu'à cause de moi, tu allais rester enfermée avec ces monstres. Qui sait ce qui aurait pu t'arriver !

Je m'écarte légèrement de lui pour mieux cerner ses traits mais il se cache aussitôt dans mon cou.

-J'ai cru que...

-Hey...

-Non, Maya. Ce mec...ces gens...ils sont dangereux. S'ils t'avaient fait le moindre mal...

Je le sens prendre une grande inspiration et le reste ne vient pas. Mon cœur tambourine dans ma poitrine comme il n'est pas permis suite à cet aveu de sa part. Je ne comprends pas pourquoi il ose se montrer si sensible tout à coup alors qu'il est si fermé et froid d'habitude. Pourquoi il s'ouvre à moi de la sorte. Mais sur le moment, alors qu'il s'accroche à moi comme si sa vie en dépendait, peu m'importe. Je me sens en sécurité quand je me trouve près de lui, et il est le seul réconfort et le soutiens que je possède en ce moment, alors que je vois l'une des personnes les plus chères à mes yeux s'éloigner de moi. Et encore plus, je crois, maintenant que je le vois comme ça. *Charlie me manque.*

Cette scène me parait presque invraisemblable quand on recule quelques mois en arrière, quand lui et moi pouvions à peine nous supporter. À l'heure qu'il est, je ne m'explique pas se besoin si soudain de me trouver proche de lui. Et je ne cherche pas à savoir. J'en ai besoin, c'est tout.

Il finit par redresser doucement la tête et replace une de mes mèches rebelles derrière mon oreille.

-Je rêve ou tu viens de te moucher dans mes cheveux, là ?

Il rit doucement et hausse les épaules.

-Alors, on y va à ce feu de joie ? finit-il par proposer doucement.

Je souris à mon tour. Ça me touche qu'il arrive à penser à mes caprices malgré ce qu'il traverse.

-J'y serais allée avec ou sans toi, je le provoque en réutilisant ses propos d'un peu plus tôt dans la soirée.

-Tu aurais osé ? demande-t-il l'air indigné.

Il porte la main à son cœur comme si je le lui avais brisé.

Je lève la tête d'un air fier et indifférent.

-Tu fais trop la maline, Robbins.

Je hausse les épaules comme il fait souvent et saute sur mes pieds pour me changer.

On va s'amuser un peu...

Je commence à ôter mon tee-shirt sans prendre la peine de me cacher, très consciente de ce que j'entreprends. Liam hausse les sourcils et semble comprendre ce que j'essaye de faire. Il secoue la tête et grogne.

-Saleté de bonne femme !

Je me retiens de glousser et continue. J'enlève mon legging et l'envoie à Liam qui le reçoit sur son épaule. Je me penche sur ma commode pour farfouiller dans mes tiroirs. Un débardeur et un sweet feront l'affaire, et je le sais très bien. Mais je continue d'agiter mon derrière sous les yeux de Liam qui je le sais, ne m'ont pas quitté une seconde. Je me félicite d'avoir décidé de porter mon ensemble de sous-vêtements noirs tout à l'heure plutôt que ce que j'avais prévu initialement. Je finis par me redresser et enfile une paire de collants par-dessus lequel je prévois de mettre un short de la même couleur.

-Tsstss, arrête de me reluquer comme ça, j'envoie à l'intention de Liam.

-Impossible !

-Tu as un peu de bave, là, je me moque en frottant le coin de ma bouche pour l'imiter.

Il fait mine de l'essuyer puis pose la tête au creux de ses mains pour mieux m'observer.

-Là, c'est carrément louche ! je lâche.

On se marre et je finis d'enfiler un débardeur et un sweat à capuche blanc.

-J'aime bien ce soutif, le noir te va bien, dit-il timidement.

Je rêve ou il est en train de rougir là ?

Je le regarde furtivement du coin de l'œil tout en farfouillant dans mes affaires.

-Je croyais que tu aimais me voir porter du blanc. C'est ce que tu as dit, l'autre jour.

-Aussi. Le blanc te va bien, et le noir aussi.

-Ils sont l'opposé l'un de l'autre pourtant.

-Ils sont un peu comme toi, en fait. Le blanc pour quand tu joues la timide, et parce que tu as beau faire la dure, t'es un vrai bébé cadum là dessous.

Je le fusille du regard et lui envoie le premier truc que je trouve sur ma commode, une petite abeille en porte clef.

Il se marre et je soupire.

-Et c'est moi l'enfant, après...

-...le noir, c'est la Maya qui est forte, malgré tout ce qu'elle traverse...

Je lui lance un premier regard.

-...et quand elle sort les crocs et active le mode femme de Cro-Magnon !

Je me retourne les mains sur les hanches.

-Mais tu ne dis que des conneries !

-Tu vois ! dit-il en regardant la petite abeille en peluche et en me pointant du doigt. Elle jure comme un camionneur ! Un vrai mec.

-Tu espères vraiment qu'il te réponde, là ?!

-Sorcière ! enchaîne-t-il.

-T'es complètement givré, en fait !

Liam est hilare puis s'approche de moi alors que je suis en train de me regarder dans le miroir. Il pose l'abeille sur mon épaule gauche avant d'afficher un drôle d'air. Celui-là, je ne le connais que trop bien. Il fait toujours la même tête avant de balancer une ânerie.

-Ben ça alors, qui est la vrai *Maya-l'abeille* ?

Je lui colle une bourrade et il se met à rire de plus belle.

Il s'assied au même endroit que tout à l'heure. Il m'observe finir de me préparer et je ne peux m'empêcher de rougir. Son regard agit comme une brûlure sur ma peau. Je saisis l'un des élastiques que je porte toujours au poignet et commence à séparer mes cheveux en deux sections, toujours sous le regard attentif de Liam.

-Je peux te coiffer ? demande-t-il alors que je ne m'y attendais pas.

J'interromps mes gestes, essayant de comprendre s'il est sérieux ou non.

-Vraiment ?

-Oui.

Sa demande me déconcerte un peu mais je finis par lui tendre ma brosse.

-Tu sais faire des nattes africaines ? je demande.

Il hoche doucement la tête et tapote l'espace entre ces jambes.

-Viens par-là.

Je m'exécute et il me fait légèrement pencher la tête en arrière pour commencer son travail sur la partie haute de mon crâne.

Il manie mes cheveux avec précaution pour ne pas me faire mal. Il fait ça avec tant de douceur que je le sens à peine.

-C'est moi qui tressait les cheveux de Nessa, avoue-t-il faiblement. Elle refusait de sortir si ses cheveux n'étaient pas tressés. Elle disait qu'elle détestait ses cheveux noirs parce qu'elle avait l'air méchante. Moi je les adorais. Elle était très timide avec les gens qu'elle ne connaissait pas bien, mais avec moi elle ne déguisait pas son caractère !

Il rit doucement à ce souvenir et mon cœur se serre en pensant à la douleur que doit lui provoquer même les meilleurs souvenirs qu'il a d'elle. Je comprends alors l'effort qu'il a dû fournir pour se confier ainsi, et j'apprécie d'autant plus qu'il l'ai fait. Quand on pense qu'aucun de nos amis ne se doute de ce qu'il endure, pas même qu'il a une sœur ! Je ne sais pas où il puise toute cette force au quotidien et j'en viens même à lui excuser certains de ses comportements. *Pas tous, il ne faut pas exagérer non plus.*

Une larme coule le long de ma joue et je l'efface rapidement du revers de ma manche.

-Élastique ? demande Liam.

Je lui tends l'un de ceux à mon poignet et il en finit avec ma première tresse.

-Qu'est-ce qui lui est arrivée ? je demande avec prudence.

Je ne sais pas comment il va accueillir ma question, mais j'ai envie de savoir. Je sens la poitrine de Liam se bloquer derrière moi. J'ai conscience de la difficulté à laquelle il doit faire face, alors je lui laisse le temps de répondre. Je ne suis pas sourde, encore moins aveugle. J'ai bien compris que cette histoire tourne autour de Nessa. J'aperçois les regards que Liam et sa sœur pensent échanger en douce. Les discussions qu'ils ont à l'écart pour que je ne les entende pas. Je sais qu'ils en savent plus que moi, et je déteste être mise à l'écart. *Après tout, j'ai le droit de savoir ! J'ai failli me faire choper, moi aussi, dans ce motel !*

Une colère inexpliquée grandit en moi. Alors c'est plus fort que moi, je le presse.

-Tu sais, je vois bien que vous ne me dîtes pas tout...et je comprends...enfin, presque. Mais si vous voulez que je vous aide...

-Maya...

-Non, laisse-moi finir, s'il te plaît. Le bracelet, la tombe, les messages...C'est évident que tout, absolument tout a à voir avec Nessa. Que lui est-il arrivé Liam ?

-Laisse tomber, râle-t-il.

Je soupire de frustration.

-Élastique, dit-il un peu plus froidement que la première fois.

-Pourquoi tu ne veux pas me le dire ?

Cette fois-ci, je me retourne face à lui. Il saisit mes joues en coupelle dans ses mains et colle son front au mien. Il ne s'était jamais approché de moi comme ça auparavant. Je vois dans ce geste un mélange de douceur et de respect.

-Écoutes…Ça n'a rien à voir avec toi, Maya. Rien du tout. Mais…

-Mais rien du tout ! Ce n'est pas compliqué ! Je suis aussi concernée que vous maintenant ! je m'indigne en m'écartant.

-Tu ne sais même pas de quoi tu parles ! siffle-t-il.

-La faute à qui ?! je grogne.

-Je cherche seulement à te protéger !

Liam s'est redressé sur ses jambes et se passe rageusement la main dans les cheveux.

Mode tornade activé.

-Trop tard, je te signale ! Ils savent où on habite, et manifestement, partout où on se déplace !

-Si tu te mêlais de tes affaires, aussi ! se plaint-il.

-J'ai simplement voulu t'aider, tu ne vas quand même pas me reprocher ça, si ?!

Cette fois Liam est hors de lui, et je crains de l'avoir poussé trop loin. Il me pointe du doigt d'un air accusateur et se rapproche jusqu'à saisir mes épaules et tout en les secouant, me crie à la figure :

-BIEN-SÛR QUE SI, MAYA ! Bien-sûr, que je te le reproche ! Parce que tu débarques avec ta jolie petite trogne et que tu fous tout en vrac dans ma tête ! Parce que maintenant, on essaye de s'en prendre à toi, et que ça me retourne les tripes !

Je tente de me dégager de son emprise mais il ressert sa prise.

-Liam, tu me fais ma...

-Ce sont MES démons ! Mon passé ! C'est mon bazar ! Mon merdier à moi, et je t'interdis d'y foutre les pieds, tu m'entends !!! Tu as compris ou pas ?! Je t'interdis d'un jour te détester comme je me déteste ! T'as pas le droit de... T'as pas le droit Maya... Tu...

Entre-temps, Liam est tombé à genou et ses mains ont libéré mes épaules pour glisser le long de mes bras sans pour autant me lâcher. Les larmes menacent de couler mais je me force à les retenir. *Reste forte Maya, il en a besoin.*

Liam est d'un coup secoué de lourds sanglots et ses épaules tressautent à chaque larme qu'il verse. Je ne peux pas voir son visage mais je peux d'emblée savoir que la colère aura fait ressortir cette veine qui apparait sur son front quand il s'énerve.

-Je...Je ne peux pas te perdre, toi aussi...achève-t-il.

Je finis par craquer et mes yeux pleurent sans que je ne puisse rien y faire. Je m'abaisse à la hauteur de cet homme dévasté face à moi. Je ne sais pas comment réagir. Je ne l'ai jamais vu aussi désarçonné, aussi faible. Ce garçon qui a toujours su prendre le contrôle des situations, même les plus dangereuses. Cette fois, c'est à moi de prendre les choses en mains, tout comme lui a su le faire pour moi.

-Liam, je tente tout doucement. Liam, regarde-moi, s'il te plaît.

Il ne bouge pas d'un cil. Je pense qu'il doit lui aussi être surpris d'avoir laissé sortir tant de choses.

-Tu sais...en ce moment, tu es la seule personne avec qui je me sens en sécurité, j'avoue avec hésitation.

Mais qu'est-ce que tu es en train de faire, là ? Les sentiments, les relations, tout ça, ce n'est vraiment pas mon truc ! Je n'ai jamais eu affaire qu'à Charlie, et lui n'a jamais rien attendu de moi. Il sait combien il est difficile pour moi de m'attacher aux gens. Encore plus de ne pas les repousser...*On voit ce que ça a donné avec Hayden, ce n'est pas faute d'avoir essayé pourtant !* J'ai l'impression de ramer, et je déteste ça.

-Tu n'y es pour rien Liam...rien n'est ta faute.

Je passe ma main dans ses cheveux d'un geste tremblant.

-Si, finit-il par répondre d'une voix rauque. Justement, tout es ma faute.

-Ne dis pas n'importe quoi.

Silence.

J'attends mais rien de plus ne se passe, alors je tente autre chose. Je tends la main pour caresser sa joue, et je peux sentir des larmes couler le long de ma main.

-Liam, je ne t'en veux pas. Pas du tout. Je cherche seulement à mieux comprendre...Pour pouvoir mieux t'aider.

Sans hésiter, Liam m'attire à lui comme un instant plus tôt. La force avec laquelle il s'accroche à moi me dévaste. *Qu'a bien-t-il pu lui arriver ?*

C'est une question à laquelle je me promets de répondre.

-Je suis désolé d'avoir crié...j'ai...ça me fait peur. Je ne me suis jamais ouvert comme ça, Maya. À qui que ce soit. Et merde, ça me fout les jetons !

Je ne peux m'empêcher d'esquisser un sourire.

-Je ne sais pas ce que ça veut dire et…je ne suis pas prêt à…

Je le fais taire en posant mon doigt devant sa bouche.

-Tais-toi. Tais-toi parce que tu es en train de me faire paniquer aussi et…

Nous nous scrutons tous les deux et je me mets à rire nerveusement, l'entraînant avec moi dans mon délire.

-…et, ça n'a pas besoin de dire quelque chose. Tu t'es ouvert à moi, je n'y ai pas compris grand-chose, mais j'ai aimé ça. On est tous les deux des bras cassés niveau relations sociales. Tu es un abruti insupportable, mais j'aime bien essayer de te supporter quand même. C'est tout ce que ça veut dire. Pour le reste…eh bien ça viendra quand ça viendra.

Liam, qui m'a toujours dans les bras sourit et essuie la dernière larme qui perle au coin de son œil.

-Moi, ça me va.

Il me regarde en souriant puis Esmée émerge de la salle de bain, les yeux rouges et humides.

Mince. Elle a pleuré, elle aussi.

Elle lance un regard complice à son frère puis lui accorde un sourire plein de compassion.

Elle a sûrement tout entendu.

Cette journée a été forte en émotions pour tout le monde, et je me demande si on ne ferait pas mieux de rester ici tous les trois, tout compte fait.

-Bon, on se bouge ou quoi ? finit par demander Liam qui vient de mettre un terme à mon débat intérieur.

Esmée répond qu'elle est prête et elle s'éclipse la première. Liam lui emboîte le pas, et cette fois, je ne vérifie pas deux mais trois fois si la porte est bien verrouillée.

-Est-ce que ton abruti à le droit à un bisou ? demande Liam d'un ton joueur lorsque je pivote sur moi-même.

Cet abruti sait quand et comment me faire sourire. Je m'approche de lui sans le quitter des yeux et plante un baiser sur ses lèvres. Lorsque je m'écarte de lui, il sourit de toutes ses dents et je ne peux m'empêcher de l'imiter. Le fait qu'il m'ait livré une partie de lui semble avoir débloqué quelque chose chez lui, et je dois dire que c'est très agréable.

-Ne prends pas la grosse tête, sinon je les garderai pour moi, je plaisante.

-Alors ça, c'est ce qu'on va voir !

Liam commence à me courser et je le fuis jusqu'au parking. Je crois que j'ai rarement été aussi hilare.

Chapitre 39

Liam

Mais qu'est-ce que je fais là, moi ? Plus je regarde autour de moi, moins je me sens bien. *Trop de monde.* Comment Maya peut-elle aimer ce genre de truc ? Je ne comprends pas pourquoi elle tenait tant à s'y rendre. Il y a des mecs bourrés dans tous les coins, de l'alcool à perte de vue et même pas de musique. *Toute ce qu'elle déteste.* Elle dit que la musique la détend, qu'elle lui permet de s'évader. Je la rejoins sur ce point, je ne peux même pas dire combien d'heures j'ai passé à écouter les mêmes morceaux en boucle pour avoir ne serait-ce qu'un moment de répit. J'observe le petit bout de femme qui marche à côté de moi. Je n'avais jamais remarqué à quel point elle était petite par rapport à moi. Ses petits doigts accrochent trois des miens et je me surprend à penser que c'est adorable. *Tu dérailles, mec. Non mais regardes-toi.*

Ce qu'il s'est produit dans la chambre il y'a un peu moins d'une heure m'angoisse tout autant qu'il me soulage. Depuis le temps que ça restait coincé là, au fond de ma gorge. Combien de fois a-t-elle failli me faire tout déballer ? À peu près le même nombre de fois où elle m'a fait sortir de mes gonds ! Cette nana a le don extrêmement perturbant d'être la créature la plus douce et adorable de tous les temps, et de se transformer en vraie petite peste l'instant d'après. C'est à n'y rien comprendre, et je suis sûre qu'elle aime ça, en plus ! *Toi aussi, crétin !* me crie la petite voix dans ma tête.

-Qu'est-ce qui te fais marrer ? me demande-t-elle justement.

-Toi, je lâche sans mentir.

-Moi ? Je n'ai encore rien fait.

-Oh que si ! Crois-moi.

Elle fronce les sourcils, elle ne voit pas de quoi je parle et ça ne me dérange pas. De toute façon, elle est jolie même quand elle fait cette tête.

Je la vois chercher quelque chose des yeux sans savoir quoi. J'essaye de comprendre puis mon portable vibre au fond de ma poche.

De Inconnu : Vous n'auriez jamais dû...

Je suis pris d'un long frissons et Maya sent que quelque chose ne va pas puisqu'elle tourne la tête vers moi.

-Tout va bien ?

Je hoche la tête et cache mon écran pour qu'elle ne voie rien.

-T'inquiète.

J'embrasse le haut de son crâne. Depuis ce moment incompréhensible tout à l'heure, je ressens un inexplicable besoin de l'avoir près de moi, et ça me fout les pétoches. Après cette nuit-là, je n'ai jamais osé retenter quoi que ce soit avec une fille. Ni même en approcher. J'ai bien trop peur de ce que je pourrais faire. Et puis, de toute façon j'estime ne pas avoir le droit à une seconde chance. Jamais.

Mais Maya...*C'est Maya quoi*...répond la petite voix qui a pris la mauvaise habitude de s'inviter quand il n'est pas nécessaire. Je vais finir par devoir lui donner un prénom, et ça me ferait chier d'en arriver à un point si critique.

Maya me tire par la main, à travers les couloirs de la fac. Il faut passer par là pour rejoindre l'endroit, parait-il. Nous passons plusieurs portes battantes et atteignons finalement le parc côté Ouest du site. Nous dévalons les grands escaliers du bâtiment, longeons un long mur de briques rouges et à peine avons-nous passé l'angle de béton que mes jambes se figent et mes pieds se stoppent net.

-Bah, avance. Ne reste pas là, me lance Maya. Pour le coup tu ressembles vraiment à un abruti comme ça.

J'ai beau trouver sa remarque assez drôle, je n'arrive même pas à feindre un sourire.

Imbécile que je suis. À quoi je m'attendais en venant à un feu de joie ?! Comment j'ai pu accepter ne serait-ce qu'une seconde qu'on me traîne ici !

J'ai chaud, puis froid, puis la seconde d'après, je transpire à nouveau. Je tremble, j'ai le tournis, la nausée, il faut que je me tire d'ici, et vite. *Tu ne peux pas laisser Maya toute seule*, me rattrape ma conscience. *Fais chier !* J'avais tellement envie de faire plaisir à Maya que j'ai réussi à en oublier que l'élément essentiel d'un feu de joie, c'est un putain de bûcher géant !

-T'en fais une tête ! s'exclame-t-elle.

Sans blague ! je manque de lancer avant de me raviser. *Maya n'y est pour rien.*

-Tu veux boire quelque chose ? je lui demande alors que je viens de trouver l'excuse qui me sauvera.

-Je veux bien un soda, s'il te plaît.

-Vas rejoindre les autres, je vous retrouverai. Et rappelles-toi, si tu parles à Esmée, soyez discrètes.

Sur ce je ne perds pas une seconde de plus et presse le pas dans la direction opposée du tas de bois qui flambe tout près d'ici. *Respire mec, respire...*Je bouscule sans le vouloir pas moins de deux personnes sur mon chemin, mais j'ai trop envie de fuir là tout de suite pour me retourner et m'excuser. Je trouve un coin au calme à l'intérieur, sous un escalier, et m'y réfugie. Je me laisse glisser contre le mur et prend ma tête entre mes mains. *Qu'on m'envoie à l'asile, je n'en peux plus de cogiter sans cesse !*

Cette soirée n'a aucun sens. Pour commencer, j'apprends seulement maintenant que je n'ai pas une mais deux personnes après moi, et qu'en plus, ils viennent de ma ville ! Comment ai-je pu passer à côté de ça ! Je frappe rageusement le sol sous mes mains. Revoir le bracelet de Nessie après toutes ces années m'a fait un drôle d'effet. Sans compter qu'on a failli se faire prendre ! Que se serait-il passé si on avait été arrêtés ? Je doute qu'on aurait seulement écopé d'une simple garde à vue...Et dire que j'ai failli ruiner la vie de ma sœur et celle de Maya avec la mienne.

Saleté d'égoïste ! Je me maudis intérieurement. Comment tout ça a pu déraper si loin. Comment j'ai pu laisser ce truc avoir tant d'emprise sur moi ? *Est-ce que ce n'est pas tout ce que je mérite après tout ?*

Et ce nouveau message qui est arrivé... J'ai l'impression d'être surpassé, comme toujours, et comme toujours, quand ça m'arrive, je fais des trucs stupides.

Cependant, malgré tout ça, Maya elle, est toujours là. *Merde, elle s'inquiète quand même pour moi alors que je l'ai traitée comme il n'est pas permis.* Elle a raison. Je suis trop fermé, trop bourru, et alors qu'elle tente de m'aider à me sentir mieux, je ne suis même pas foutu de lui dire pour quoi exactement elle m'aide. *Si ce n'est pas être un connard de première ça !*

Le truc, c'est que je ne comprends pas pourquoi elle est toujours là, pourquoi elle continue d'essayer de me venir en aide même sans savoir contre quoi je me bats. Mais si je m'ouvrais à elle et qu'elle ne le supportait pas ? Si elle m'abandonnait une fois qu'elle saura ce que j'ai fait ? Si elle finissait par me haïr, comme Clara ? Je ne veux pas envisager que le même scénario se reproduise.

Mon téléphone vibre dans ma poche. C'est Maya qui essaye de m'appeler. *Mince, elle doit attendre depuis un bon moment...* Puis je repense aussitôt au SMS reçu un peu plus tôt. Elle est seule au milieu de toute cette foule avec deux personnes remontés à bloc contre nous. Et moi je suis ici, comme un abruti de première.

Je me précipite vers la sortie pour la retrouver. J'ai mal au crâne après avoir cogité comme ça, et chaque pas résonne dans ma tête. Sans hésiter je fonds dans la foule à la recherche de son pull blanc. C'est pratique, il est facilement percevable dans la nuit. Je repère un petit groupe près du feu, dont une fille avec un sweat blanc. Je me stoppe net. Ne pouvant pas me surpasser pour approcher plus, je me contente de froncer les sourcils et essayer de distinguer la silhouette. Après quelques secondes à être pris pour un fou par les étudiants qui me sont passé devant, je grogne de frustration. Ce n'est pas elle, la fille porte une queue de cheval, et non des tresses comme Maya. J'essaye de la rappeler sur son téléphone mais je tombe directement sur le répondeur. Je tente une seconde fois et à peine ai-je appuyé sur le petit téléphone vert qu'on me cache les yeux.

-Qui c'est ? demande-t-on d'une voix mielleuse.

Maya.

Je me tourne et ma petite abeille sourit, creusant de mini fossettes dans ses joues. Elle déteste quand je l'appelle comme ça. Elle dit que c'est un manque cruel d'originalité.

-Je t'ai cherché partout.

-C'est toi qui a disparu comme un dingue, je te rappelle. Et tu reviens les mains vides en plus !

Zut, les boissons.

Je regarde autour de moi et attrape une des canettes pausée sur l'un des tonneaux en bois servant de mange-debout déposés çà et là. Je la tends à Maya, perchée sur le petit muret qui lui a servi à me surprendre un peu plus tôt.

-Mais non, tu vois.

-Beurk, on n'est même pas sûrs que ça soit du soda dedans.

Elle la pose à ses pieds et se redresse pour m'attirer à elle.

-Tout vas bien ? Tu n'as pas trouvé les autres ?

-Seulement Sasha et Charlie qui se bécotaient près de l'arbre, là-haut, je n'ai pas osé approcher...

La gêne est évidente dans son regard et je sais que c'est Charlie qui en est la cause. Je ne sais pas ce qu'il s'est passé entre ces deux-là, ils étaient inséparables avant. À les voir on aurait pu croire qu'ils étaient en couple.

Je lui propose de partir à la recherche d'Hayden et d'Hannah qui sont probablement ensemble et elle me suit sans broncher. Nous croisons une partie de l'équipe de natation et discutons quelques minutes avec eux avant de reprendre notre chemin initial.

-Ils sont introuvables, je ne comprends pas.

-Hayden est près de la fontaine mais il n'est pas avec Hannah, m'indique Maya qui pianote sur son téléphone pour répondre au message que notre ami vient d'envoyer.

* * *

L'ambiance n'est pas si mal, finalement. Nous sommes assis au coin de la fontaine avec Hayden et d'autres gens que nous ne connaissons pas mais qui je l'admets, sont tordants. Nous passons un moment très agréable même si je vois bien que Maya, assise près de moi, à la tête ailleurs. Je lui caresse le genou mais elle ne réagit pas. Hayden qui le remarque lui envoie une pichenette sur le front, auquel elle répond par un grognement et l'envoie balader. Je me marre avec mon ami devant Maya qui sort les griffes et elle s'énerve encore plus. Elle nous adresse une bourrade à chacun puis finit par rire elle aussi. *Qu'est-ce que je disais !* Cette nana doit être bipolaire ou un truc dans le genre !

La fraîcheur de la nuit commence à se faire sentir et Maya se colle un peu plus à moi. Je lui caresse le bras du bout des doigts, ce geste me vient presque naturellement. J'ai beau essayer, je n'arrive pas à m'en empêcher, elle m'est irrésistible. Sa main minuscule repose sur ma cuise laquelle elle caresse elle aussi de temps à autres. Bien que l'avoir tout contre moi est agréable, cela met mes nerfs à rude épreuve. Non seulement parce que ça ne m'est pas arrivé depuis très longtemps, et que ça me rend nerveux, mais aussi parce que je repense à tout à l'heure, quand elle s'est changée devant moi. Elle savait très bien à quel petit jeu elle jouait, et ne s'en cachait pas le moins du monde. C'était de la provocation pure et dure. *Et le pire, c'est qu'elle a réussi son coup, la garce !*

Avec ses tresses, sa nuque est dégagée, et je ne me fais pas prier pour y déposer mes lèvres. Je déposes tout un tas de petits baisers et elle se met à rire en disant que ça lui fait des guilis.

-M'en fou.

Je continue et elle finit par me donner un coup de coude en écartant grand les yeux.

-Il y a du monde autour, Liam, tiens-toi tranquille.

-Sinon quoi ? C'est toi qui a commencé je te rappelle, tout à l'heure.

Elle comprend ce à quoi je fais référence et ses joues s'empourprent sur le champ. *Et j'adore ça.* Je la défie du regard et donne un coup de tête en direction des arbres, un peu plus loin. Elle fait non de la tête mais son sourire jusqu'aux oreilles la trahit et bientôt, je me lève et l'embarque avec moi. Elle glousse dans mon dos et ne lâche pas ma main. Je finis par trouver un coin tranquille, tout près d'une sorte de cabanon en bois auquel je m'adosse. Maya se calle entre mes jambes et se réfugie dans mon cou pour que je ne vois pas son visage qui a maintenant la teinte d'une tomate.

-Alors, on fait la timide, maintenant ? je me moque.

Elle ne dit rien et reste cachée, bien que je la sente sourire contre ma peau. Je la tiens par les hanches et pourtant, rien d'autre ne me vient à l'esprit. *Ce n'est pas l'imagination qui me manque, pourtant !*

Des bruits qui proviennent de l'intérieur de la petite cabane font redresser Maya. Nous nous dévisageons et, alors que nous comprenons de quoi il s'agit, on se met à rire à n'en plus finir.

On s'éloigne un peu pour laisser à ces deux jeunes gens leur intimité de départ, sans cesser de se moquer pour autant.

-Il semblerait que la place est déjà prise, plaisante Maya.

- À moins qu'ils nous laissent se joindre à eux.

Evidemment ce commentaire me vaut une tape sur l'épaule de la part du petit nain à côté de moi. Je la toise un instant et elle envoie, sur la défensive :

-Qu'est-ce que tu regardes comme ça.

-Je me disais que tu étais vraiment minuscule, je me moque.

-Et toi t'es aussi grand que tu es con !

J'éclate franchement de rire pour la énième fois ce soir. Son inventivité m'épatera toujours, même si c'est pour m'insulter.

-Tu vas faire quoi, me gifler les genoux ?

-Attention, si je frappe c'est autre chose que je viserai !

-Je te déconseille vivement d'essayer si tu ne veux pas que je vérifie l'hypothèse selon laquelle tu rentres en entier dans un cabas.

-Tu es un psychopathe, Parker.

Je m'apprête à la faire voltiger sur mon épaule quand on entend soudain des cris en provenance du cabanon.

-Eh ben ! s'exclame Maya avec dégoût.

-Je ne crois pas que...

Nouveaux cris et ce que je pensais se confirme. Ce sont des appels à l'aide. Maya le comprend elle aussi et nous nous hâtons dans leur direction. On tambourine avec force contre le bois et Maya et moi mettons un moment à trouver l'entrée. Un bruit de brindille qui craque et l'instant d'après, une odeur de soufre. À peine quelques secondes plus tard, une épaisse fumée se propage tout autour de nous. Je ne connais que trop bien ce phénomène. Celui de l'embrasement. Je suis prise d'une panique incontrôlée alors que les coups et les cris ne cessent de s'accentuer. Je suis tétanisé, incapable de faire le moindre mouvement.

-Au secours ! hurle...

-CHARLIE ? s'écrie Maya avec effroi. Charlie c'est toi là-dedans.

-Maya ! Maya sors-nous de là, je t'en prie !

-Qui est avec toi ?

-Sacha, elle s'est évanouie. Vite, c'est irrespirable là-dedans ! Il fait chaud ! Maya je crois que c'est en train de prendre feu ! s'affole-t-il.

-Liam ! Liam aide-moi ! On doit tirer se truc !

J'ai beau comprendre l'urgence de la situation, je suis incapable de faire ou de dire quoi que ça soit. *Mais secoue-toi, bon sang !* La fumée nous entoure et une lueur orangée jaillit de derrière la cabane.

Une allumette. On vient de craquer une allumette pour mettre le feu à la cabane volontairement. Ce n'étais pas une brindille. Ils étaient là, et nous, on n'a rien vu venir. C'est leur revanche pour nous être approchés de trop près. Ce qui veut dire qu'on est en danger plus que jamais, mais également qu'on est sur la bonne piste.

-LIAM ! s'égosille Maya. Va au moins prévenir quelqu'un ! Appelle les secours !

Maya a les larmes aux yeux et c'est seulement maintenant que le déblocage se fait et que je sors de mon état transit. Je tape le 911 sur mon clavier et les-met sur haut-parleur avant de le fourrer dans ma poche pour pouvoir porter secours à mes amis. J'attrape la plaque de métal qui a été bloqué dans la porte pour empêcher toute ouverture et Maya fait de même.

-Service des urgences bonjour, veuillez m'expliquer votre problème, braille mon téléphone.

J'aimerais pouvoir répondre mais les mots ne franchissent pas mes lèvres et me reste coincés. Maya me regarde, dans l'attente d'une réaction de ma part, qui évidemment ne vient pas.

-Allô ? demande la voix dans ma poche.

Maya fronce les sourcils mais finit par prendre les choses en main et explique brièvement notre situation à la femme à l'autre bout du fil.

-Nous envoyons tout de suite une équipe sur place ainsi qu'une patrouille de police. En attendant, éloignez-vous des flammes et de la fumée, et empêchez quiconque d'approcher. Tentez de garder un contact avec les victimes. Vous pouvez raccrocher.

Malgré les consignes de la femme, Maya semble vouloir s'acharner sur le morceau de métal qui ne bouge pas d'un poil.

-Maya..., je tente de la raisonner.

Elle m'ignore royalement et continue de tirer de toutes ses forces sur la plaque de métal rouillé.

-Tu vas te blesser pour rien Maya ! Allez, viens, les secours arrivent.

-NON ! Je ne les abandonnerai pas ici. Je n'abandonnerai pas Charlie !

-Tu ne l'abandonnes pas, tu te mets en sécurité ! Lâche-ce truc, je te dis !

Elle commence à tousser à cause des fumées mais continue de tirer avec entêtement sur le morceau qui enferme nos amis.

-Je ne te laisserai...*keuf keuf*...pas te mettre en danger. Viens, j'arrive à dire difficilement.

Je lui saisis les poignets pour qu'elle s'arrête mais cela me demande plus de force que prévu. *Elle est vraiment déterminée.*

-Lâche-moi ! s'égosille-t-elle.

Je l'entraîne plus loin avec moi et elle tente de se débattre, mais coincée entre mes bras, elles n'arrive à rien. On perçoit les lumières des gyrophares et la sirène de l'ambulance mais Maya ne se calme pas pour autant. Je la libère avec prudence, elle se retourne et se met à me frapper rageusement le torse.

-Je te déteste ! Je te hais, je te déteste ! Comment as-tu pu ! Comment as-tu pu les laisser !

Elle frappe sans s'arrêter et je la laisse se déchaîner sur moi. Je viens de l'empêcher de venir en aide à son meilleur ami, pour la protéger elle. Bien-sûr qu'elle m'en veut. Mais ce foutu morceau de métal n'aurait pas bougé de toute façon, et Charlie ne répondait plus depuis un petit moment déjà. On n'aurait rien pu faire.

Je comprends sa réaction. Tout simplement parce que j'ai réagi exactement de la même façon ce soir-là. J'ai ressenti ce même sentiment d'impuissance. Ce même effroi. Cette même rage. Avec la culpabilité en plus, cette fois-là…

Alors je la laisse s'épuiser sur moi, je la laisse tout sortir, je la laisse trouver un fautif à cette injustice, parce c'est ce dont elle a besoin pour le moment. Les coups de Maya se font de plus en plus irréguliers, plus faibles, et finissent par ralentir jusqu'à ce qu'elle s'effondre contre moi. Je la serre aussi fort qu'elle en a besoin, lui montrant ainsi mon soutiens.

Mon téléphone vibre dans ma poche et je sais déjà ce qu'il contient. Une rage d'une puissance que je n'ai jamais ressentie auparavant s'infiltre en moi. Je bouillonne de colère et j'ai envie de tout éclater autour de moi.

Je vais retrouver ces enfoirés, et je jure sur ma propre vie que dès que je les retrouverai, je mettrai le désordre dans leur vie comme ils l'ont fait dans la mienne. Dans celle de Maya.

Chapitre 40

J'ai rarement autant pleuré qu'hier soir. J'ai l'impression qu'on a arraché une partie de moi. J'ai cru défaillir quand le docteur en chef de l'unité des grands brûlés m'a annoncé que Charlie était dans le coma et souffrait d'une défaillance respiratoire. Il m'a expliqué que la fumée qu'il a respirée a causé de sévères lésions de sa trachée ainsi que de ses poumons. Il a insisté sur le fait que mon ami avait eu beaucoup de chance, et qu'heureusement, Sasha ne souffrait que de brûlures au second degré. *Tu parles d'une chance...* j'ai pensé.

Liam est silencieux à mes côtés. Nous sommes assis sur ces chaises d'hôpital depuis si longtemps que j'ai déjà compté toutes les dalles du plafond pas moins de sept fois ! Ou peut-être huit... Liam n'a rien dit mais ne m'a pas quittée des yeux, et il a insisté pour assister au bilan de routine lors de notre prise en charge. Je me suis sentie horriblement mal quand la panique est redescendue. Je m'en suis prise à lui alors que tout ce qu'il a fait s'est d'avoir assuré ma sécurité. J'étais tellement en colère que je cherchais un coupable, et il était la personne idéale.

Je ne comprends toujours pas pourquoi il n'a pas réagi. Ses amis auraient pu y laisser leur peau, et lui n'a même pas cillé. J'ai bien vu qu'il était perturbé, je l'étais aussi. Mais de là à ne pas agir ? Je ne comprends pas.

Heureusement, il semble avoir compris que je ne lui en voulais pas vraiment et contre toute attente, il a su prendre les choses en main alors que j'étais incontrôlable. Il m'a réconforté et a attendu que je m'apaise sans broncher, encaissé ma colère et ma frustration sans tiquer une seule seconde. C'est comme si il s'y attendait, et que tout était normal pour lui. Quoi que j'en pense, je lui suis reconnaissante pour ça.

-On devrait rentrer. Prendre une douche, manger quelque chose. On sera prévenus si...*quand* il se réveillera de toute façon, suggère Liam assez doucement pour ne pas me brusquer.

Le début de sa phrase me fait tiquer et il le remarque.

-On peut attendre qu'Asher et Nancy soient là ? je demande si fébrilement que je prends conscience ne pas avoir pris la parole depuis que j'ai hurlé sur Liam.

Il fronce les sourcils et je me corrige.

-Ses parents.

Il comprend finalement de qui je parle et hoche la tête en passant un bras autour de mes épaules.

-Bien-sûr, on va les attendre. Mais tu vas m'avaler quelque chose. Je veux dire, *quelque chose de plus consistant* que les compotes du distributeur.

Je penche la tête sur le côté et le remercie du regard d'être au petit soin avec moi. Mon portable vibre dans mes mains m'indiquant un message d'Esmée qui demande si l'on va bien. Pour des raisons évidentes, elle ne nous a pas accompagnés, mais ça ne l'empêche pas de s'inquiéter.

Liam réapparaît avec des sandwichs et un paquet de madeleines dans les mains et retrouve sa place à côté de moi.

-Ça fait un bien fou de se dégourdir les jambes. Tu devrais essayer. Si, si, je t'assure, marcher c'est un concept ! Tu sais, utiliser ses pieds, tout ça...

Il se moque de moi parce-que je n'ai pas bougé depuis que l'on est arrivés. Lui ne tient pas en place, il n'a pas cessé de gigoter ou d'hochecailler sur sa chaise.

Je me contente de plisser les yeux pour lui faire comprendre que j'ai bien saisi sa pique, mais que je n'y réagirai pas.

-Tu es aussi entêté que ma grand-mère ! Et je te jure que ce n'est pas un compliment, ça ! lâche-t-il.

Je souris à ses idioties puis les portes automatiques s'ouvrent sur ceux que nous attendions.

-Oh, ma chérie, s'écrie Nancy en venant à mon encontre. Tu vas bien ?

Je hoche la tête énergiquement, rassurée de la voir ici, et la laisse me serrer dans ses bras. Asher qui lui est resté un peu en retrait a une mine affreuse. Il n'a pas dû dormir beaucoup. Il n'est pas du genre à laisser paraître ses émotions mais cette fois, il ne déguise rien de son inquiétude. Il me fait un signe de tête avec un sourire timide que je m'efforce de lui rendre.

-Merci d'être restés auprès de lui, nous remercie-t-il. Vous êtes un ami de mon fils, n'est-ce pas ? interroge-t-il Liam.

Je me demande ce qu'il va répondre étant donné que Charlie et lui s'ignorent royalement depuis que lui et moi nous sommes disputés. Il se contente de confirmer sans s'étaler et de tendre la main à Asher, qui la lui serre volontiers.

-Tu devrais rentrer, ma belle, me conseille Nancy en caressant ma joue. Tu as l'air épuisée, un peu de repos et d'air frais te feraient le plus grand bien. Et je vois que ton ami a déjà prévu les prévisions en ce qui concerne la nourriture, observe-t-elle.

Liam se met à rougir et sa remarque semble détendre un peu l'atmosphère pesante qui plane au-dessus de nos têtes.

-Elle a raison, tu sais, approuve Asher. On te préviendra au moindre changement, mais pour l'instant, on va prendre la relève.

Je les remercie et les embrasse une dernière fois puis quitte ce lieu dont l'odeur de désinfectant commençait à me donner des vertiges. Ou bien est-ce le fait que je me sois à peine nourrie aujourd'hui. Ni même hier. En tout cas, Liam avait raison, marcher me fait grand bien malgré mes membres tout engourdis.

-J'avais raison, n'est-ce pas ? se vente il justement.

-Comme si j'allais l'admettre. C'est mal me connaître.

-C'est faux ! Je connais plein de trucs sur toi, se défend-il.

-Tiens donc ! Je t'écoutes.

-Et bien, pour commencer, je sais que tu adores les abeilles.

Je hoche la tête pour l'insister à poursuivre.

-Tu lis souvent, et je parie que ce sont de bon vieux romans d'amour en bonne et due forme. Tu aimes le volley mais tu as horreur du basket. Hmm...et tu aimes aussi les abrutis dans mon genre.

-Je déteste les abeilles, je commence. Pour ce qui est de lire, c'est vrai, j'adore ça, mais je ne m'approcherai jamais que de bons vieux polars. Correct pour le volleyball et pour le basket en revanche. Et, en ce qui concerne les abrutis, je ne les aimes pas, ils m'insupportent ! je réplique en lui tirant la langue.

Liam grimace et je lui ris au nez.

-Ça en fait au moins 2 sur 5.

-D'accord, ça ce n'était que l'échauffement. Alors, laisse-moi faire maintenant.

Je m'arrête pour mieux écouter les bêtises qui vont sortir de je ne sais quel recoin de son esprit tordu.

-Tu pars au quart de tour quand on t'embête, et tu détestes avoir tort. Hmmm...tu aimes la photographie, c'est ta plus grande passion. Tu m'as l'air d'être très créative si je me base sur l'originalité des insultes que tu me balance à longueur de journées, plus farfelues les unes que les autres. Elles me font toujours marrer. Tu as un grand cœur, et tu es toujours là pour les gens qui comptent à tes yeux...

La tournure que prend ce petit jeu est tout à coup bien plus sérieuse.

-Tu tritures tes cheveux quand tu es nerveuse. Tu aimes le café mais seulement avec du lait, encore plus avec de la cannelle dedans. Tu détestes l'alcool, les soirées. Tu es très curieuse, parfois trop. Tu n'aimes pas les gens en général, ou plutôt leur façon d'être, mais tu essayes malgré toi de trouver du bon en chacun d'eux. Tu aimes aider ton prochain et tu possèdes une grande sensibilité...

Je suis impressionnée par la justesse de ses remarques. Je ne me reconnais que trop bien dans ce qu'il a dit, et je dois avouer que ça m'en bouche un coin. *Je ne savais pas qu'il avait prêté attention à tout ça...*

-Alors ? Comment tu évalues ma prestation ? fanfaronne-t-il.

-C'était...très vrai, en fait.

-Je te l'avais dit.

Nous regagnons sa voiture et j'ai déjà le moral un peu moins dans les chaussettes grâce à Liam.

-Mange, rouspète-t-il en désignant le paquet de madeleines posé sur mes genoux.

Il ne quitte pas la route des yeux et pourtant, je sais qu'il fait attention à moi-même de cette façon. Je ne sais pas si ça m'angoisse ou si ça me rassure, mais je ne m'en plains pas.

-Je n'ai pas faim.

-M'en fou. Avales ce truc.

-Tu m'énerves.

-C'est ce que font les abrutis, en général.

Je souris. Nous roulons quelques minutes sans parler avec en fond sonore celui de la radio puis il m'informe.

-J'ai deux ou trois trucs à faire, cet aprem'. Je te dépose, tu pourras prendre une douche et te reposer un peu, Hayden m'a dit qu'il te ramènerait voir Charlie quand tu le sentiras.

Il est déjà midi passé !? Depuis combien de temps je n'ai pas dormi ?

À peine rentrés, Liam insiste pour que je me couche.

-Tu es toute pâle, dit-il en remontant la couette par-dessus mes épaules. Je vais te préparer un sac avec de quoi rester au cas où tu voudrais rester sur place plus longtemps que prévu...

Je fonds devant tant d'attention, et j'ai envie de le remercier comme il se doit, mais à peine ma tête a-t-elle rencontré mon oreiller que je sombre dans le sommeil.

Chapitre 41

Liam

C'est étrange de se trouver là. J'y pensais, c'est vrai, mais jamais je n'aurais cru franchir le cap. Mais de voir Maya dans cet état, aussi désemparée, ce fut le déclic. Si j'avais su passer au-dessus de mes craintes, peut-être que Charlie et Sasha auraient pu être épargnés. Les regrets qui me rongeaient déjà jusqu'ici n'ont fait qu'être décuplés ce soir-là. Et si Maya perdait son meilleur ami parce que je n'ai pas réussi à m'approcher de ces foutues flammes ? Elle m'en voudrait probablement toute sa vie, et ça me touche plus profondément que je ne l'aurais cru.

Peut-être que ça ne marchera pas, mais peut-être aussi que ce sera un pas de plus vers la guérison. À l'heure qu'il est, je n'ai toujours pas d'idée précise sur ce que je veux. *Un dessin ? Un mot ?* J'entends le bruit de l'aiguille et les soupirs du type qui vient d'être appelé. *Est-ce que ça fait si mal qu'on le dit ?* La dernière fois que je me suis fait tatoué, j'étais tellement ivre que je ne m'en souviens plus. J'observe les dessins accrochés aux murs pour me rassurer. Une chose est sûre, ces mecs-là ont du talent.

Puis l'idée me vient finalement. Je saisis le crayon que l'on m'a donné à l'accueil et tente de donner forme à mon idée.

ANGEL

Cela me paraît si évident à présent. Parce que c'est ce qu'elle est, après tout. Ce qu'elle a toujours été. *Un ange.*

Ma poche vibre, c'est un message d'Esmée. Je sais ce qu'il contient, elle et moi étions en train de débattre sur le meilleur moment pour parler à Maya de ce que j'ai trouvé ce fameux soir où ses amis ont été blessés. Alors que Maya était en en train de fondre en larmes dans mes bras, j'ai remarqué un téléphone par terre. J'ai d'abord cru qu'il s'agissait du sien, alors je l'ai récupéré lorsqu'elle a été prise en charge par les médecins. Ce n'est que plus tard que j'ai compris que ce n'était pas le cas, puisqu'elle a prévenu les parents de Charlie avec le sien, justement. Les médecins nous ont remis un sac en plastique avec les affaires personnelles de nos amis et leur deux portables étaient dedans. L'appareil ne pouvait donc appartenir qu'à une seule personne. Ce qui signifie que nous avons à présent un avantage considérable sur eux. À ma grande surprise, l'appareil n'avait aucun système de verrouillage, alors évidemment, c'est dans les messages que je suis allé fouiller en premier. Mon nom figurait bien en haut de la liste, ainsi qu'un numéro inconnu. C'est de cette façon que j'ai compris qu'ils utilisaient bien des téléphones prépayés. J'ai essayé de contacter le numéro mais tout ce que j'ai pu avoir au bout du fil est un répondeur automatique m'indiquant que le numéro n'avait pas été attribué. *Évidemment, ils ont rapidement changé d'appareils.* Ils sont réactifs, et très fûtés.

Je n'en ai pas encore parlé à Maya. Jusqu'à il y a quelques heures, elle n'avait pas décroché un seul mot, pas même aux docteurs. Alors je me voyais difficilement lui reparler de ce qu'il s'est passé.

-Parker ? appelle un type d'une grosse voix qui me fait presque prendre mes jambes à mon cou.

Je me lève et la tête d'un homme aux traits assez ronds et à la grosse barbe surgit de derrière des rideaux, tout au fond de la salle.

-C'est à toi gamin, amène-toi.

On y est. Un peu de courage mec, ce n'est qu'un tatouage après tout.

Je rejoins l'homme qui m'a appelé et passé les rideaux qui le cachaient en partie, je découvre son espace de travail. Il y a tout un tas d'objets métalliques ainsi que des bouteilles d'encre qui prennent à elles seules les étagères de tout un mur. Il me fait signe de prendre place sur l'espèce de lit en cuire devant lui sans relever la tête de ce qu'il fait. Il est en train de stériliser l'aiguille qui va rencontrer ma peau. Il me jette un coup d'œil avant de laisser s'échapper un rire gras.

-T'en fais une tronche ! Première fois j'imagine ?

-Euh...non. Enfin...

-Détends-toi gamin. Ça ne va pas te tuer, juste te brûler un peu. Et où qu'c'est que tu le veux ton tattoo ?

J'angoisse tellement que les mots forment un nœud dans ma gorge. J'ôte mon tee-shirt et lui désigne une partie de ma côte, juste en dessous de mon pectoral droit.

-Je vois. Tu as amené ton dessin avec toi ?

-Je l'ai laissé...

-Tu l'as oublié à l'accueil, évidement. Je reviens.

Si il a compris c'est que je ne dois pas être le premier à qui ça arrive... je tente de me rassurer. Je déglutis et inspire un grand coup avant de m'allonger complètement sur la table de travail. Le type revient et il a une si forte silhouette que je me demande comment il a pu passer sans renverser les outils sur la petite table en métal près de la porte. Il enfile des gants en nitrile noir, puis vient prendre place sur son tabouret.

-C'est la première fois qu'on me demande un truc comme ça, je trouve le concept ultra original p'tit gars.

Je me demande ce qu'il peut y avoir de si extraordinaire dans ma demande puis je me souviens avoir choisi une calligraphie bien particulière. Et puis si je me base sur le nombre incalculable de dessins en tout genre qu'il y a accroché un peu partout dans la salle, je doute que les gens s'amènent ici pour se contenter d'écrire quelque chose sur leur peau. Moi j'ai choisi cet endroit parce que les avis des clients étaient tous positifs et affirmaient qu'ils avaient entière confiance en leur travail.

L'homme approche l'aiguille de ma peau et mon stress monte en flèche.

-Ferme les yeux si tu veux, ou regarde le plafond, ça t'aidera à mieux supporter, me conseille le tatoueur.

Je fais ce qu'il me dit et ferme les yeux alors que l'aiguille transperce ma peau pour la toute première fois. *Bordel, ça fait un mal de chien !*

* * *

L'homme est en train de couvrir ma peau avec du film adhésif et m'explique que je ne dois surtout pas l'enlever pendant les prochaines vingt-quatre heures. Il m'explique ensuite comment l'entretenir, au moins pendant les deux premières semaines, pour que ma peau cicatrise bien. Il est en train de m'expliquer quel type de produit lavant je devrai utiliser mais j'ai l'esprit ailleurs. Je l'ai fait. J'ai décidé d'aller de l'avant. De m'autoriser à aller de l'avant. De m'autoriser à guérir, à refermer les plaies du passées. Je suis épris de différentes sensations. Je suis soulagé d'avoir franchi le pas, mais effrayé à la fois. Ce qui est sûr c'est que je ne regrette rien, sauf peut-être d'avoir insulté le tatoueur à deux reprises quand la douleur était trop vive. Apparemment, il n'a pas l'air de s'en être offusqué puisqu'il me tend le poing pour me faire un "check". Je lui rend et il m'indique que le règlement se fera avec sa collègue.

-Je pensais que tu étais une tarlouze quand tu t'es pointé mais je dois avouer que je suis impressionné. Tu as de l'audace pour t'être fait tatouer un truc pareil ! me lance-t-il alors que je passe les rideaux dans l'autre sens que tout à l'heure. Moi j'aurais tout fait pour laisser ça derrière moi.

Euh…merci, je suppose.

Je ne m'en formalise pas, ignorant de quoi il peut bien parler, et en finis avec cela.

* * *

La première chose que je fais en rentrant, c'est de vouloir jeter un coup d'œil à mon tatouage. Je balance mes affaires sur notre divan et me dirige tout droit vers la salle de bain. Je soulève mon tee-shirt devant le miroir mais constate avec déception que les plis du film pourtant transparent ne me permettent pas d'y voir grand-chose, encore moins avec la lumière. Je capitule et accepte que je ne pourrai le voir que demain soir.

Epuisé par les évènements des dernières 48 heures, je me laisse couler dans le canapé et décide de me mater un film devant lequel je m'endormirai sûrement. Je réponds aux messages de Maya qui m'informent qu'elle va un peu mieux et qu'Hayden vient de la déposer, et qu'il ne va pas tarder à rentrer. J'en profite pour demander à mon ami de me ramener de la crème cicatrisante et du savon pour bébé, et sa réponse ne tarde pas à arriver :

De Hayden : Nan mec, sérieux ?? Tu t'es fait tatouer !! C'est trop cool ! Tu comptais me le dire quand ?

J'aurais dû m'en douter. Il va me prendre la tête toute la soirée avec ça, maintenant.

Chapitre 42

"...puis il s'est réveillé cette nuit aux alentours de deux heures et demie". Ces mots ne cessent de résonner dans ma tête depuis que le Dr. Addison les a prononcés. Charlie est réveillé. Il va bien. Sasha elle, a eu l'autorisation de rentrer chez elle après une dernière nuit d'observation.

Les parents de Charlie sortent justement de la chambre de leur enfant.

-Tu peux y aller, m'indique Nancy. Il est encore très faible et parle à peine, mais il comprend parfaitement ce qu'on lui dit.

Je la remercie et entre à mon tour dans la chambre. Bien que l'on soit en pleine journée, les rideaux sont tirés et la lampe à son chevet allumée. Je m'attendais à ce que mon meilleur ami soit couvert de bandages et de sondes mais il est seulement relié à quelques fils. En m'approchant, je remarque un tube qui traverse son visage à la hauteur de ses narines. J'ai envie de me blottir dans ses bras mais je n'ose pas m'approcher de peur d'aggraver son état.

Ses yeux sont épuisés et d'énormes cernes dessinent le dessous de son œil. On se regarde un instant sans rien dire et il finit par écarter faiblement les bras avant de déclarer :

-Alors ? Je n'ai pas le droit à un câlin ?

Sa voix déraille un peu vers la fin et des larmes de soulagement jaillissent sans que je puisse les retenir. Il s'écarte un peu pour me laisser de la place et je grimpe à son côté sur le lit d'hôpital.

-Oh Charlie ! J'ai eu si peur !

Il caresse mes cheveux et embrasse le haut de mon crâne.

-Je vais bien, c'est tout ce qui compte.

-Tu te sens comment ?

-J'ai l'impression de me noyer dans le stérilisant tellement ça sent la bétadine là-dedans.

-Je vois que monsieur est toujours aussi blagueur.

-Faut bien qu'il y en ait un pour rattraper l'autre.

-Fais pas le malin ou je te débranche, le légume !

-Je vous le déconseille, répond le médecin qui vient d'entrer dans la pièce.

Je deviens rouge de honte et Charlie se tord de rire.

-Bien, je suis ravi de voir que vous vous portez mieux monsieur Duncan. Comment vous sentez-vous aujourd'hui ?

-HS, répond-il. Pourtant on m'a dit que j'avais dormi un bon moment. Je pense que j'ai battu mon record personnel, plaisante-t-il.

-Ah ah, la convalescence n'a rien de reposant jeune homme. Mais je vois que votre humour est de la partie, c'est très bon signe, dit-il avec un clin d'œil.

J'adresse un sourire à Charlie et lui fait un signe de tête à son docteur.

-Tout ça est très bien, mais je voudrais vous parler de quelque chose de plus sérieux, reprend ce dernier. C'est à propos de votre petite amie, Sasha Perez, qui a été admise en même temps que vous. Fort heureusement elle n'a subi que de brulures partielles qui n'ont entrainé aucune complications. Ni pour elle, ni pour...

-Une seconde ! l'interrompt Charlie qui semble à présent paniqué.

Il se tourne vers moi et me fait signe qu'il aimerait que je le laisse discuter seul avec son médecin. Sa demande me prend de court mais je n'ai d'autre choix que d'accepter sans broncher et de respecter sa décision.

Je sors de la salle et je rejoins ses parents qui sont à présent accompagnés d'Hayden et d'Hannah. J'embrasse mes amis un par un et me joins au petit groupe. Nous discutons un peu et je leur donne des explications puisque je n'ai pas encore eu l'occasion de leur en donner et que Liam n'est pas là non plus. Asher et Nancy regardent ailleurs et semblent comme vidés de toute trace de vie. La fatigue doit y être pour beaucoup malgré qu'ils aient réservé une chambre d'hôtel non loin d'ici. Je vois bien qu'il y a autre chose. Nancy a le bout du nez tout rouge, signe qu'elle a beaucoup pleuré, et elle dépiaute un morceau de mouchoir dans ses mains. Je ne suis même pas sure qu'elle s'en soit rendue compte. Cela a-t-il un rapport avec ce que le médecin est en train d'annoncer à leur fils ? Son état est-il critique à l'heure qu'il est ? Je suis prise d'une vague de panique et j'ai hâte de pouvoir questionner mon meilleur ami.

Le docteur ressort justement de la chambre et s'adresse à ses parents. Je tends l'oreille pour tenter d'en apprendre plus.

-...affirmé qu'il était au courant...ne sait pas quoi faire...attendaient d'être surs avant de vous préveni...Mme Perez également.

Nancy étouffe un sanglot et je me lève pour aller retrouver Charlie. Je ferme la porte derrière moi et il regarde le mur devant lui. Il semble en pleine réflexion alors je m'assieds en silence sur l'un des petits fauteuils mis à disposition pour les proches et les visiteurs.

-Tout va bien ? je tente.

Charlie me répond d'un long soupir que je ne sais pas comment interpréter.

-Je n'en sais rien, finit-il par répondre après quelques minutes de lourd silence.

-Tu veux en parler ?

-J'aimerais bien, mais je crains ta réaction.

La facilité et la franchise avec laquelle nous communiquons lui et moi m'impressionnera toujours.

-Pourquoi je réagirais mal ? Charlie, tu peux tout me dire et tu le sais. Je ne t'ai jamais jugé, et ce n'est pas aujourd'hui que je vais commencer, je le rassure en attrapant ses mains.

Il me regarde, cherchant sûrement comment formuler ce qu'il a sur le cœur, puis son regard vient se perdre dans les points bleus qui parsèment son drap d'hôpital.

-On n'en était pas surs à cent pour cent, jusqu'ici. Ça nous est tombé dessus comme ça et...

Je sens la panique dans sa voix et je sens les battements de mon cœur accélérer dans l'attente de réponse. *Quoi Charlie, quoi ? Qu'est-ce qui vous est tombé dessus ?!*

-Ni elle ni moi n'étions prêts et...

Il semble sur le point de pleurer et je suis à deux doigts de le secouer pour qu'il crache le morceau. *Bon sang, mais réponds !*

-...Sasha est enceinte.

Ces trois petits mots ont l'effet d'une bombe nucléaire et j'ai l'impression qu'on vient de m'asséner un coup de massue.

-Surpriiise ! s'écrient Hannah et Hayden qui surgissent dans la chambre, des ballons et des babioles plein les mains !

On a oublié de fêter l'anniversaire de Charlie. C'était il y a deux jours. Nos amis ainsi que ses parents qui ont finalement affiché un semblant de sourire sur leur visage sont tous d'humeur à faire passer un bon moment à notre proche convalescent. Mais moi, depuis mon fauteuil, je suis tellement abasourdie que je n'arrive pas à remettre les pieds sur terre.

Sasha et mon meilleur ami attendent un bébé ensemble.

Chapitre 43

Je serre une dernière fois mon meilleur ami dans les bras et lui chuchote au creux de l'oreille que je serai toujours là pour lui, quoi qu'il se passe. Je lui dis aussi que je suis désolée pour tout ce qui lui arrive et qu'on trouvera une solution à tout ça.

-Félicitations, je conclus en me détachant de lui et ça le fait sourire malgré les larmes que je vois perler au coin de ses yeux.

-Merci...On se voit vite.

Je salue tout le monde et en sortant de la chambre, je croise justement Sasha qui remonte le couloir.

-Maya !

Elle se précipite dans mes bras et je la serre contre moi.

-Mon dieu, tu vas bien toi aussi ! Tu m'as manquée.

- À moi aussi.

On se détache l'une de l'autre et c'est plus fort que moi, la première chose que je regarde c'est son ventre. À première vue, c'est à peine visible, mais quand on y regarde à deux fois, il est vrai que l'on peut distinguer l'arrondissement léger de son ventre. Sentant mon regard sur elle, elle y porte justement la main. Elle a des bandages sur ses avant-bras ainsi que sur une partie de sa jambe gauche, je le devine par la couche épaisse que je vois sous son legging. Des bandages dépassent du col de son haut, je devine donc qu'elle a été brûlée ici aussi.

-Alors tu es au courant...comprend-elle.

-Oui, j'avoue.

-Je peux t'expliquer...On n'a rien dit parce que...

-Arrête. Tu n'as pas besoin de te justifier, je la coupe Vous nous expliquerez si et quand vous l'aurez décidé. C'est votre...c'est votre enfant.

Je tique et elle semble avoir la même réaction.

-Wow, je ne m'y fais pas encore...

-Moi non plus, dit-elle.

Nous rions doucement et je lui souris.

-Quoi que vous décidiez, on vous soutiendra. Tout le monde comprendra, tu sais.

Elle hoche très lentement la tête, plus pour se convaincre que pour confirmer ce que j'avance.

Sur ce, je la salue elle aussi et je m'en vais rejoindre le parking où Liam m'attend. Je passe les portes et vérifie mes messages mais je n'en n'ai reçu aucun de sa part. Je scrute le parking des yeux à la recherche de sa voiture mais je ne la trouve pas. Je lui envoie donc un texto ainsi qu'à sa sœur, mais seule la réponse d'Esmée me revient, et elle ne m'est d'aucune aide.

Après avoir attendu presque une demi-heure, je décide d'appeler un taxi pour qu'il me ramène au campus. Lorsque j'arrive dans ma chambre, il n'y est pas non plus.

-Tu ne sais pas où ton frère peut bien être ? je demande à Esmée qui est à son bureau.

-Non, en tout cas il ne m'a rien dit de spécifique. Il est resté dans son appart depuis que vous êtes rentrés de l'hôpital, essaye là-bas.

-Il était censé passer me récupérer mais il ne s'est jamais pointé, il n'a même pas répondu à mes messages !

-Tiens-moi au courant, je vais essayer d'aller voir à la salle de sport et à la bibliothèque de mon côté.

Comme prévu, dix minutes plus tard, je me retrouve devant sa porte. Je toque mais la porte s'ouvre d'elle-même. *Je n'étais pas revenue ici depuis qu'Hayden et moi avons "rompu".* Il était toujours avec Charlie et les autres quand je suis partie, si la porte est ouverte, c'est donc que Liam se trouve forcément ici.

-Liam ? j'appelle.

Je dépose mon sac et mon manteau sur la table basse et je rejoins sa chambre.

Vide.

Je vais donc à la cuisine.

Vide. Mais où est-il ?!

Alors que je m'apprête à entrer dans la chambre d'Hayden, j'entends finalement du bruit au fond du couloir. Je m'approche et constate que la lumière de la salle de bain s'échappe de dessous la porte, puis je perçois l'eau de la douche s'écouler.

-Liam, c'est toi là-dedans ?

Je ne reçois aucune réponse mais j'entends des sortes de petits grognements.

-J'entre !

Je pousse la porte et je reconnais bien le dos de Liam dans la douche puisqu'il n'a même pas fermé le rideau ! Je suis en colère qu'il m'ait posé un lapin et je m'apprête à le lui faire savoir quand je remarque que quelque chose ne va pas. Liam est courbé et respire avec force. Il est en train de s'acharner sur je ne sais quoi et pousse des grognements. Je ne comprends rien à la scène qui s'offre à moi. La colère se dissipe, laissant place une franche inquiétude.

-Liam qu'est-ce que...

Je m'approche et m'arrête net lorsqu'il envoie valser la bouteille de savon qu'il tenait dans les mains contre l'une des parois de la douche avec force. Il est hors de lui et se courbe de nouveau pour recommencer ce qu'il faisait l'instant d'avant. Il frotte son corps avec force, sans s'arrêter une seconde. Sa peau est rouge tant elle est irritée. *Depuis combien de temps est-il ainsi ?*

-Liam, arrête ! Tu vas te faire du mal à frotter ainsi !

Il ne m'écoute pas, il est tellement obstiné que je ne suis même pas sure qu'il se soit aperçu de ma présence. C'est comme s'il était devenu fou à lier. Cette fois j'entre carrément dans la douche avec lui pour tenter de l'apaiser.

-Stop ! Liam ! Arrête de frotter !

Je tente d'attraper sa main mais il me repousse avec tant de force que je suis propulsée hors de la douche et que mon dos vient violemment s'écraser sur leur machine à laver, me coupant partiellement la respiration sous l'impact du choc.

Liam continue inlassablement de frotter et moi, je ne sais pas quoi faire pour lui apporter mon aide. La douleur en partie dissipée, je me redresse et reviens à la charge. Je me plaque contre son dos et l'entoure de mes bras.

-Arrête Liam, arrête je t'en supplie ! je pleure.

Ses gestes faiblissent cette fois, puis finissent progressivement par s'interrompre. Nous restons ainsi, l'un contre l'autre sous le filet d'eau à présent glacial. Je ferme le robinet puis sans trop me décoller de lui, tends le bras pour attraper une serviette et la nouer autour de sa taille.

-Maya...

Il semble enfin prendre conscience de ce qui l'entoure et se tourne face à moi.

-Je ne voulais pas, je...

Sa voix est éraillée et ses yeux injectés de sang.

-Tu es blessée ? s'enquiert-il en scrutant mon corps à la recherche d'un signe alertant.

Je l'observe sans répondre. Il semble si torturé de l'intérieur, et à la fois si en colère, si profondément touché que je me demande ce qui a pu lui arriver ces deux derniers jours pendant lesquels je ne l'ai pas vu. Comment tout a pu se dégrader à ce point dans son monde ?

-Maya, dis quelque chose s'il te plaît.

Il se penche et pose ses mains sur joues pour obtenir un contact avec moi, et je devine que c'est pour se rassurer. Il ne cache plus ses sanglots et ça me déchire de le voir si brisé. Je le sonde pour tenter d'y comprendre quelque chose, et mes yeux sont attirés par une marque sur sa peau. En dehors de son derme irrité par le frottement et de minuscules gouttes de sang qui perlent sur la partie supérieure de sa côte, se trouve une tâche noire et très fine. Je tends la main et Liam suit attentivement mon geste du regard. Je caresse doucement la surface de sa peau déjà bien lésée.

Un tatouage. Liam s'est fait tatouer.

Je renifle à mon tour et essuie mes joues.

La peau commence légèrement à s'éclaircir et je distingue enfin de quoi il s'agit. Dans une écriture fine et calligraphié est écrit le mot "*coupable*".

Chapitre 44

Liam

Il est là. Le mot "*coupable*" en lettres rondes et noires, gravé sur ma peau et dans mon âme par la même occasion. Comme si c'était tout ce que j'étais de toute façon. Coupable. *Comme si j'avais besoins d'un foutu tatouage pour le savoir !* Alors que je croyais avoir franchi un cap, je me retrouve projeté trois années en arrière.

Comme s'ils n'avaient pas déjà assez mis ma vie sens dessus-dessous, ils viennent de s'attaquer à mon intimité. J'observe mon reflet dans le miroir, et j'en ai un haut le cœur. L'image que je vois me révulse. Ce mot ignoble remplace celui que j'avais prévu de dédier à ma sœur initialement.

Je fais sauter mes vêtements et file sous la douche. Je brise la pompe de la bouteille de gel douche en deux et laisse couler le produit sur ma côte directement. J'attrape un gant de toilette et je frotte pour faire partir l'encre. Je frotte jusqu'à m'en brûler la peau, jusqu'à ce que mon corps rejette cette sensation d'avoir été souillé. Bientôt de minuscules perles de sang font leur apparition à la surface de ma peau pour ensuite disparaître avec l'eau qui s'écoule le long de mon corps.

-Stop ! Liam ! Arrête de frotter !

La voix de Maya a surgit de derrière mon dos, renforçant instantanément mon sentiment de culpabilité.

Je ne suis pas allé la chercher à l'hôpital.

Soudain, elle saisit mon poignet. Je ne peux pas laisser cette horreur sur ma peau, je dois à tout prix l'effacer. Alors je repousse Maya et recommence à frictionner ma peau déjà bien irritée. *Allez, allez ! Efface-toi, efface- toi...*

Deux bras viennent enlacer ma taille et le petit corps de Maya vient se coller à moi. Elle me sert fort et je frissonne à son contact. *Merde, je lui ai peut-être fait mal en l'envoyant bouler.*

-Arrête Liam, arrête je t'en supplie !

Elle pleure et c'est le signal d'alerte pour moi. Je laisse tomber mes bras le long de mon corps et apprécie l'effet tranquilisant que son contact exerce sur moi. Elle se détache à peine de mon corps et me voilà déjà qui me remets à paniquer, mais elle revient aussitôt et noue une serviette autour de ma taille.

Même quand je me comporte comme un salaud, elle continue de prendre soin de moi.

-Maya...

Je me retourne pour m'assurer que je ne l'ai pas blessée.

-Je ne voulais pas, je...

Je tente de m'excuser mais ma voix se brise.

-Tu es blessée ? je demande pour m'assurer tout en balayant son corps des yeux.

Elle ne répond rien et ça me bouffe de l'intérieur.

-Maya, dis quelque chose s'il te plaît.

J'ai besoin de savoir qu'elle ne me déteste pas, de savoir que je ne l'ai pas perdue elle aussi. Je saisis ses joues espérant qu'elle n'aura pas un mouvement de recul. Elle m'inspecte du regard puis son attention est attiré par le tatouage sur ma côte. Elle tend la main et caresse du bout de ses doigts cette injure encrée sur ma peau. Elle ravale un sanglot et fronce les sourcils, puis soudain elle comprend. Elle porte les mains à sa bouche et tombe à genoux.

Je m'abaisse et la prends dans mes bras.

Je sais, à moi aussi, ça m'a fait un choc.

-Ils n'ont quand même pas... Non, ils n'ont pas pu...Il n'auraient pas...Liam, dis-moi que j'ai mal compris.

Je la serre plus fort encore contre moi et elle étouffe un sanglot. Ses habits sont trempés et elle doit être gelée.

-Viens avec moi, Maya.

Je passe un bras sous ses genoux et la porte jusqu'à ma chambre où je la dépose sur mon lit. Je sors une serviette de mon armoire ainsi qu'un bas de jogging gris et mon unique sweat-shirt. Elle s'est recroquevillée sur elle-même et je m'assieds à côté d'elle.

-Tu devrais te changer. Tiens, je pose ce qu'il faut ici. Je te laisse te changer, tu n'auras cas m'appeler quand ce sera bon.

Je me lève mais elle agrippe mon poignet et ses yeux m'implorent de ne pas la laisser. Alors je me rassieds et l'aide à ôter son tee-shirt. Elle ne parle pas et bouge à peine, si bien que j'ai l'impression de retrouver la version de la Maya qui attend à l'hôpital. Elle dégage son pantalon en s'aidant de ses pieds puis je l'enroule dans la serviette que je lui ai apportée. Je lui tends ensuite mes habits et elle les enfile, toujours dans le silence le plus total. Mon sweat est bien trop grand pour elle alors je saisis ses mains et roule le bout des manches pour qu'il soit à sa taille et je fais de même avec le bas de mon survêtement. Pour finir je me glisse dans mon lit et invite Maya à faire de même. Elle cale sa tête conte moi j'y dépose un baiser.

-J'ai peur, m'avoue-t-elle doucement. Et je déteste te voir comme ça.

J'ai peur, moi aussi. Je suis terrifié à l'idée qu'ils contrôlent absolument tout autour de nous et que nous n'ayons aucun contrôle sur la situation. Mais ce que je crains le plus, c'est que tu me repousses parce que je te mets constamment en danger, et que je n'ai aucun moyen de te protéger d'eux. De te protéger de moi. Si tu savais comme j'ai peur Maya.

Pour une quelconque raison, ces mots ne franchissent pas mes lèvres. Elle doit pourtant savoir. Elle a raison. Cela la concerne elle aussi maintenant. D'autant plus parce qu'ils s'en prennent à elle pour m'atteindre.

-C'était il y a trois ans, je commence sans trop savoir où je vais. C'était l'été d'avant ma dernière année au lycée. J'avais une petite amie, elle s'appelait Clara. Nessie et Esmée étaient punies parce qu'elles s'étaient encore disputées à table. Elles avaient beaucoup d'altercations depuis quelques mois, à cause de problèmes au lycée, je crois.

Maya pose sa main sur mon torse et se redresse.

-Liam, tu n'es pas obligé de...je veux dire, on peut attendre si tu ne le sens pas.

Je caresse son poignet pour la rassurer. *Merci, mais je dois aller jusqu'au bout, il le faut. Pour toi. Pour nous.*

-Ça va.

-D'accord. Continue, tu t'en sors très bien, m'encourage-t-elle.

J'inspire un bon coup et fixe le plafond.

-Les parents sont allés au restaurant, ce soir-là. Ils m'avaient demandé de m'assurer que les filles respectent leur consignes et qu'elles ne quittent pas leur chambre. J'avais prévu de passer la soirée chez Clara, alors j'ai attendu qu'ils s'en aillent et j'ai enfermé les filles dans leur chambres, j'ai pris les doubles de la maison restants et je me suis tiré. Comme elle habitait la maison juste en face, je me suis dit que ce n'était pas si grave.

Je déglutis difficilement, j'arrive à la partie la plus difficile. Je n'en ai jamais parlé à haute voix. À l'heure d'aujourd'hui, pas même mes parents ne savent ce qu'il s'est exactement passé cette horrible nuit. Seuls Esmée et moi le savons.

Maya dépose un baiser au coin de mes lèvres.

-Tu veux continuer ?

-Je dois le faire, il faut que j'aille au bout de cette histoire.

Elle secoue la tête pour signifier qu'elle a compris et roule sur le ventre pour mieux m'écouter.

-Tout se passait bien, nous avions d'abord mis un film, on avait même fait cuire du popcorn salé, son préféré. Puis on s'est laissé déconcentrer et on s'est enfermés dans sa chambre...Une heure plus tard, quand nous sommes revenus au salon...c'est là qu'elle a pointé la fenêtre au dehors. Il y'avait une épaisse fumée qui planait au-dessus de la maison d'en face. *La mienne.* Les pompiers sont arrivés à peu près au même moment. Selon eux, c'est une bougie qui aurait enflammé un des rideaux du salon, et les flammes se seraient ensuite propagées. On laissait toujours les bougies de la maison allumées, Maman les adorait.

Maya essuie une larme le long de ma joue. *Je ne m'étais même pas rendu compte que je m'étais mis à pleurer.* La suite reste coincée au fond de ma gorge, c'est comme si j'étais replongé tout droit dans cet enfer. *Mon enfer.*

-Et je ne voulais pas y croire, je...quand ils m'ont annoncé que...

De nouvelles larmes jaillissent par flots sans que je puisse les retenir. C'est trop dur d'y repenser, trop dur d'admettre que tout est ma faute. Que si je n'avais pas été ce petit con d'adolescent, tout ceci aurait pu être évité.

-Les parents sont arrivés, et quand l'adjudant-chef de la brigade est venu lui annoncer la chose, maman s'est effondrée. Elle est tombée genoux à terre.

Je m'étrangle.

-*Elle* n'est pas parvenue à sortir de sa chambre et s'y est retrouvée prise au piège.

Je redoute les prochains mots, et lorsque je les prononce enfin, ils ont le même effet que des lames de rasoir sur ma langue.

-Notre maison est partie en fumée...

Maya est en larmes parce que je le sais, elle vient de comprendre.

-Nessa y est restée.

Maya se blottit contre moi, secouée de lourds sanglots. Je ne pensais pas que cette histoire la toucherait autant. Soulagement et appréhension bataillent au fond de mon être.

-Alors...c'est pour ça que tu t'es fâché autant quand j'ai découvert cette photo ? C'est bien elle qu'on voit dessus, n'est-ce pas ? demande-t-elle après s'être un peu reprise.

J'acquiesce et elle sourit fébrilement.

-Elle était très jolie.

-C'est vrai, Esmée et elles ont toujours été complimentées.

-Ce sont des jumelles, c'est bien ça ? Nessa n'a jamais été ta petite amie ?

-C'est juste.

-Je suis si désolée Liam.

Je ne parviens pas à répondre parce que je ne mérite pas sa pitié. *J'ai tué ma propre petite sœur.* En l'enfermant dans sa chambre ce jour-là, je l'ai condamnée.

-Alors c'est pour ça que tu as si peur du feu ? Que tu es resté stoïque devant les poubelles ? Que tu n'as pas su réagir le soir du feu de joie ?

Mon cœur ce serre. En assemblant toutes les pièces du puzzle entre elles, Maya vient de toucher le cœur du problème.

-J'ai eu l'impression de revivre ce moment. Sauf que cette fois, ce sont mes amis qui étaient piégés face aux flammes, et non mes petites sœurs, j'explique avec difficulté. Tu n'imagines pas comme je me suis senti coupable après ça. On m'offrait une chance de me rattraper et je n'en ai rien fait.

-Je ne t'en veux pas, Liam. Je l'avais compris bien avant, tu sais.

L'entendre dire ça m'enlève un poids d'une ampleur dont j'ignorais totalement l'existence jusqu'à présent. Maya remonte un peu plus vers moi dans le lit et saisit ma nuque.

-Je te comprends Liam, et je comprends ton passé. Je t'accepte, pour ce que tu es mais également pour tous ces démons que tu traînes derrière toi. Parce qu'ils font partie de toi, et que sans eux, tu ne serais pas cet homme capable de force et de sensibilité à la fois. Tu es quelqu'un de bien Liam, n'en doute pas une seule seconde.

Je me retrouve totalement désarçonné devant une telle déclaration. Je m'étais tellement préparé au fait qu'elle puisse me repousser et me haïr que je n'ai pas pensé une seule seconde qu'elle pourrait réagir d'une toute autre façon. J'éprouve tant de reconnaissance et d'adoration pour cette fille qui se tient face de moi qu'une puissante vague d'émotion contradictoires me submerge et j'ai envie de la serrer contre moi et de ne jamais la laisser partir. C'est si intense que des larmes perlent à nouveau au coin de mes yeux. Je les balaye du revers de la main. J'ai tant de choses à lui dire, tant de "*merci*" à lui accorder, de promesses à lui faire que je ne sais par où commencer. Alors je fais ce qui me paraît le plus juste. Je l'attire à moi et presse mes lèvres sur les siennes avec une force que j'ai du mal à contrôler, et Maya me rend mon baiser. Je mets toutes ma gratitude, tous mes pardons dans cette étreinte, en priant pour qu'elle les entende et les accepte, et Maya me répond avec fougue, avec passion, intensifiant toujours plus notre baiser. Dans des gestes parfaitement accordés nous nous pressons un peu plus l'un contre l'autre. C'est si bouleversant, si fort que j'ai l'impression que jamais je ne serai rassasié. J'en demande toujours plus, et elle me le donne volontiers. Elle se débarrasse de ses vêtements et la rencontre de nos peaux est électrique. Elle efface les dernières traces d'hésitations qu'il me restait lorsqu'elle fait de même avec ma serviette, la dernière des barrière qui m'empêchait de l'avoir toujours plus proche de moi. Et alors que nous découvrons ensembles cette intimité nouvelle, que nos corps se cherchent et se complètent, ici, au cœur de l'unisson, je peux lire dans les yeux de Maya tout ce qu'elle ressent. Et je peux y lire tant de sincérité que tout mon être se voit chamboulé.

-Je t'aime...parvient-elle à souffler entre deux soupirs.

-Ne pars pas...*jamais*.

Chapitre 45

-Tu la bouge ta caisse, papy ! rouspète Liam au volant.

Voilà maintenant presque dix minutes qu'on cherche une place de parking et le véhicule devant nous manœuvre pour sortir de la sienne avec une lenteur démesurée. Aujourd'hui nous rejoignons nos amis au stade athlétique où a lieu la compétition de Cross-Country de Sasha. Il nous a semblé important de profiter de cet évènement pour passer du temps avec nos amis. Esmée gigote nerveusement à l'arrière. C'est la première fois qu'elle va rencontrer notre petit groupe.

Après ces révélations bouleversantes l'autre soir de la part de Liam, notre trio semble bien plus uni qu'il ne l'était avant. Plus de secrets entre nous, nous n'avons donc aucune raison de mentir à nos amis quant à son identité. Cependant, nous ne parlerons pas des menaces qui planent toujours sur nos têtes. Je pense à Charlie et à Sasha qui ont déjà bien assez de pression à gérer à eux deux. Comme ils me l'ont demandé, j'ai gardé la nouvelle pour moi. Ils l'annonceront à notre petit groupe quand ils se sentiront prêts, ce n'est pas à moi de le faire.

La personne devant nous semble finalement comprendre comment fonctionne un volant puisqu'elle arrive enfin à repartir, nous laissant ainsi la place qu'elle occupait.

-Ce n'était pas si compliqué quand même ! ironise Liam avant de s'encastrer dans le petit espace.

-Tu as les banderoles ? je lui demande.

-Elles sont dans le coffre.

Hannah et moi avons eu cette idée la nuit dernière, et nous nous sommes couchées très tard pour finir de les décorer pour supporter notre amie aujourd'hui. Je les récupère et nous rejoignons les autres au stade qui nous ont réservé des places.

-Avancez, nous dit Esmée. Je vous rejoindrai, vous n'aurez qu'à m'envoyer le numéro des places par texto.

-Arrête de stresser, sœurette.

Liam lui adresse un clin d'œil auquel elle répond par un sourire crispé -*qu'il ne manque d'ailleurs pas de lui faire remarquer*-et me prend par la main.

Je m'assieds aux côtés d'Hayden qui nous fait passer des sachets de popcorn salé et Charlie me désigne fièrement son tee-shirt sur lequel est imprimé une photo de sa petite amie qui brandit les deux pouces en l'air.

Mon meilleur ami a été autorisé à retourner chez lui en fin de semaine dernière et il semble se remettre de jour en jour. Ce malheureux évènement, bien que d'horribles choses se soient produites, a permis à notre petit groupe de se retrouver.

On entend des voix dans le micro annoncer le départ imminant des premières courses.

-Sasha ne passe que dans la quatrième série, nous indique Charlie.

Nous discutons en faisant plus ou moins attention aux premières courses qui se déroulent sous nos yeux. Hayden plaisante sur le fait que la Liam n'a jamais autant rangé l'appartement que depuis que je squatte régulièrement chez eux, Liam lui envoie du popcorn et cette discussion se termine en bataille générale. Nous rions aux éclats et les participants de la seconde course sont présentés au micro. Liam m'attrape doucement le coude et me désigne sa sœur en train de grimper vers nous. Lorsqu'elle arrive timidement à notre hauteur, Liam fait les présentations en omettant le fait qu'elle habite en réalité sur le campus depuis plusieurs mois déjà, et nos amis dévisagent la fratrie un moment, stupéfaits.

-Ben ça alors ! s'exclame Charlie. C'est dingue !

-Tu ne m'as jamais dit que tu avais une sœur, s'offusque Hayden, son meilleur ami. Je vais t'en vouloir un moment, c'est clair ! Tu vas en baver, Parker !

Sa remarque nous fait rire et j'échange un sourire avec Esmée qui s'est déjà détendue. Nous l'intégrons à notre groupe et la troisième tranche de cette compétition est appelée sur la piste.

-Bon, et bien, puisque tout le monde est ici, j'ai quelque chose à vous dire, les amis, annonce Hayden. À moins que quelqu'un d'autre n'ait encore une sœur ou un frère caché à nous présenter ?

Cette pique envoyée à Liam provoque le rire général puis Hayden reprend son sérieux.

-Mes parents possèdent un chalet près des montagnes. Les autres années, on le loue, mais cette année il y a moins de réservations que les autres, alors mes parents ont proposé de me le laisser pour un week-end. Alors je me suis dit que ça pourrait être l'occasion de partager de bons moments tous ensembles, si vous êtes partants. Esmée tu pourras venir aussi, évidemment, conclue-t-il.

-Je trouve que c'est une idée géniale ! j'approuve.

-Elle a raison, c'est une superbe occasion, ajoute Liam en passant son bras autour de mes épaules.

Le reste du groupe approuve, Esmée y compris, puis l'on annonce finalement le nom de Sasha au micro. Cette dernière avance jusqu'à sa rangée, la quatrième, puis se positionne. Elle place minutieusement ses pieds sur les starters et ses mains au bord de la ligne blanche. Un voile silencieux recouvre le stade comme à chaque départ, puis le bruit du coup de canon traverse les airs et les silhouettes des athlètes s'élancent sur la piste. Sasha est constante et se démarque assez rapidement des autres. Mes amis crient autour de moi, et Hannah et moi brandissons nos banderoles pour l'encourager.

Sasha faiblit et perd deux places, se retrouvant ainsi quatrième du peloton. Charlie s'agite au bout de la rangée et pousse un grognement de frustration tout en plaquant ses mains sur son visage, puis la seconde d'après, il crie de nouveau à pleins poumons.

L'écart entre les coureuses de devant, dont fait partie Sasha, est très serré. La tension augmente du côté des tribunes et mes amis et moi crions de re-chef. Alors qu'il reste un peu moins de cent mètres avant l'arrivée finale, notre amie parvient à regagner une dernière place et se qualifie pour le podium de sa catégorie.

Nous poussons des hurlements de joie et tout le monde applaudit. Le reste des coureuses achèvent leurs derniers mètres et on appelle les prochains participants. On peut lire de la fierté dans le regard de mon meilleur ami et je suis ravie parce que je le sens épanoui dans sa relation avec Sasha. Tant mieux, c'est tout ce que je lui souhaite.

Après l'annonce des résultats nous rejoignons notre amie et la félicitons avant de tous finir chez *Wendy's*, notre lieu de rassemblement-*les garçons appellent ça notre QG.*

Chapitre 46

-La bleue ou la blanche ?

-La blanche, la bleue est affreuse.

Je repose l'écharpe pastelle dans ma commode et case celle que Liam a choisi dans ma valise, avec le reste de mes vêtements. Faire mes bagages avec Liam s'avère être assez drôle puisque je peux compter sur son honnêteté sans reproche. Il était supposé plier mes sous-vêtements, mais au lieu de les mettre directement dans mon sac, il s'amuse à me les lancer. J'ôte la culotte que je viens de recevoir sur la tête en râlant.

-Et pour le bonnet ?

Je lui en tends deux de couleurs différentes et il me désigne le noir à pompon de la tête.

-Tu ressembleras à un petit lutin comme ça.

Je lui tire la langue et il me lance un oreiller qui atterrit tout droit sur la pile de serviettes que je venais de plier.

-C'est malin ça ! Je te préviens, c'est toi qui t'en occupe ! je rouspète.

-Ohh, arrête de faire ta rabat-joie.

-J'essaye juste d'avancer dans les valises, mais toi tu n'arrêtes pas de tout défaire à mesure que je remplis les sacs !

Il se lève et attrape une première serviette qu'il replie soigneusement. Je le surveille du coin de l'œil et je sais d'avance qu'il va faire une ânerie.

-Regarde Maya !

Il brandit fièrement un éléphant qu'il a formé en faisant de l'origami avec ma serviette de douche.

-C'est très réussi, j'avoue. Où est-ce que tu as appris à faire ça ?

-Mes grands-parents étaient propriétaires d'un hôtel, j'allais souvent les aider quand j'étais plus jeune. Ma mamie adorait faire des formes amusantes avec les serviettes pour accueillir leurs clients. C'est elle qui m'a montré comment faire.

-C'est un talent comme un autre, je plaisante.

-C'est vrai, je devrais peut-être le mentionner sur mon CV, finalement.

-C'est sûr, ça fera la différence ! j'ironise.

Il attrape une nouvelle serviette et m'entoure avec pour m'attirer à lui.

-Viens par-là, toi.

Il plante un baiser sur mes lèvres et un râle s'échappe de sa gorge lorsque je passe mes mains sous son tee-shirt.

-J'ai beaucoup de mal à te résister, Maya Robbins.

-Ne résiste pas dans ce cas...

Il semble chercher le feu vert dans mes yeux puis m'embrasse de nouveau avant que la porte ne s'ouvre sur Esmée.

-Ah non ! Pas ici ! Allez faire vos trucs chez toi, Liam ! Je ne veux pas être témoin de vos ébats, bande de sauvages !

Je rougis de honte et Liam marmonne quelque chose d'inaudible. Nous finissons donc de préparer nos bagages et aux alentours de dix-huit heures, nous rejoignons nos amis pour prendre la route. Hannah, Esmée et Hayden font la route ensemble tandis que Charlie et Sasha, eux, montent avec nous.

-Vous savez skier vous ? demande Sasha.

-Pas du tout, répondent Liam et Charlie en cœur.

-Je me débrouille, je dis.

-Ça va être génial, se réjouit Sasha. Hayden a dit qu'il y'avait même des jacuzzis et une salle cinéma.

Liam me jette un coup d'œil furtif avant de se reconcentrer sur la route et d'afficher un sourire diabolique lourd de sens. Je dois détourner la tête vers la vitre pour ne pas trahir les pensées qui s'infiltrent à présent dans mon esprit. La nuit est tombée depuis une bonne heure déjà, et le GPS indique qu'il nous reste encore à peu près le même temps de trajet. Nos deux amis se sont endormis et la radio vient combler le silence dans l'habitacle. *Flightless Bird, American Mouth* défile en fond sonore, les phares des autres usagers viennent beigner de lumière le visage concentré de Liam.

- À quoi tu penses ? me demande-t-il.

J'adore sa voix. J'adore cette façon qu'il a de m'observer sans avoir à poser les yeux sur moi. J'aime notre connexion.

- À toi...à nous.

Ma réponse le fait sourire avec une sincérité que je lui ai rarement vu. Il ôte ma main de sa cuisse afin d'y déposer un baiser.

-Tu crois qu'on sera en sécurité, là-haut ? je demande.

-Pour être totalement honnête, je n'en sais rien. Je ne pensais pas une seule seconde qu'ils s'en prendraient à nos amis. À l'heure d'aujourd'hui je ne sais même pas de quoi ils seraient encore capables, et j'ai horreur de ça parce que je ne sais pas comment m'y prendre pour te protéger.

J'acquiesce, assimilant cette information difficile. *Si même lui n'est plus sûr de rien, comment se sentir en sécurité à présent ?*

-Ça va aller, Maya. On va faire ce qu'il faut.

Je lui souris et il presse ma main dans la sienne.

* * *

-C'est la master classe, cet endroit ! s'exclame Charlie qui passe le pas de la porte après moi.

-Je vous l'avais dit ! déclare fièrement Hayden en posant les clefs sur la table à l'entrée.

-C'est génial de nous avoir invité, remercie Sasha. Je suis certaine qu'on va passer un très bon week-end tous ensemble.

-Elle a raison, merci beaucoup, enchaîne Esmée, reconnaissante d'avoir été intégrée au groupe aussi rapidement.

Liam se place derrière moi et m'enlace.

-C'est magnifique, ajoute-il.

-Ce sont mes parents qui ont réaménagé tout l'intérieur. On l'a récupéré dans un piteux état, ce chalet. Il servait de point de rassemblement pour les randonneurs, auparavant. On y a rajouté un étage et on a refait complètement la façade, ainsi que l'isolation.

-Ils sont très doués, j'affirme.

-Merci. Il y a neuf chambres, toutes à l'étage. La salle de jeux est dans cette pièce, sous l'escalier, la cuisine juste en face de vous. On ira faire des courses demain. L'accès à la cave se fait par le patio. Et...c'est à peu près tout...ah, si ! La piscine est au sous-sol.

-Je n'arrive pas à y croire, il y a vraiment tout ça ? s'exclame Hannah qui traduit notre réaction à tous.

L'entrée est immense. De ce que j'ai pu constater, la bâtisse est entièrement faite de bois et de verre, ce qui ne fait qu'ajouter à son charme. Deux escaliers se dressent de part et d'autre de la pièce d'accueil, rejoignant une mezzanine qui donne accès aux chambres. De grandes portes en bois donnent sur une salle de jeux immense avec un écran de projection sur le mur du fond. À notre gauche, une cuisine ouverte tout à fait moderne dont l'une des vérandas donne accès à un patio décoré de plantes vertes et de petites guirlandes lumineuses. Je n'ai jamais vu pareil endroit. La décoration a été choisie avec soin pour que tout s'accorde à la perfection. Liam pose ses mains sur mes épaules et m'embrasse dans le cou.

-Ne change jamais, Maya.

Il me tire par la main et m'invite à le suivre en direction des escaliers. Notre petit groupe se dissocie pour se répartir dans les différentes chambres à l'étage. Liam et moi partagerons la pièce voisine de celle qu'occupent Sasha et mon meilleur ami. Liam dépose ma valise et ses sacs au pieds du lit et j'observe ce qui m'entoure. La décoration est sobre là aussi, tout en préservant un côté intimiste. C'est parfait. Liam m'attire à lui et me serre dans ses bras, basculant d'un pied sur l'autre.

-J'adore que tu sois curieuse. Tu donnes de l'intérêt même aux plus petits détails, tu es...

- Étrange ? je tente sur le ton de l'humour.

-Captivante. C'est le mot que j'aurais utilisé, rectifie-t-il.

Ses mots me touchent. On a du mal à soupçonner que Liam puisse avoir de telles pensées quand on ne le connaît pas. Je me love un peu plus contre lui et il embrasse le sommet de mon crâne.

-Notre premier week-end ensemble, murmure-t-il.

-Il y a tellement de choses qu'on pourrait faire ! je m'exclame en tapant dans mes mains. Tu pourrais m'apprendre à faire du snowboard ! Hayden m'a dit que tu assurais sur une planche. Oh ! Et on pourrait aussi aller visiter le petit village qu'on a vu tout à l'heure. Il parait que...

Liam vient écraser ses lèvres sur les miennes, me coupant dans mon élan.

-C'est bien sympathique tout ça, mais là, tout de suite, j'ai une autre idée en tête...

Il laisse glisser ses mains le long de mon dos pour rejoindre ma taille et me rapprocher un peu plus de lui. Ses lèvres deviennent plus demandeuses, ses mouvements plus habiles. Nos langues se rencontrent et ne se quittent que lorsqu'il fait passer son haut entre nous pour l'enlever. Dans des mouvements lents et mesurés, il ôte mon gilet puis mon débardeur. Il déboutonne mon jean et je me débat comme je peux pour finir de m'en débarrasser. Il recule vers le lit, mais l'arrière de son genou en rencontre le coin et nous tombons tous deux à la renverse, ce qui nous provoque un fou rire. Il rougit et se frotte la tête.

-Tu aurais au moins pu viser le lit, je le taquine.

-Viens là, demande-t-il en s'adossant au rebord du lit pour mieux m'accueillir.

-Tu m'as fait mal, je suis tombée sur les fesses.

Je croise son regard lubrique alors que je m'installe sur lui, cuisses de chaque côté de ses hanches. Il saisit mes fesses dans ses grandes mains avant d'ajouter :

-Pourtant tu as ce qu'il faut pour amortir !

Je lui lance une tape sur le torse et il éclate de rire. *Il est littéralement hilare !*

-C'est pas drôle, crétin ! Tu vas me faire complexer.

-Tu n'as pas de quoi, pourtant. Je te trouve très bien tu sais. Tout chez toi est fin et mignon.

Il saisit mon poignet, l'entoure de son pouce et de son index pour affirmer ses propos, puis le lâche pour venir jouer avec mes doigts.

-Mêmes tes doigts, ils sont beaux. Et pourtant, ce ne sont que des doigts !

-J'aime bien tes mains, moi aussi. Elles sont toute douces.

J'ouvre sa main et retrace les lignes au creux de sa paume avec mon pouce. De sa main libre il dessine de petits cercles sur le haut de ma cuisse. Ses caresses s'interrompent, puis il saisit l'élastique de ma culotte.

-Du violet ? demande-t-il sur un ton scandaleux.

-Oui. Tu n'aimes pas ?

-Le blanc, ou le noir, si. Le violet, non.

-C'est du *bordeaux*, d'abord.

-C'est bien ce que je dis, ce n'est ni blanc, ni noir. Dommage, je vais devoir te l'enlever...

Pas besoin de voir mon reflet pour savoir que mon visage a viré au pourpre. Sa remarque a déclenchée une vague de frissons en moi et je suis sure qu'il a senti mes cuisses se contracter autour de lui.

Alors qu'il se penche pour m'embrasser de nouveau, on entend des frapper au mur depuis l'autre chambre.

-Oh ! Je vous préviens, on ne veut rien entendre ! déclare la voix étouffée de mon meilleur ami de l'autre côté du mur.

-Tu es juste jaloux ! se défend Liam.

On entend nos amis s'esclaffer depuis leur chambre puis plus rien.

Liam et moi malgré nos nombreuses tentatives ne parvenons pas à rester sérieux et nous tordons de rire à chaque nouvelle approche initiée par l'un ou l'autre.

Nous finissons par mettre un film sur la télé suspendue au mur face au lit. Il ouvre naturellement ses bras pour que je m'y réfugie et nous recouvre d'un plaid. Puis, petit à petit, bercée par le mouvement de sa respiration, je finis par sombrer dans le sommeil. J'ai à peine le temps de saisir ce que chuchote Liam.

-Je donnerais n'importe quoi pour que tu t'endormes aussi paisiblement tous les soi...

Chapitre 47

Charlie, alors qu'il venait pour la première fois de parvenir à trouver un certain équilibre, perd de nouveau le contrôle de ses skis et se retrouve à dévaler une grande partie de la piste sur les fesses. Il arrache son bonnet de sa tête et l'envoi rageusement valser devant lui. Le spectacle est assez comique depuis le pied de la piste où notre petit groupe l'attendons. Il finit par déchausser ses skis et par achever sa descente à pied, non sans manquer de se faire renverser à plusieurs reprises.

-Je lâche l'affaire, bougonne-t-il lorsqu'il arrive à notre hauteur. Je rentre !

-Je vais l'accompagner, déclare Sasha. On fera des crêpes pour quand vous reviendrez, comme ça.

-Bonne idée ! déclarent Liam et Hayden en cœur.

Sur cet accord, le reste de la bande et moi rejoignons les téléphériques. Liam a tenté tant bien que mal à m'apprendre à tenir sur un snowboard, mais malgré mon acharnement, la matinée ne m'a pas suffi, et j'ai dû me résoudre à louer des skis à la place pour aller sur les pistes avec les autres. Nous enchaînons les descentes sur les différentes pistes et c'est vidés de toute énergie que nous rentrons au chalet quatre heures plus tard. Comme promis, des crêpes nous attendent sur la table, et Sasha nous a même préparé des chocolats chauds avec des guimauve et de la chantilly. Hayden et Liam proposent d'aller chercher des bûches à la cave pour allumer un feu dans l'immense cheminée qui décore la pièce de vie et Hannah et moi allons étendre les combinaisons à l'étage, dans la buanderie.

Lorsque les garçons reviennent, Liam me prend par la main et m'invite à m'installer entre ses jambes sur le canapé. Il me masse les épaules puis se lève, m'indiquant de ne pas bouger, puis il revient, une brosse et deux élastiques à la main. Comme la dernière fois, ses gestes sont prudents et appliqués. Il enroule mes cheveux autour de ses doigts et commence à les entremêler.

-Ça vous dit de jouer à un jeu ? propose Charlie.

-Tu penses à quoi ? je demande.

-Je crois qu'on a un plateau de Cluedo au grenier, déclare Hayden. Je vais aller le chercher.

En effet, Hayden réapparaît quelques minutes plus tard, le plateau de jeu en mains, et notre petit groupe s'attable autour de la boîte. Liam me fait asseoir sur ses cuisses, et je prends conscience de ce soudain besoin de sa part de m'avoir auprès de lui. Depuis que notre relation a atteint un nouveau stade d'intimité, nous agissons comme des aimants, le besoin de contact physique avec l'autre est devenu très puissant, presque incontrôlable.

De l'autre côté de la table, Charlie et Sasha ne cessent de glousser et de se susurrer dans l'oreille, à croire qu'ils ont formé une sorte d'alliance dans le jeu. Liam qui le remarque en même temps que moi, enlace mon poignet et le décale légèrement de façon à pouvoir entrevoir ma grille d'hypothèse. Il me lance un regard complice, griffonne sur sa feuille, puis il passe discrètement son crayon sous mon bras et coche les éléments qui sont représentés sur ses cartes.

-Mais qu'est-ce que tu cherches à faire ! rouspète Hayden. Hannah, c'est la troisième fois que tu utilises le chandelier, on a compris que tu l'avais dans ton jeu maintenant !

-Mais de quoi je me mêle, Columbo ?! Occupe-toi de tes cartes, d'abord.

-Faut pas s'énerver ! Je voulais seulement te dire qu'il fallait changer de tactique si tu voulais avoir une chance de gagner...

Un raclement de gorge interrompt les deux querelleurs, et toutes les têtes se tournent vers Sasha. Charlie lui caresse le dos et je comprends ce qui est sur le point de se passer.

-On voudrait vous annoncer quelque chose, dit-il timidement.

-C'est vrai... confirme Sasha. Alors, euh...bon. Je me le lance. Avant toute chose, il faut que vous sachiez qu'aucun de nous deux ne s'y attendait, et que l'on comprend que cela puisse vous faire un choc...

Hayden fronce les sourcils et Hannah gigotte sur sa chaise. Liam m'interroge du regard et je prends soin de ne pas laisser mon expression me trahir. Je ne veux pas lui gâcher la surprise.

-Lors de notre séjour à l'hôpital, les médecins nous ont annoncé que...

Elle s'interrompt et Charlie lui embrasse la tempe pour l'encourager. Elle inspire un grand coup puis fouille dans la poche de sa polaire pour en sortir une enveloppe qu'elle place au centre de la table pour que tout le monde la voie.

-Charlie et moi allons être parents.

Un hoquet de surprise raisonne du côté d'Hannah et Hayden manque de s'étouffer. Liam frissonne contre moi et me regarde, incrédule.

-Tu étais au courant ?!

Je souris fièrement et applaudis. Je quitte les genoux de Liam pour aller enlacer mes deux amis.

-Je suis si fière de vous, je les félicite. Vous allez être des parents formidables.

-Hayden se lève à son tour et dépose un baiser sur la joue de Sasha puis serre la main de Charlie.

-Ça ne sera pas facile, mais on sera tous là pour vous aider.

Hannah pleure d'émotion depuis sa chaise et Sasha s'empresse de la rejoindre et de la prendre dans ses bras. Liam finit par suivre le mouvement et adresse une accolade à Charlie.

-Ben ça alors ! Je n'en reviens pas.

-Moi non plus approuve Charlie.

-Alors ce n'est pas une blague ? Tu es vraiment enceinte, demande Hannah à notre future maman.

-Je confirme, dit-elle en poussant l'enveloppe vers elle. On ne connait pas encore le sexe, mais c'est tant mieux. On aimerait garder la surprise.

-Alors vous y avez sérieusement réfléchi...constate Liam.

-Oui. C'était très difficile à prendre comme décision, explique Charlie. Mais à partir du moment où il nous a été donné de voir cette petite crevette lors de la première échographie, ça nous a paru évident. On veut connaître cet enfant et le voir grandir.

-Mais...et si vous vous rendez compte dans quelques années que vous n'êtes pas faits l'un pour l'autre ? demande Esmée. Je sais que ça peut paraître pessimiste, mais c'est tout de même un problème qui peut se poser...

Charlie enlace Sasha et l'embrasse avant de répondre.

-L'important sera que cet enfant ait deux parents qui l'aiment de tout leur cœur, même si ils ne vivent pas ensemble, avance-t-il sagement.

Chapitre 48

Jusqu'ici, je pensais que les petits bruits provenaient de rongeurs dans les murs, ou encore du vent au dehors. Après tout, ils annonçaient une tempête de neige cette nuit. Mais alors que Liam se réveille lui aussi à mon côté, je comprends que cela doit être autre chose.

-Toi aussi tu as entendu ? je le questionne.

Il se frotte le visage et hoche la tête.

-De quoi s'agit-il ?

-Je n'en ai aucune idée. Essayons de dormir, la route va être longue demain. Il saisit mon poignet pour m'attirer à lui et je ne me fait pas prier pour le rejoindre sous les draps.

Nous sursautons en même temps cette fois, alors que les bruits reprennent de plus belle. On entend courir dans l'escalier, puis la porte de notre chambre s'ouvre à la volée, nous arrachant un cri d'effroi.

Esmée bondit face à notre réaction puis se reprend et s'empresse de fermer la porte derrière elle.

-Mais qu'est-ce que tu fous ! l'enguirlande son frère. Tu nous a foutu les jetons ! Et tu as vu l'heure ? C'est toi qui faisait tout ce raffut ?

Esmée est en larmes et nous rejoint dans le lit. Elle prend place sans y être invitée et je me colle un peu plus à Liam pour lui laisser de la place.

-Mais qu'est-ce que…Et notre intimité ? râle Liam. C'est pas vrai…

-Tout va bien, je m'enquiers ?

Liam n'a pas dû voir qu'elle pleurait, sinon il aurait déjà réagi. Esmée déverrouille son téléphone et le laisse tomber entre son frère et moi. Liam le saisit et plisse les yeux pour voir ce qui est affiché sur l'écran. Aussitôt son visage blêmit et il écarquille grand les yeux.

-J'ai eu peur, j'ai cru qu'ils nous avaient suivi jusqu'ici. J'étais descendue chercher un verre d'eau quand j'ai reçu les messages. J'ai couru pour vous rejoindre mais il n'y avait pas assez de luminosité et je me suis cognée au moins trois fois dans les meubles avant de trouver les escaliers…

Je comprends alors que nos harceleurs sont revenus à la charge.

-Liam, je n'en peux plus. Je ne dors plus, je ne me sens plus en sécurité nulle part. Il faut que ça s'arrête. On doit mettre fin à tout ça. Maya avait raison, on aurait dû contacter la police dès le départ...

Liam passe rageusement ses mains dans ses cheveux.

-Et si ça se retournait contre moi ? Après tout, tout ceci est ma faute ! Si la police m'accusait d'homicide ? Je finirais le reste de ma vie en taule, et je ne serais plus là pour vous protéger... Et je ne veux pas, je ne veux pas finir comme ça. Je n'ai jamais voulu que tout ça arrive, je...

Liam se met à pleurer comme l'autre soir. Ses veines ressortent sur son front et le long de ses bras et il respire difficilement.

-Dans ce cas, on doit régler ça nous même, j'en conclus...Mais comment ?

Cette discussion me donne des frissons, et je n'aime pas la tournure qu'elle prend, car je devine comment elle va se conclure...et Esmée vient justement confirmer ce que je redoutais :

-On n'a pas le choix, répond-elle d'un ton grave. On doit retourner au motel...et en découdre nous-même.

Chapitre 49

Alors que la voiture avale petit à petit les derniers kilomètres qui nous séparent de l'université, la tension n'en finit plus de grimper dans l'habitacle. La décision sur laquelle nous nous sommes arrêtés hier soir pend à présent au-dessus de nos têtes comme une épée de Damoclès. Esmée pianote nerveusement sur le volant entre ses mains et ne cesse de se mordiller les lèvres. Liam à mon côté sur la plage arrière, me serre contre lui plus vigoureusement que jamais, et sa cuisse sur laquelle ma main repose ne cesse d'hochecailler. De mon côté, je suis pétrifiée par la crainte et l'appréhension, incapable d'esquisser le moindre mouvement.

-Tourne à droite à la prochaine sortie, lâche soudain Liam à l'intention de sa sœur qui conduit.

-Mais ce n'est pas...

-Prends à droite, je te dis !

Esmée s'exécute et donne un coup de volant qui manque de nous envoyer dans le décor, mais personne n'est d'humeur à le lui en tenir compte.

Je regarde Liam, incrédule.

-Tu veux vraiment faire ça maintenant ? Je veux dire...ce soir ?!

-Regarde-nous...L'état dans lequel tout ceci nous plonge. Plus vite on mettra un terme à cette histoire, mieux on se portera.

Il a raison. Il est clair qu'aucun de nous n'est réellement prêt à affronter la situation, et pourtant, il le faut. Tout ceci est une vraie torture, et ce petit jeu auquel ils jouent avec nous est malsain. Nous devons en finir avec tout ça, une bonne fois pour toutes. Pour qu'Esmée et son frère puissent enfin faire leur deuil. Pour que nous puissions retrouver notre sécurité, nos amis.

Le silence qui règne dans le petit espace est effrayant. Je dirais même terrifiant. Il est porteur de notre peur et de nos questions. Les arbres se font de plus en plus présents autour de nous, puis finissent par nous cerner. L'horizon n'est plus que cimes et branches à travers lesquelles la lune peine à poindre. Liam m'empoigne la cuisse avec une telle force que je suis obligée de me dégager pour que la douleur cesse, et je devine à son regard navré qu'il ne s'en était absolument pas rendu compte. Il passe aussitôt ses doigts sur l'endroit comprimé un instant plus tôt pour vérifier qu'il ne m'a pas blessée. Il enroule ses bras autour de moi et chuchote qu'il est désolé.

Les néons du motel nous parviennent à présent, et les derniers mètres qui nous séparent de la bâtisse sont insoutenables. À peine Esmée coupe-t-elle le moteur que je sens mon estomac faire des nœuds. Il y a une autre voiture sur le parking. *Ils sont bien là.*

Aucun de nous n'ose initier le premier mouvement. Ne supportant plus l'attente, je finis par saisir les rênes en main. Je détache ma ceinture et m'extirpe du véhicule. Liam m'emboîte le pas.

-Esmée ? je demande en voyant qu'elle n'a toujours pas bougé de son siège.

Elle a le regard dans le vide. Liam ouvre sa portière et s'abaisse pour être à sa hauteur. Il lui dit quelque chose, tout bas, sûrement pour la rassurer, et elle finit par saisir la main qu'il lui tend.

-On entre comment ?

-Euh...La porte me semble être une bonne option, répond Liam avec sarcasme.

-Très drôle gros malin. Je te signale que la dernière fois qu'on est entrés, on a commis une infraction, et qu'elle aurait pu nous coûter très cher. Et tu penses sincèrement qu'après ça la concierge nous laissera entrer une deuxième fois ? Parce que personnellement, j'en doute fort...

-On peut toujours essayer, propose Esmée. Si on nous envoie balader, on n'aura qu'à trouver un autre moyen d'entrer.

Nous approuvons et sur cet accord, nous dirigeons vers l'entrée. L'endroit est resté le même que la dernière fois, cependant l'effet qu'il provoque est tout autre. Là où l'endroit respirait la convivialité, il inspire désormais le danger. Contre toute attente, il ne s'agit pas de la même dame qui nous a accueillis la dernière fois, mais d'un homme aux cheveux grisonnant et à la mine tombante. Il ne semble pas très commode, mais au moins, il ne risque pas de nous reconnaître.

J'échange un regard avec mes amis, les questionnant silencieusement sur l'approche à utiliser.

-Faîtes comme-ci de rien était, chuchote Liam.

Je force un air naturel et fait mine de savoir exactement où je vais. L'homme nous adresse un signe de tête et je respire enfin, soulagée que ça ait marché.

-Attendez une minute ! envoie finalement le concierge.

Je me fige sur place, et Esmée fait de même. Nous échangeons un regard inquiet, et heureusement, Liam prend les choses en main.

-Oui ?

-Où allez-vous, comme ça ?

-Oh, nous rejoignons seulement des amis pour la soirée.

-Je n'en ai pas été informé, les visites sont censées faire l'objet d'une demande auprès de la réception.

-Je suis vraiment navré, nous n'en avions aucune idée. Je prendrai soin de le rappeler à nos amis.

-Ça ira pour cette fois, mais rappelez-le-leur tout de même. Je vais simplement vous demander d'émarger le livret de visites.

-Aucun problème, merci beaucoup.

Esmée et moi rejoignons Liam pour signer à notre tour. Je remarque que Liam n'a pas inscrit son vrai nom, alors je fais de même et m'invente une identité. Esmée qui passe après moi, se retient de rire et je me place devant elle pour qu'elle ne nous trahisse pas.

-C'est parfait.

Alors que nous tentons de nous éclipser, il nous intercepte de nouveau.

-Au fait ! Soyez prudents, les environs ne sont pas très sûrs ces temps-ci. Des intrus se sont introduits dans les chambres de nos clients dernièrement. Si vous remarquez quoi que ce soit d'anormal, je vous prie de bien vouloir m'en faire part.

Une vague de frissons se propage le long de mon échine et je détourne la tête pour cacher ma honte.

-Très bien, répond Liam le plus calmement du monde. Merci beaucoup, bonne soirée.

L'homme acquiesce en retour puis nous quittons hâtivement le hall d'entrée.

-C'était moins une, soupire Esmée.

Le couloir me paraît plus long que la dernière fois que nous l'avons traversé. Sûrement parce que nous ne savions pas alors, que le danger ce trouvait juste ici, dans une de ces chambres. Liam qui marche à mon côté à les poings serrés et la mâchoire verrouillée. Ça n'annonce rien de bon. Il est déjà tendu au maximum, si la moindre chose dérape à l'intérieur de cette chambre, c'est le carnage assuré.

Alors je presse le pas et me poste devant lui, l'enlaçant de toutes mes forces. Il pose la main sur mes épaules pour me repousser mais je m'agrippe à lui plus tenacement encore. À mon grand soulagement, il finit par lâcher les armes et par m'enlacer à son tour. Les traits de son visage sont tirés, mélange d'épuisement et d'anxiété. Et malgré les tourments que je peux lire dans son regard sombre, dans l'obscurité de ce couloir étroit, il me paraît magnifique.

-Tout va bien se passer. On va mettre fin à tout ça, je le rassure.

Il me regarde, incertain.

-Je ne sais pas Maya…et si ça tournait mal ?

-On appellera la police. Mais pour l'instant, nous allons juste tenter de discuter avec eux. Ils sont en mauvaise posture de toute façon, et nous avons ce qu'il faut pour les faire tomber s'ils tentent quoi que ce soit.

Il soupire longuement et se passe la main dans les cheveux.

-Et si jamais ils s'en prennent à l'un de nous ?

-Liam je croyais que tu voulais en finir au plus vite ? On ne peut plus reculer maintenant.

Il pousse un second soupir puis place ses mains de part et d'autre de mon visage.

-Merci. Pour tout ce que tu fais, pour la façon dont tu t'impliques dans cette histoire. Mais si tu veux nous attendre dans la voiture…je comprendrais. Ce n'est pas ta faute tout ça, tu t'es retrouvée impliquée malgré toi dans cette histoire de dingue, et je le regretterai toute ma vie s'il venait à t'arriver quelque chose à cause de moi.

-Ne t'en fais pas pour moi, Liam. C'est moi qui décide si je veux être présente ou non, et je veux être là pour toi. Et pour Esmée, aussi. Tu ne te débarrasseras pas de moi aussi facilement.

Je me mets sur la pointe des pieds et plante un baiser qui se veut rassurant sur ses lèvres.

-Allez, on y va ! je l'encourage en saisissant sa main. Ensemble.

Nous franchissons les derniers mètres qui nous séparent de la chambre et Esmée devant nous marche si rapidement que je comprends que son entrée se veut tout sauf courtoise. Et en effet, l'instant d'après, elle saisit la poignée et fait irruption dans la chambre sans même frapper à la porte au préalable.

La soirée qui va suivre s'annonce...mouvementé.

Chapitre 50

Liam

Esmée envoie valdinguer la porte contre le mur et déjà je sais que ce geste va nous coûter cher. Je lâche la main de Maya et me précipite dans la pièce derrière elle, prêt à agir au moindre signe de danger. Une fille au fond de la pièce nous toise un à un, les pieds baignant dans une flaque d'eau. Je devine aux morceaux de verre à ses pieds que la surprise que lui a provoquée l'arrivée d'Esmée l'a fait lâcher son verre. J'ai l'impression de connaître cette nana, mais je ne me rappelle de rien à son sujet.

-C'est quoi ce merdier Lynn ?! bougonne une voix masculine.

Un type assez bien bâtit surgit de la salle de bain par laquelle nous nous sommes enfuis la dernière fois. Il balaye la pièce du regard et lorsqu'il s'aperçoit de notre présence, il pâlit et déglutit difficilement.

Maya referme doucement la porte derrière elle puis vient s'accrocher à mon bras.

-Reste derrière moi, je lui ordonne tout bas.

-Je me doutais que vous finiriez par vous repointer ici, commence le garçon.

Pour une raison qui m'échappe, j'ai l'impression de l'avoir déjà vu, lui aussi.

-Je dois admettre que vous vous êtes bien débrouillés, pour nous retrouver, ajoute-t-il malicieusement. J'avais pourtant choisi cet endroit paumé en conséquence, pour m'assurer que vous ne remontiez pas notre trace. Mais si Lynn avait fait plus attention, elle se serait servie d'autre chose pour emballer son chewing-gum que cette foutue carte de visite, grogne-t-il sur un ton moralisateur.

Il fusille sa partenaire du regard et celle-ci baisse aussitôt la tête, comme si elle était son petit toutou.

-Pourquoi ? finit par demander Esmée.

Elle s'est adressée à cette fille, Lynn. Ces deux-là semblent se connaître.

-Réponds, putain ! hurle-t-elle.

La fille sursaute et Maya fait de même derrière moi.

-Elle était ton amie ! Et toi aussi ! accuse-t-elle le sale type qui grimace. Pourquoi lui faire ça ! Vous devriez la soutenir, plutôt que d'organiser ces trucs de tordus ! s'acharne Esmée.

-Justement ! C'est exactement ce qu'on fait ! explose le mec. Si ton ordure de frère ne l'avait pas enfermée dans sa chambre ce soir-là pour aller se faire sa copine, rien de tout cela ne serait arrivé !

Cette réponse a pour effet de plonger le petit salon dans le silence le plus total. Un silence accusateur. Un silence plein de haine et de rancœur. Même Esmée se contente de baisser la tête.

À moi, elle me fait l'effet de coups de tisonniers tout droit dans le cœur. La pièce se met à tourner autour de moi, et j'ai l'impression de défaillir. Maya serre ma main et se colle un peu plus à moi pour me donner du courage, et je retrouve un tant soit peu de contenance. Jamais encore sa présence n'a eu un effet aussi galvanisant sur moi.

-Elle était ma meilleur amie.

Lynn finit enfin par prendre la parole, surprenant tout le monde.

-Et Dean était son petit ami.

-Lynn, ne...

-Tais-toi ! Laisse-moi parler pour une fois !

C'est bien ce que je pensais, c'est lui qui tient les rênes, elle ne fait que suivre le mouvement.

-Nous étions tout le temps fourrés ensemble, tous les trois. On se racontait tout, nous n'avions aucun secret les uns pour les autres. Nessa pleurait souvent en arrivant en cours, et à chaque fois, nous étions là pour elle.

Lynn s'interrompt pour essuyer une larme au coin de son œil, et moi, je fais petit à petit le lien.

-Ta chère sœur ici présente passait son temps à s'en prendre à sa jumelle, figure-toi.

Je mets un instant avant de comprendre qu'elle s'adresse en fait à moi.

-Sale petite garce, tu ne sais pas de quoi tu parles ! se défend ma sœur.

-Bien-sûr que si ! Tu as toujours été jalouse que Dean s'intéresse à Nessa plutôt qu'à toi ! Tu étais populaire et tout le monde voulait être ton amie. C'est toujours le même couplet, la fille populaire qui possède tout ce qu'elle désire et à qui tout réussit ! Mais tu n'as pas supporté que Dean ne soit pas à tes genoux comme tous les mecs, d'autant plus que celle qui l'intéressait était ta sœur jumelle.

-Tais-toi ! Ferme-là ou je te pète les dents ! crache rageusement Esmée à travers ses pleurs.

Elle est folle de rage, et si jamais cette inconsciente de Lynn à le malheur d'ajouter quoi que ce soit d'autre, ma sœur risque de lui sauter dessus.

-Elle a raison, approuve Dean. Quand j'ai refusé de sortir avec toi parce que j'étais avec Nessa, tu as commencé à lui mettre la misère et à t'acharner sur elle pour tout et n'importe quoi. Il y avait toujours un bon prétexte. Et Nessa en bonne poire qu'elle était, se laissait faire ! Elle a même décidé de mettre fin à notre relation pour toi, pour retrouver une complicité avec sa sœur jumelle ! Mais tu n'en n'avais aucune idée…Non, tu étais bien trop occupée à penser à ton petit nombril, en belle égoïste que tu es.

-C'est faux !

-Ne nies pas, tu le sais autant que nous. C'est pour ça que j'ai refusé de te donner ce que tu voulais. Tu te fichais du mal que tu pouvais faire aux gens tant que tu obtenais ce que tu voulais. Vous vous ressembliez beaucoup, Nessa et toi... C'est vrai, on avait beaucoup de mal à discerner qui était qui lorsque l'on vous mettait côte à côte. Pourtant, vous étiez aussi différentes que la lune et le soleil... Deux radicaux opposés. Nessa était toujours sincère, et franche. Elle ne cherchait que le bien de ses amis, de sa famille. Elle était généreuse et dévouée. Tout ce que tu n'es pas.

Esmée tremble de rage, Dean et Lynn pleurent, et j'entends Maya renifler derrière moi. Quant à moi je suis en transe, je bouillonne de colère, et je beigne dans l'incompréhension. Je savais que Nessie et Esmée passaient leur temps à se disputer, mais je n'avais aucune idée de pourquoi. Pas une seconde je n'aurais imaginé qu'Esmée ait pu se montrer aussi virulente, encore moins pour une simple et ridicule histoire de cœur.

-Alors quand on a appris que Nessa...

Lynn ravale le sanglot qui l'empêche de poursuivre.

-Vous deviez payer. Tous les deux. Toi pour ton comportement, et toi, Liam, pour l'avoir condamnée !

-Arrêtez ! Vous dîtes n'importe quoi ! rugit Maya qui surgit de derrière moi. Il n'y est pour rien si les rideaux ont pris feu ! Ce n'est pas sa faute !

-Maya...

Je l'attrape et la coince entre mes bras pour la calmer.

-Maya, arrête, ça ne sert à rien.

Son petit corps se tortille contre moi pour que je la libère mais je ne cède pas.

-Cette nuit-là, Nessa et moi étions en appel vidéo, avoue Lynn. Elle t'avait vu sortir pour rejoindre Clara, ta copine. Elle était remontée à bloc par la dispute qu'elle avait eue avec Esmée quelques heures plus tôt, à table. Lorsqu'elle s'est rendue compte que la maison était en train de brûler, elle a tenté de s'enfuir, mais sa porte était verrouillée, et elle était coincée... Je me souviens encore de l'impuissance dans ses yeux lorsqu'elle a compris qu'elle n'avait aucun moyen de s'en sortir, crache Lynn avec amertume.

-Alors c'est pour ça que vous nous harcelez comme ça depuis le début ? je leur demande en tentant de maîtriser la rage en moi qui menace d'exploser.

-Vous le méritiez amplement ! siffle Dean. Vous lui avez gâché la vie.

-Et jusqu'où seriez-vous allés comme ça, hein ? Quelle aurait été la prochaine étape ? Bande de tordus, vous avez failli prendre la vie de deux personnes ! D'une femme enceinte en plus ! Et tout ça, bien-sûr, si l'on oublie la fois où vous nous avez foncé dessus en voiture ! Ou encore, celle ou vous avez enfermé les filles dans le sauna !

-Si ton idiote de petite copine ne s'était pas mêlée de tout ça, elle aurait été épargnée, de même pour ses amis ! Mais il a fallu qu'elle vienne fourrer son nez là où il ne fallait pas.

-Elle a raison, soutient Dean. Elle n'était pas concernée au départ...puis elle est vite devenue une cible facile. Liam tenait à toi, Maya, et tu as rapidement démontré un vif intérêt pour lui en retour. Mais reprenons depuis le début, voulez-vous ?

Cet abrutit se râcle la gorge comme s'il allait prononcer le discours du siècle. *Seulement celui qui va signer ton arrêt de mort, crétin.*

-Il n'était question de rien de tout ça au départ. Simplement de vous faire un peu peur. Liam, tu ne comprenais pas pourquoi tout ceci revenait te hanter après tout ce temps. Il a été facile de jouer sur ton sentiment de culpabilité. Il a simplement fallu te mettre devant le fait accompli. De même pour toi, Esmée. Le plan était de faire pression sur toi, puisque seuls vous deux étiez sensés savoir ce qu'il s'était réellement passé cette nuit-là, pas vrai ? Que ce serait-il passé si la police avait été au courant que Liam était à l'origine de tout ça ? Il aurait facilement pu être accusé d'homicide involontaire, dans le meilleur des cas. Puis Lynn a eu cette brillante idée, celle de te faire tomber une fois pour toutes, Liam. Le but étant de t'attirer dans ce fameux cul-de-sac et de te faire accuser de vandalisme. Tout était prévu de A à Z. Il nous aurait suffi de prendre quelques photos qui portaient à confusion, d'appeler les flics en avance, puis d'ensuite témoigner contre toi au poste directement. Puis en faisant croire à un simple concours de circonstances, nous serions remontés jusqu'à l'incident de cette fameuse nuit, et le tour était joué.

-Bande d'enflures ! Vous n'aviez pas le droit de...

-Ferme-là ! m'envoie Dean. On peut toujours aller te balancer !

Maya s'agite de nouveau dans mes bras mais cette fois-ci, garde son sang-froid.

- Puis c'est ici que Maya rentre en jeu. Elle a compromis tout notre plan puisqu'elle t'a sorti de cette situation qui aurait dû t'être compromettante par la suite. Mais elle nous a aussi facilité la tâche, non pas une, mais deux fois. Et c'est à ce moment que tout s'est mis en place dans notre tête. La vengeance était devenue pour nous une obsession. Il fallait à tout prix que vous payiez pour l'enfer que vous aviez fait vivre à Nessa.

J'ai la tête qui tourne. Tout s'aligne dans mon esprit et je réalise que Maya m'a sauvé la mise ce jour-là. Elle le comprend elle aussi et caresse ma main pour me réconforter. Le silence qui règne dans la pièce témoigne de notre incrédulité à tous. Tout ceci a pris des proportions démesurées. Puis Lynn enchaîne :

-Nous nous sommes alors arrangés pour qu'Esmée décide de venir jusqu'à toi, à moyen de publicités dans sa boîte aux lettres, de menaces, d'annonces sur son profil Instagram. Elle n'a pas mis longtemps avant tomber dans la gueule du loup et a marché au doigt et à l'œil. Il nous a ensuite suffi de placer Esmée dans la même chambre que Maya. Ça nous a coûté bonbon, d'ailleurs ! Mais il nous a été très simple de convaincre un jeune couple de jouer la comédie contre quelques gros billets, de même pour les autres personnes concernées.

Dean ricane et frappe dans ses mains, fier que son plan se soit déroulé à merveille, et moi, j'ai envie d'enfoncer mon poing dans sa tronche de cake.

-Dean était sur le campus ce jour-là, nous devions rencontrer un ami pour qu'il puisse installer un logiciel sur notre ordinateur pour que l'on puisse tracer vos portables, et ainsi pouvoir vous suivre. Mais Maya l'a accosté, en pensant qu'il était un agent de....

-...contrôle des chambres...souffle Maya qui fait le lien.

Elle frisonne dans mes bras et je sens les battements de son cœur accélérer contre moi.

-Je l'ai immédiatement reconnue, nous avions failli la renverser l'autre soir, en fonçant sur Liam en voiture, fait remarquer Dean. J'avoue avoir été pris de court dans un premier temps. Puis sans même que je fasse quoi que ce soit, elle m'a naïvement indiqué le numéro de sa chambre-donc aussi celle d'Esmée-, et ceci est devenu l'occasion parfaite. J'ai prétendu être celui pour qui elle me prenait, et j'en ai même profité pour installer une caméra dans la chambre. Il a été très simple ensuite de...

-C'était toi !! brame Esmée. Sale ordure, je vais te...

Maya et moi nous précipitons sur Esmée pour l'empêcher de bondir sur Dean, et celui-ci a un mouvement de recul.

Péteux ! je pense. Ce gars est un beau parleur mais il prend ses jambes à son cou à la première difficulté.

-Cependant vous ne sembliez toujours pas prendre les choses très au sérieux...du moins, pas autant que nous le voulions. Il a donc fallu que l'on passe à la vitesse supérieure !

Plus ces connards parlent, plus j'ai envie de les encastrer dans un mur. *Patience Liam, tout se déroule comme prévu pour le moment...*

-Bien qu'impliquée malgré elle, Maya a été l'élément déclencheur. Elle s'est simplement trouvée au mauvais endroit au mauvais moment, et ça a été le Jackpot pour nous ! Un nouveau plan s'est alors mis en place dans notre esprit. Liam nous t'avons forcé à blesser Maya, en te forçant à détruire sa relation naissante avec Hayden. Et toi Maya, nous n'avions qu'à compter sur ta colère pour que tu fasse le travail à notre place. Nous avons affiché la photo de Liam prise devant les poubelles enflammées dans ta classe en espérant que tu t'en empares, et c'est ce que tu as fait. Tu n'aurais eu qu'à montrer le cliché à quelqu'un pour qu'il soit accusé et que tout le reste s'en suive. Mais encore une fois, ça ne s'est pas passé comme nous l'avions planifié.

-Vous connaissez la suite, vous vous êtes retrouvés dans ce club, et pendant que vous étiez occupés à vous disputer, nous avons encore frappé. Nous avons payé un type pour qu'il renverse son verre sur Maya, de façon à l'attirer jusqu'aux sanitaires et qu'elle y découvre notre petite surprise.

Je ne tiens plus en place. La colère d'avoir été utilisé de la sorte me déchire et je donne un coup de poing dans la commode à ma droite.

-Il a été plus difficile de prévu de garder notre identité secrète. Loin d'être idiote, Maya arrivait à coller les pièces les unes aux autres sans même connaître tous les détails de votre histoire sordide. Il fallait qu'on lui fasse comprendre que si elle se mettait entre vous et nous, elle se retrouverait impliquée elle-aussi. On a bien essayé, d'ailleurs.

-C'est vrai, approuve Lynn. J'ai envoyé un mail anonyme à son professeur d'art visuel, pour tenter de la disqualifier du concours et la rendre coupable de tricherie. Mais apparemment, ça n'était pas assez pour la mettre hors-jeu. Alors il a fallu qu'on passe à la vitesse supérieure...

-Attends, quoi ? je m'offusque. Maya, c'est vrai ça ?

Elle baisse la tête et triture ses mains.

-Oui...Je ne voulais pas que tu me mettes à l'écart en sachant qu'ils s'en prenaient directement à moi, alors je n'ai pas osé te le dire.

-Mais ce concours était tellement important pour toi ...

-Je sais, mais t'aider me tenait également à cœur et...

Je soupire de frustration et la culpabilité monte encore d'un cran en moi. Je suis si en colère que j'ai l'impression qu'on a remplacé mon sang par de la lave.

-Comme c'est touchant...se moque Lynn.

-On vous a attiré à la tombe de *Nessie*, pour que vous compreniez qu'il ne s'agissait pas d'un jeu, mais bien d'une réelle vengeance.

Enfoiré !

C'est la goutte d'eau qui fait déborder le vase. Je pousse Maya en arrière pour la protéger, et je bondis sur Dean, attrapant son col. Ce dernier grimace et bat des pieds. Je fais facilement cinq centimètres de plus que lui et ce gringalet ne fait clairement pas le poids contre moi.

-Liam ! s'écrie Maya. Arrête !

-C'est la dernière fois que tu appelles ma sœur comme ça ! Tu m'entends ?!

-Lâche-le ! ordonne Lynn sans grande conviction.

-Compris tête de nœud ?!

-Liam, calme-toi, me demande ma sœur. Garde ton calme, tout ça pourrait se retourner contre nous si la police venait à intervenir.

La sonnette d'alarme retentit dans mes oreilles et je desserre aussitôt le type qui tombe au sol et rampe pathétiquement vers le mur au fond de la pièce.

Qu'est-ce que je disais...

-Si l'un de vous tente encore quoi que ce soit, j'appelle les flics ! menace Lynn.

Je rejoins Maya près de la porte d'entrée et elle s'agrippe à mon bras comme si sa vie en dépendait.

-Ne refais plus jamais ça ! gronde-t-elle.

-Ne t'avise pas de recommencer, j'avertis Dean. Je te garantis que sinon, tu vas servir de peinture à ces murs.

-Tout doux, la bête, range tes crocs.

Je m'apprête à lui redessiner le portrait mais les petites mains de Maya me rappellent à l'ordre et je me ravise.

-Tu ne perds rien pour attendre, je fulmine tout de même.

Dean se rhabille et remet ses cheveux en place avant d'éclater de rire.

-Bien, où en étais-je…Ah, oui ! La tombe de notre très chère Nessa. Vous avez dû trouver la lettre. Tout se déroulait comme prévu jusqu'à ce que Lynn vienne tout compromettre en laissant un indice essentiel sur notre identité. La carte de visite. Puis Maya a eu la vivacité d'esprit de comprendre pourquoi et comment nous avions toujours un coup d'avance sur vous. La caméra ayant été détruite, il ne restait plus que les téléphones…Vous les avez changés, juste après que les filles aient failli rôtir dans les hammams… Avouez quand même que c'était une idée de génie !

-Tu trouves ça drôle ? Tu devrais être enfermé chez les fous à l'heure qu'il est, crache Esmée avec dégoût.

Dean éclate de rire, un rire scénique qui ne vient que confirmer les dires de ma sœur. *Ce mec est complètement ravagé.*

-Vous en avez mis du temps, mais vous avez fini par trouver où nous nous cachions, déclare Lynn avec amertume. Ce soir-là, nous étions justement chez notre ami, afin de comprendre pourquoi nous avions si subitement perdu les signaux de vos téléphones. Honnêtement, vous m'avez impressionné sur ce coup-là. Des téléphones prépayés, évidemment, comme nous. Mais en plus, oser s'introduire dans notre chambre par effraction ? Je suppose que c'est à ce moment que vous avez compris. Le bracelet d'amitié que Nessa et moi partagions s'est retrouvé entre vos mains, et le doute n'était donc plus possible.

-Seulement, malheureusement pour vous, nous vous avons surpris en train de vous enfuir. Et ça vous a coûté cher, fait remarquer Dean avec un amusement malsain. C'est pourquoi vous auriez dû vous trouver dans cette cabane en bois lorsque nous y avons mis le feu. Lynn et moi nous étions séparés de sorte à mieux vous suivre. J'ai aperçu un couple qui fricotait contre un arbre, et le garçon portait une veste de l'équipe de natation, comme toi, Liam. J'ai donc pensé qu'il s'agissait de Maya et toi. Alors j'ai attiré leur attention vers la cabane et les y ai enfermé. J'ai vidé un bidon d'essence trouvé préalablement à l'intérieur. Ils étaient rangés-là spécialement pour l'occasion. J'ai ensuite activé mon briquet et embrassé l'habitacle. C'est à ce moment que j'ai reçu un appel de Lynn. Elle vous suivait depuis quelques minutes, et vous vous dirigiez vers la forêt...J'ai immédiatement compris mon erreur. Il était trop tard pour agir, alors j'ai remué le sol pour cacher mes pas, ôté mes chaussures et j'ai demandé à Lynn de me rejoindre à la voiture de toute urgence.

-Tu aurais pu les tuer ! craque Maya. Mon meilleur ami, sa copine, et leur enfant ! Espèce de demeuré, qu'est-ce que tu as fait !

Maya fond sur Dean sans que je ne puisse la retenir et c'est Lynn qui tente de s'interposer.

Cette pauvre fille ne sait pas ce qu'elle fait !

Maya se jette sur Lynn qui se retrouve plaquée à la commode de l'entrée. Lynn tend le bras vers Dean mais celui-ci ne bouge pas d'un poil. Il me toise comme si j'étais une bombe à retardement prête à exploser à tout moment. *Il n'a sûrement pas tort.*

-Tu me fais mal, gémis Lynn dont Maya tord les bras dans le dos.

-Toi, tu te tais ! lui intime ma tenace de sœur.

-Oh, c'est que la petite Parker s'énerve, on dirait, raille Dean.

Ce que j'ai envie de lui faire ravaler son sourire à cet idiot !

-M'enfin...tout est bien qui finit bien, on dirait, annonce-t-il fièrement. Même si je dois avouer que c'était très divertissant de vous en faire baver comme ça...Il faut dire qu'il y a eu plus de peur que de mal.

-Tu rigoles j'espère...je tonne. Vous avez été beaucoup trop loin.

-Nous avons fait ce qui devait être fait, venger Nessa !

-Je n'arrive pas à le croire...tu penses réellement que ce que vous avez fait était entièrement légitime ?!

-Evidement ! rétorque-t-il le plus sérieusement du monde.

Je ne pensais pas qu'il était possible de tomber plus bas, et pourtant, cet abrutit me met sur le cul une fois de plus...Il est persuadé que chacun de leurs actes était justifiés. *Qui sait ce qu'il est encore capable de faire ?*

Mon sang ne fait qu'un tour et je meurs d'envie d'effacer cet air suffisant qu'il arbore, mais je parviens une fois encore à dompter cette violente pulsion.

Je m'approche alors le plus calmement du monde, prêt à laisser couler mon venin.

-Que ce soit bien clair...Lynn et toi, vous allez tomber pour ce que vous avez fait. Tous les deux. Et je peux te garantir que je m'assurerai que vous ressortirez du tribunal avec la peine maximale.

Dean tressaille lorsque je pointe un doigt accusateur vers lui mais garde contenance et tente de riposter :

-Ah oui ? Et je peux savoir comment tu vas faire ça ? Vous n'avez aucune preuve de tout ça ! remarque-t-il avec fierté.

- Je n'en serais pas si sûr si j'étais toi..., déclare Esmée avec audace depuis le fond de la pièce.

Nous-y voilà. Le bouquet final de ce foutu feu d'artifice. Le moment que j'ai attendu toute la soirée ! Celui où nous avons enfin le fin mot de cette histoire.

Alors que depuis la forêt nous parviennent le bruit assourdissant des gyrophares, et que les lumières rouges et bleues déguisent les murs de la pièce, Esmée sort son téléphone de la poche arrière de son pantalon. Elle le brandir au-dessus de sa tête de façon que Dean comprenne ce qu'il est en train de lui arriver.

Alors qu'il réalise, son visage blêmit jusqu'à devenir aussi pâle que le Saint Suaire. Il nous toise les uns après les autres,

Lynn comprise, attendant sûrement que quelqu'un lui annonce qu'il ne s'agit que d'une mauvaise plaisanterie. Cette dernière a cessé de gigotter sous Maya et se met à pleurnicher.

Le téléphone de ma sœur affiche un appel long de deux heures et trente-sept minutes avec la police du centre le plus proche, soit la durée complète de notre discussion. Ils ont tout entendu, le moindre détail de l'aveu de nos deux harceleurs.

C'en est fini pour vous deux, bande de tarés.

-Vous n'allez pas vous en sortir comme ça ! grogne Dean avec rage.

Sans que je ne puisse rien voir venir, l'instant d'après, il braque un pistolet chargé vers moi. Maya laisse échapper un cri d'effroi dans mon dos et l'instant d'après, je suis parcouru d'un douleur si vive qu'elle m'en coupe le souffle et me paralyse. Je m'effondre au sol et ma tête heurte le coin de la table basse. Ou bien peut-être est-ce le pied du canapé. Je suis incapable de dire ce que c'est tant la douleur monopolise tous mes sens. Je vois trouble, je ne sens plus rien que la fraîcheur du sol sous mes paumes. Je parviens tout de même à entendre le bruit de la porte qu'on enfonce, ce qui veut dire que la police va enfin pouvoir prendre le relais. Mon souffle se fait de plus en plus court, chaque inspiration se veut plus difficile encore que la précédente. Mes oreilles bourdonnent et ça me donne envie de rire, seulement, la douleur me fait grimacer au moindre mouvement, même le plus minime.

-Liam !!

Maya...Viens...C'est fini, tout est fini. C'est même un peu grâce à toi. Tu m'as montré qu'il était possible d'aimer même quand on ne s'en croyait pas capable au plus profond de soi. Tu m'as appris à apprécier les détails les plus insignifiants. Tu m'as appris à voir que le noir pouvait être aussi beau que le blanc.

-Liam, tu m'entends ? Liam !

Ce que tu es insupportable à toujours être sur mon dos comme ça...Mais au fond je crois que je ne supporterais pas de ne plus recevoir ton attention.

-Liam, tu dois garder les yeux ouverts ! Tu dois...tu dois rester avec moi ! Tu n'as pas le droit de m'abandonner !

Regarde, je suis juste-là. Avec toi. Je ne vais nulle-part.

-C'est toi qui m'a demandé de ne jamais te quitter ! Tu ne te souviens pas ?!

Si je m'en souviens ? Bien-sûr que je m'en souviens. Cette nuit a été la plus longue, la plus belle, la plus intense qu'il m'est été donné de vivre. Je me suis ouvert à toi pour la toute première fois. Je t'ai laissé entrevoir mon côté le plus vulnérable, et pas un seul instant tu ne me l'a fait regretter.

-Liam...Liam tu n'as pas le droit...sale égoïste.

Ne pleure pas, Maya. J'ai toujours été un égoïste. Avec toi. Avec mes amis. Avec Nessa.

-Tiens bon ! Les secours sont en chemin ! Je t'en prie, fais juste un tout petit effort !

J'adore quand tu mets tes mains sur mes joues de cette façon. J'ai l'impression de t'appartenir, d'être en sécurité. Et c'est exactement ça. Je t'appartiens.

-Liam...je t'en supp-lie !

Ne pleure pas mon ange. Je vais nous ramener à la maison, et tout ceci sera derrière nous. Si tu savais à quel point j'aimerais que tu sois restée en dehors de tout ça. Comme j'aurais voulu que tu n'aies jamais souffert. Que tu n'aies jamais eu à faire face à mes démons. Si tu savais comme j'aurais aimé être moins bourru de l'intérieur, et t'avouer à quel point tu m'intriguais, dès notre toute première rencontre, ce soir-là, au café.

À quel point j'ai détesté te voir avec Hayden, puis de te voir souffrir à cause de lui, à cause de moi.

-Je t'aime.

Je t'aime.

-Ne me laisse pas...

Jamais.

FIN

Remerciements

J'ai réussi à dresser une histoire de toute pièce, à inventer des personnages, des dialogues, des endroits, et pourtant, j'ai du mal à écrire ce que je ressens pour clôturer cette histoire qui m'a pris pas loin de quatre ans à écrire. D'aussi loin que je me souvienne, le personnage de Maya a toujours existé dans mon esprit, je n'avais seulement pas réussi à lui donner forme jusqu'ici.

Je remercie dans un premier temps mes parents, qui m'ont permis dès mon plus jeune âge de découvrir l'univers incroyable dans lequel peut vous plonger un bon livre. Vous avez toujours cru en moi, et m'avez soutenu dans ce projet que j'ai tant de fois pensé abandonner.

Je voudrais ensuite remercier mon institutrice d'école primaire, qui a tout de suite vu un potentiel en moi dans l'écriture. Elle a été ma motivation pour mes tout premiers jets.

Pour finir, je souhaite à présent remercier le reste de ma famille, ainsi que mes amis, dont les conseils m'ont été très utiles et sans lesquels cette histoire n'aurait pas été la même. Je pense notamment à Valentine qui s'est beaucoup investie elle aussi (surtout dans la correction !) et dont les conseils, jusqu'à la toute dernière minute, m'ont été très précieux. À ma petite sœur, Maya, qui a inspiré notre héroïne. À Flavie, qui, avec son caractère bien à elle, a également été à l'origine de l'un de mes personnages. Et enfin, à ce garçon qui représente beaucoup à mes yeux (dont je tairai le nom), qui m'a permis de découvrir la vie sous un tout nouvel angle, de la croquer à pleines dents, avec ses bons et ses mauvais côtés. D'en apprécier chaque instant, d'en puiser toute l'inspiration et d'en recueillir toute la sensibilité pour pouvoir tenter de vous la transmettre. *Merci.*